La danza de los amantes en primavera

La danza de los amantes en primavera
Linda Herz

Primera edición: Producciones Sin Sentido Común, 2022

Pleamares 54
colonia Las Águilas
01710, Ciudad de México

ISBN: 978-607-8756-77-3

Impreso en México

La publicación de esta obra fue posible gracias al apoyo de Daimler México, S.A. de C.V. , Daimler Financial Services y Freightliner México.

Edición y Publicación de Obra Literaria Nacional realizada con el Estímulo Fiscal del artículo 190 de la LISR (EFIARTES).

LA DANZA DE LOS AMANTES EN PRIMAVERA

Linda Herz

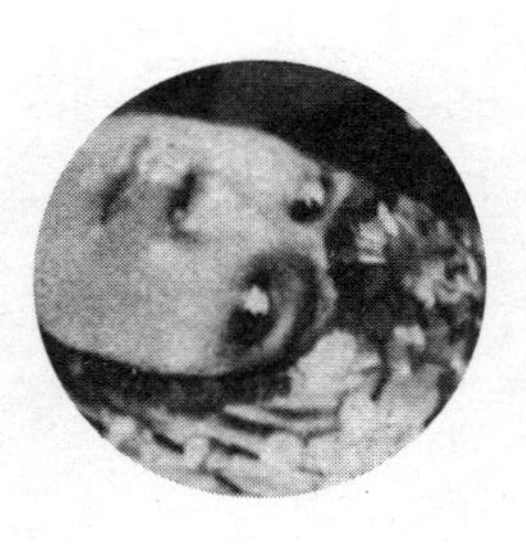

PRIMERA PARTE

AGUSTINA

VEN, ENTRA. NO ESTOY DORMIDO. Sólo estoy disfrutando mis recuerdos. Acércate y abre la cortina. Sé que mi aspecto es desagradable. En estas últimas semanas he envejecido más. Hace tiempo que únicamente recibo los rayos del sol que entran por la ventana.

Déjame verte. Luces muy bonita con tu vestido rosado. ¡Quién tuviera veinte años con toda la vida por delante! ¡Cuánto me gustaría volver a tener esa edad! Ilusiones de viejo.

No temas acercarte a mi cama. Disculpa si huelo mal; las enfermeras se esmeran por tenerme limpio, todos los días llegan temprano para asearme. Me tratan como si fuera un trapo usado y, como autómatas que cumplen con su trabajo, encueran y manosean mi cuerpo sin reparar en mi vergüenza. Me dejan limpiecito, con la integridad rota. Sin embargo, no prestan oídos cuando les grito las urgencias de mi vejiga, y cuando al fin atienden, otra vez me encuentran sucio. Las desgraciadas se enojan, me insultan y, molestas, vuelven a desvestirme. Estoy seguro de que se mofan de mi estado. Infelices. Si ellas supieran lo que es perder parte del cuerpo, no valerse por uno mismo. Algún día volveré a este miserable lugar para vengarme. Ya verás, se van a arrepentir.

Es inútil que las reportes; no enfermes tu alma de enojo. Todas las mujeres que trabajan aquí son unas insensatas; además, ya me quedan pocos días de estancia en este encierro, pronto voy a salir.

Me preguntas a dónde iré. Pues ¿a dónde crees que pueda ir un enfermo como yo? Probablemente al purgatorio… No, no quieras convencerme de lo contrario, presiento que mi tiempo se termina. ¿Cómo lo sé? ¡Ah, es muy fácil! Ayer estuvo aquí mi abuela. Vino con su horrible mirada de odio a atormentarme con sus historias de terror, tal como lo hacía en mi infancia. Vieja jija de Satanás. Ni el tiempo que ha pasado desde la última vez que nos vimos ha hecho que olvide la historia de la castración; historia tan maldita como ella, que aún me hace temblar por las noches… Sí, murió hace años, pero sólo fue su cuerpo el que se convirtió en polvo. Su alma podrida nunca encontró lugar, ni siquiera en el infierno. Anoche se mofó de mi desgracia y me dijo con su voz ronca y burlona: "Maricón bastardo, pronto vendrás a hacerme compañía".

Te impresionó, ¿verdad? Así era ella. ¡Qué bueno que no la conociste! Tal vez por eso eres la única sobrina que viene a visitarme. Pero no hablemos más de mis pesadillas, ahora necesito que me hagas un favor. ¿Ves esta llave que traigo colgada en el cuello? Quiero que vayas a mi casa, abras el ropero de mi habitación y me traigas la caja negra que está adornada con flores de colores y que se encuentra dentro del primer cajón. No hagas caso a los reproches de Cata. Me ha atendido por tantos años que es muy celosa de lo que se halla bajo su custodia. Enséñale la llave, entonces entenderá que te envío.

No me digas que te da miedo entrar en mi casa, no te pasará nada. Los muebles gastados sólo saben de nostalgia, y si llegas a escuchar ruidos, seguramente serán los fantasmas de nuestros antepasados. No te preocupes, no se darán cuenta de tu presencia.

Hoy quiero salir, no aguanto más la pestilencia del cuarto. Ya le pedí a la enfermera una silla de ruedas. Tengo esperanza de que el aire fresco me quite el asco que me produce el mal olor. Lo irónico es que la fetidez viene de mi interior. La mancha crece cada día más y temo que me amputen otro pedazo de pierna. La dulce enfermedad está acabando conmigo.

¿Sabes? Cuando veo mis extremidades desnudas, lloro. ¿Qué hizo el tiempo con mi cuerpo? En una época las consideraron las piernas más valiosas del espectáculo y sus movimientos llegaron a causar sensación en escenarios famosos. Vaya destino el mío.

¡Ah, estuviste en mi refugio! Todavía puedo ver el temor en tu cara. Imagino que todo está polvoso. ¿Te costó trabajo encontrar la caja? Lo sé, las telas viejas están revueltas y las lentejuelas, desprendidas; nunca quise deshacerme de ellas. Fue la ropa que usé en una vida. Está rota, sucia, desteñida, al igual que yo.

Gracias por traerme la caja. Es hermosa, una verdadera obra de arte, delicada, fina, elaborada por algún artesano ruso. Me la regaló un viejo amor.

¿Qué tiene adentro? No sé cómo explicarlo. No, no contiene objetos de valor, ni dinero, tal vez tú les llamarías baratijas, sólo son importantes para mí. En ella he guardado mis más preciadas pertenencias, los recuerdos más hermosos… ¿Sientes curiosidad por ver su contenido? Está bien, si tienes tiempo y paciencia, siéntate y te lo mostraré.

¿Te parece gracioso que guarde estas canicas? Eran más, pero con los cambios las he ido perdiendo y únicamente me quedan tres. Es curioso que, a pesar de los años, conserven su brillo. Yo también fui niño, estas piezas me las regaló Nanita ¿Que quién era ella? La mujer más noble y buena que he conocido; se puede decir que fue mi segunda madre. Según me contó, llegó a la casa antes de que yo naciera.

—¡Ya nació, ya nació la criatura de la niña Conchita!

—¡Cállate, Agustina, no grites, ¡ni lo anuncies! ¿Qué no ves que la doña no quiere que la gente se entere del desliz de la niña?

—¡Bah!, vieja apretada. ¿A poco es fácil esconder a un niño?

—No, pero doña Engracia así lo cree. ¿Por qué crees nos mandaron al rancho? Ella no quiere que ni su familia ni sus amistades de Guadalajara se enteren de que la niña Conchita regresó de su viaje a California bien cargada. Es más: ni se te ocurra decir una palabra, porque te agarra a palos.

—La vieja catrina se va a poner suavecita cuando vea al niño. Está rechulo, bien gordito, blanquito. La niña se puso lista y seguro se fue con un uniformado güerote y altote.

—Muchacha, no digas tonterías. Acuérdate de que la niña Concha sólo está enferma de un mal pasajero.

—Deveritas que la vieja remilgada está loca. Decir que parir un hijo es un mal pasajero.

—Por Dios, mujer. Cállate.

—¡Ay…! Si bien que he visto a la vieja persignada escondida atrás de los corrales con el Tomás. Ella cree que los ruidos de los animales disimulan sus jadeos y sus gritos. Luego regresa toda coloradota, seria, déspota, dizque dando órdenes al hombre.

—¡Ave María Purísima! Eres una irrespetuosa. Mañana mismo te vas a confesar por hablar así de la doña.

—No seas apretada, tú también los has visto. ¿Tú crees que la doña me deje cuidar al chiquillo?

—No si te oye hablar.

—Cuando venga a ver a la niña se lo pediré.

—¡De tus cuidados Dios proteja a esa criatura!

Agustina logró convencer a mi abuela. No era una mujer bonita, pero yo la veía hermosa. Trenzaba su cabello negro con cintas de colores que hacían juego con las flores bordadas de su enagua. Su piel morena y sus pequeños ojos expresaban con sinceridad lo que su alma sentía. Con orgullo se decía mi cuidadora, mas yo de cariño la llamaba Nanita.

Me bautizaron a los pocos días, y para mi buena suerte, me llamaron Pedro. ¿Sabes? En ese entonces se acostumbraba a poner los nombres de acuerdo con el calendario. No hubo fiesta ni demostraciones de alegría y una conocida de mi madre aceptó, por caridad, ser mi madrina.

Eres curiosa, veo que te interesa saber lo que sucedió con mi mamá. Pobre, la melancolía se apoderó de ella. Sólo me tuvo con ella durante la cuarentena. Una indiscreción de su hermana menor hizo que las amistades se enteraran del pecado. Mi abuela, para poner fin a las habladurías, vino a recogerla y, por medio de una buena dote, le arregló un matrimonio con un hombre mayor. Él la aceptó bajo sus condiciones y también me dio su apellido; ahora me llamaba Pedro Valdez. Sin embargo, no le agradaba mucho; mi presencia le recordaba al otro hombre, al que mi madre amó verdaderamente y decidió apartarla de nosotros. Los recién casados se fueron a vivir a Zacatecas. Yo me quedé en la hacienda Los Robles, bajo el cuidado de Nanita y de los empleados de la abuela.

—Cuídalo, Agustina, trátalo como si fuera tu hijo. No dejes a Pedrito con mi madre. Ella no lo quiere, puede hacerle daño. Mandaré por ustedes en cuanto me sea posible.

—Váyase sin preocupación. Por Diosito, yo le juro que voy a velar por el niño Pedro.

—Te escribiré, lo prometo.

—¡Uh, niña! Va a estar complicado. ¿Qué no ve que no sé leer?

—Entonces llevas la carta con el padre Benigno y él te ayudará.

Cartas que, en apariencia, nunca llegaron, ni tuvieron respuesta. Tomás cumplía fielmente las órdenes de la doña, pero eso no me importó. Crecí pensando que los habitantes del rancho eran mis familiares. Nanita me procuró lo mejor. En especial, recuerdo la leche tibia recién ordeñada, los panes untados con nata y miel que me daba para desayunar. Confeccionó mi ropa y los primeros pasos los di tomado de su mano. No tuve compañeros de juego, no los necesité. Nanita me llevaba a jugar con las crías de los animales que estaban en el corral, y luego ella y yo nos revolcábamos en la paja. Nuestras risas alegres resonaban por toda la vieja casona.

¿Su edad? Nunca la supe. Era una persona sin edad, sin arrugas; lo mismo jugaba conmigo que me cuidaba o cumplía con sus labores. Era una mujer excepcional. Tenía predilección por los soldados sin importar el grado, con tal de que llevaran uniforme. Agustina creía que casarse con un militar le daba más categoría que meterse con un peón.

Muchas veces me llevó de paseo al pueblo para ver pasar algún regimiento. Me cargaba en sus brazos y decía:

—¡Ay, mi niño! Cuando crezcas vas a ser coronel. Lucirás guapo con tu uniforme café, muchas medallas colgadas en el pecho y montado sobre un caballo. Todas las viejas irán detrás de ti y, orgullosa, les demostraré que tú me quieres.

Ahora me da risa recordar esos días. Qué malvada es la vida. ¿Militar? Lejos estaba de eso. Ni Nanita ni yo sabíamos lo que nos deparaba el destino.

La alegría de esos momentos terminó una mañana en la que los remordimientos molestaron a doña Engracia. Después de cuatro años, se acordó que tenía un nieto escondido y vino a buscarme. ¡Vieja bruja! Gran sorpresa se llevó cuando me vio. Le gusté, le gusté mucho, más de lo que ella esperaba. Probablemente mi verdadero padre tenía buen tipo y yo me parecía a él. Fui un niño bonito: mi cabello rizado tenía el color del trigo, mis ojos color avellana y mi piel blanca sin ningún defecto.

Mi abuela decidió encerrarme en su casa de Guadalajara. Al principio, no quiso traer a Nanita, pero lloramos tanto que se apiadó de nosotros. Además, consideró la situación y encontró conveniente no tener que ocuparse del niño en lo más mínimo.

¿Crees que me dio alegría vivir con ella? Nunca. Ahí comenzaron mis pesadillas. Estaba obligado a cumplir las órdenes de la doña durante todo el día. No podía gritar, ni correr, ni comer con las manos. La ropa que con tanto cariño Nanita había confeccionado ardió en la chimenea ante mis lágrimas y comencé a usar prendas finas, que no debía ensuciar. Ya no hubo juegos. Un cinto de cuero limitó mi actividad y dejó marcadas mis nalgas. Lo que más me dolió fue que Nanita ya no me acompañaba. Una maestra, igual de agria que la abuela, ocupó su lugar y a diario me atormentaba con reglas de urbanidad, letras, lecturas y cuentas. En mi mundo, esperaba con ansias el atardecer, ya que después de rezar el rosario volvía a estar un rato con Agustina en la terraza. Luego me llevaba a mi cama para dormir. Entonces la abrazaba fuerte, muy fuerte y en secreto le hablaba al oído:

—Quédate conmigo, Nanita, no me gusta dormir solito en este cuarto. Esas personas, las de los cuadros, me dan miedo. Sus miradas son como la de mi abuela, y ya cuando me voy quedando dormido escucho los horribles ruidos que me hacen temblar… Son los diablos, Nanita, están abajo de mi cama, quieren castigarme por desobediente.

Se puso colorada, seria y, molesta, me preguntó:

—¿Quién te dijo esa barbaridad?

—La abuela. Ayer, mientras rezaban, me puse a jugar con las cuentas del rosario. De repente, ella me dio un golpe en la cabeza y me dijo que una de estas noches los demonios iban a venir por mí. —De nuevo me abrazó y me dio unas palmadas consoladoras en la espalda.

—No le hagas caso a la vieja fregada, no sabe lo que dice. Tú eres un niño bueno, un angelito que Dios protege.

A partir de esa noche, Agustina se quedaba a mi lado hasta que me dormía. Muchas veces desperté en la madrugada en busca de su protección y no la encontré. Se había marchado. Quería salir a buscarla, pero me daba más miedo caminar por los pasillos de la casa oscura, fría, llena de amargura… y el resultado del temor era obvio por la mañana. Las sábanas y mi ropa de dormir amanecían mojadas, otro defecto que aumentaba la lista negra que llevaba sobre mí.

Vuelves a preguntarme por mi madre. La verdad no sé qué pensaba. No cumplió su promesa. Por mi tía, me enteré de que yo tenía medios hermanos. El mayor, Herminio, tenía año y medio menos que yo. Cada año, mamá paría una criatura. Estaba demasiado ocupada para acordarse de mí. En Zacatecas, era una señora respetable cuyo pasado turbio quedaba en el olvido.

Los cambios no tardaron en llegar. Otra broma del destino y varias situaciones se unieron para echar raíces. A mi abuela le empezó a fallar la cordura. Odiaba a los hombres, no los soportaba, pero sí los utilizaba para su satisfacción. ¿Las causas? En aquel tiempo las desconocía. Su fijación empeoró y decidió, en su mente enferma, que yo debía ser niña. No volvió a cortarme el cabello, al contrario, me peinó con caireles y arriba de los pantalones comencé a usar una túnica que me llegaba abajo de la rodilla. Entonces no entendí el cambio, a los seis años mi única ilusión era jugar.

Recuerdo el año de 1906. En esa época, en el país se puso de moda todo lo que procedía de Europa, en especial de Francia. Se importaron la ropa, la música, la arquitectura y las tendencias artísticas. Quien no hablaba francés era considerado inculto. A Guadalajara vino a residir *madame* Sabine, una exbailarina que abrió una academia de ballet cerca de nuestra casa. Te ríes, ¿verdad? Estás imaginando lo que sucedió. No te equivocas. Mi abuela decidió que yo debía aprender la magia de la escuela francesa de ballet. Por supuesto, Agustina protestó.

—¿Cómo que bailarina? No la friegue, doña. Si mi niño Pedro es bien machito. Él será general y va a mandar un gran ejército. Eso del baile es para puras viejas. Imagínese lo que pensará el padre Benigno cuando se entere, y a la niña Conchita qué cuentas le voy a dar.

Nadie pudo convencerla. Mi abuela quería una nieta bailarina de rizos dorados que la obedeciera en todo. Hay que reconocer que dentro de lo negativo hubo algo bueno. Las clases con la vieja agria se redujeron unas horas y, por las tardes, Nanita me acompañaba a casa de *madame* Sabine.

Perdona, no escuché tu pregunta… Ah, sí, la clase sí me gustaba. La música y los movimientos me dieron la libertad que tanto ansiaba, podía ser yo, pero, como comprenderás, en la sociedad de aquel entonces no se acostumbraba que los varones aprendieran ballet. No había niños con quienes compartir los juegos, solamente niñas y, sin querer, adopté modales femeninos. Les imitaba el hablar, el caminar, jugaba a la comidita y a las muñecas. Mas algo no encajaba, porque no se puede ir en contra de la naturaleza; en el fondo quería jugar con niños. Cuando veía un grupito de niños, los observaba con envidia, deseaba ser como ellos, patear un bote por la calle, competir en una carrera o luchar para ver quién resultaba más fuerte. Me acercaba y, con tristeza, sentía el rechazo. Se burlaban y me decían: "Vete, mariquita, aquí todos somos machos". "Miren, ahí va la Pedra con su vestido rosa".

Por desgracia, a varios miembros de la familia también les incomodaba mi presencia. Me convertí en el blanco de sus críticas. Los sábados, mis tías y mis primos visitaban a la abuela. Odiaba ese día, odiaba la obligación de saludarlos, enfrentarme a los chamacos de mi edad con sonrisas sarcásticas y más odiaba a la causante de mi situación. Las viejas catrinas cariñosas acariciaban mis mejillas y en cuanto me volteaba hablaban pestes.

—Hijitos, jueguen aparte, no se junten con Pedro. Pobrecito, no es malo, sólo un poco "rarito". Más vale, no se vayan a contagiar.

¡Cómo me lastimaban! No entendía bien lo que significaban las palabras *mariquita* y *rarito*, pero las sentía ofensivas. Sin embargo, te acostumbras a vivir con los apodos que te ponen y, con el tiempo, se convierten en parte de tu personalidad.

Una tarde de visita familiar vi por primera vez las canicas. José y Miguel, mis primos, las jugaban en el patio de la casa. Los observé a distancia, estaba muy emocionado y, como nunca, se me antojó tocarlas. Tímido, me acerqué y les dediqué a mis primos la mejor sonrisa. ¡Qué tonto fui! Comenzaron a reírse de mi estúpida pretensión y, sin esperarlo, una lluvia de plantas cayó encima de mi cabeza. La rabia me invadió y me lancé sobre Miguel. No parecía macho como ellos, pero tenía uñas y dientes para defenderme… ¡Acertaste!, llevé las de perder. José me jaló de la camisa y entre los dos me pegaron. Lloré, estaba asustado, impotente, y para mi mala suerte, el llanto y los gritos atrajeron la atención de los adultos. Desgracia total. Las lágrimas y la tierra ensuciaron mi cara, la ropa y mi cabello estaba enmarañado. La abuela, furiosa, se paró frente a mí y delante de todos me dio varios cuerazos que me lastimaron el cuerpo y el alma. Había cometido el pecado de molestar a los primos y maltratar la ropa blanca llena de encajes.

Nanita me consoló. Entre sus brazos calmó mi tristeza.

—No te apures, mi niño, mientras Agustina esté contigo no necesitas de esos mocosos. Algún día nos iremos a buscar a la niña Conchita.

Después de ese episodio desagradable, Nanita me regaló una bolsa de papel, bastante pesada. Al abrirla, encontré varias bolitas de colores. ¡Imagínate! Unas canicas. Sin que la abuela nos viera, nos escondimos en la parte trasera de la casa, cerca de los cuartos de servicio.

La mujer se hincó en el piso y me invitó a imitarla.

—Primero hay que hacer un montoncito de tierra, como éste. En el centro formamos un hoyo. Ahora tomas la canica y desde aquí le vas a pegar con los dedos. —No entendí el modo de colocar los dedos.

—No puedo. Le tiré, pero se cayó. —Ella repitió el movimiento con lentitud.

—Lo haces mal. Fíjate bien.

La mujer era fantástica. Ahí, en cuclillas, me enseñó los secretos del juego. No sé cuándo aprendió a jugar, ni mucho menos de dónde sacó el dinero para comprarlas, pero créeme que esas piezas fueron mis compañeras en mis horas solitarias, el tesoro de mi niñez.

¿Que si nadie nos descubrió? Por supuesto, los sirvientes de la casa cubrieron nuestras huidas. Las prendas sucias se lavaban de inmediato y Nanita se preocupaba por colocar un pedazo de manta donde me hincaba. Por las noches, guardaba las canicas en un agujero que hice debajo del colchón.

Necesitaba esos cuidados. Mi abuela procuró amargarme la infancia. Todos los días me revisaba uñas, manos, rodillas y codos. Usaba los lentes, la lupa y con su índice amenazador repetía la letanía:

—Recuerda: las niñas decentes cuidan su cuerpo. No tienen raspones ni cicatrices. Si te llego a ver alguna marca, te pego. Eres una Robles, mi nieta, y tienes la obligación de comportarte como dama. —Luego se señalaba y mostraba una dignidad fingida—. Yo me ocuparé de que te conviertas en una señorita decente, no como la mujerzuela de tu madre, que enlodó mi apellido.

Para colmo, mi alimentación también fue vigilada con celo. Me prohibió comer lo que ella suponía que engordaba.

—Las bailarinas cuidan su figura, lucen mejor con la cintura pequeña. Debes ponerte ligera.

Era tal su obsesión que se atrevió a amarrarme un lazo en la cintura. Claro que Nanita no estuvo de acuerdo. A ella le encantaban los dulces y pensaba que los niños debían disfrutar ese placer. Cuando la acompañaba al mercado, pasábamos por el puesto de don Graciano y me compraba jamoncillos de leche, calabaza en piloncillo y jericallas. ¡Ah, qué delicia! Se me siguen antojando.

Las clases de baile continuaron. *Madame* Sabine opinaba que podía llegar a ser un buen bailarín. Constantemente me corregía. Pacientemente se paraba atrás de mí y, con suavidad, me ayudaba a mover el cuerpo.

—*Plié, plié, un, deux, trois*. ¡Pedro, Pedro! Cuidado con los brazos. No los dejes caer sin vida. Muévelos así, con gracia, en armonía con las piernas.

Participé en varias representaciones, siempre con papeles masculinos. Eso molestó a la abuela, por lo que evitó asistir a los actos. Incluso montaba en cólera cuando sus amistades la felicitaban por tener un nieto guapo. Esas malditas felicitaciones ocasionaban una tragedia que opacaba cualquier triunfo. Al llegar a casa, se encerraba conmigo en el cuarto y sacaba el cinto.

—Desgraciada. Te estás comportando en forma indebida. Algo haces para que te confundan con hombre. Si continúas en esa rebeldía, te llevaré al rancho para que Tomás te encierre en el sótano donde las ratas te comerán viva.

Yo temblaba con esa amenaza y la vieja loca lo sabía. Siempre me chantajeó con lo mismo. Terror me daba al recordar el maldito lugar mohoso, oscuro, donde murió encerrado mi perro, el Pinto. Pero ¿qué podía hacer un niño de nueve años? Sin duda, estaba pagando la deshonra de mi madre.

Los males son pasajeros y la estrella de la buena suerte brilló en el firmamento. Agradecí a Dios la falta de lluvia. La sequía provocó que las cosechas se perdieran en la hacienda y la vieja se ausentó de Guadalajara durante ocho meses. De nuevo, la libertad. Por primera vez la casa fue mía, pude gritar, correr sin temor alguno y la cocinera elaboró los platillos que me gustaban.

Estoy cansado, tengo la boca seca. Dame un vaso con agua… Mh… ya está oscureciendo. No tardan en venir las enfermeras a torturarme con sus manos filosas. Pronto tendrás que marcharte. ¿Quieres seguir escuchando la historia?

En esa época conocí la ciudad. Todos los días, al terminar la clase de ballet, Nanita y yo salíamos a pasear. Nos trepábamos en la parte trasera de una carreta y nos bajábamos en un parque, que, por casualidad, se encontraba frente al cuartel. Agustina no cambiaba, al contrario, con los años le entró un gran fervor religioso y las veladoras para San Antonio se volvieron frecuentes. Yo no lo sabía, Nanita se había enamorado de un soldado.

La noticia no me agradó. No entendía lo que significaba la palabra amor. Durante años fue un tema prohibido. Un beso entre un hombre y una mujer significaba pecado y acuérdate de que crecí con la idea de que los hombres eran malos. Esa maldad la comprobé cuando vi por primera vez al sargento Cipriano Uribe abrazar a Nanita. Sentí horrible. Me enfurecí, estaba celoso. ¿Qué derecho creía tener el desgraciado? Él podía conseguir muchas mujeres, en cambio yo solamente la tenía a ella. El hombre se mostraba cariñoso conmigo, me hacía bromas. Yo lo rechazaba. En mis sueños locos me convertí en un gigante poderoso que con una espada mágica hacía polvo al sargento.

Una noche en la que me desperté gritando por la pesadilla, me angustió no sentir a Nanita a mi lado. Vencí el miedo; salí a buscarla. No la encontré dentro de la casa, así que fui a su cuarto. Toqué varias veces, no me contestó. Sabía que estaba adentro, escuchaba su voz. Sin hacer ruido, abrí la puerta. Créeme que quedé sorprendido con lo que vi. Nanita estaba trepada encima de alguien. Me acerqué para ver mejor, ella no se dio cuenta de mi presencia.

—Nanita, ¿qué haces? ¡Lo estás matando! ¡Pobrecito sargento Cipriano!... ¡Ya déjalo!... Mira cómo respira, va a convulsionar. Los ojos..., los ojos los trae desorbitados... ¡Por favor, Nanita, ¡déjalo! No lo mates, no es tan malo.

Ella me vio, pero su mirada estaba lejos. Sus mejillas parecían carbones ardiendo y de su boca escapaban quejidos. De pronto, reparó en mí.

—Niño Pedro, ¿qué haces aquí? Por Diosito, vete. No veas, nada está sucediendo... ¡Vete a tu cuarto!... Ya no mires; tus ojitos puros no deben ver tonterías... ¡Vete, por favorcito!, yo te alcanzo luego. —No podía moverme, la escena me tenía hipnotizado. Nanita estaba semidesnuda. Nunca la había visto así. Su cuerpo me pareció más grande. Sus nalgas y sus piernas cubrían el cuerpo del hombre que ya no se movía y ella intentó inútilmente tapar con la sábana sus pechos erguidos—. ¡Ándele, mi niño, vuelve a tu cama! Si te llegas a enfermar de los ojos, la doña me mata. Al fin volví en mí y, ante las súplicas, salí corriendo del cuarto. Estaba asustado, pensé que había hecho algo malo. Esa madrugada, en vano esperé a Nanita.

Ya deja de reírte, no te burles de mi inocencia ¡Qué iba a saber que existía el sexo! Para la mayoría de los niños es normal ver las demostraciones amorosas entre los padres. Una caricia, un beso, compartir la cama. Para mí, un mundo desconocido. Descubrir ese tipo de relación provocó que nacieran en mi interior nuevas sensaciones que me agradaban, y más me gustó que a partir de esa clandestina noche de amor mi situación cambió.

Nanita no mató al sargento como lo pensé, al contrario, se convirtió en nuestro acompañante y protector. Era increíble convivir con un hombre, quise imitarlo en todo. La apoteosis vino cuando me subió sobre su caballo y me llevó a pasear por el campo. ¡Estaba montado en un potro de verdad! Eso asemejaba a tener la fortuna de mi lado.

¿Sabes?, descubrí una emoción maravillosa al correr sobre el animal; volví a tener ese sentimiento de libertad que me daba la danza. Por mi mente cruzaron imágenes de piruetas y arabescos mezclados con el olor a hierba fresca y el sudor. Los movimientos del potro imitaban los míos en el escenario y la música del piano en mis oídos nos envolvieron. Éramos uno, el equino y yo. Con Cipriano como guía, aprendí a pescar, a usar la resortera para tirar las tunas de las nopaleras, a prender una fogata y a nadar en un río de agua fría. Era como si tuviera un padre, y todas las noches miraba al cielo para pedirle al primer lucero que Nanita y Cipriano se casaran y me llevaran a vivir con ellos como su hijo... Deseos, únicamente deseos.

La temporada terminó con el regreso de mi abuela. Volví a la maldita rutina de encierro y de nuevo el ballet se convirtió en mi único refugio.

Los buenos tiempos estaban por llegar a su fin. La gente sorda no hizo caso a los rumores. Parecía que los problemas se encontraban lejos, muy lejos, las personas no se daban cuenta de que el descontento social amenazaba la paz que durante años se vivió bajo el mando de Porfirio Díaz. Se escuchaban rumores sobre la inconformidad de los trabajadores en un lugar llamado Cananea o sobre que en Río Blanco había una revuelta. El gobierno temió que las insurrecciones se generalizaran por el país. La peor noticia que recibimos fue que al sargento Cipriano lo enviarían en campaña al norte de México. Nanita y yo lo fuimos a despedir. A ella se le iba su amor, para mí se marchaba el mejor amigo.

El hombre vio mi melancolía. Me levantó del suelo y me sentó sobre el caballo.

—No llores, Pedrito, eso no se les permite a los niños valientes. Quiero que te portes bien y cuides de Agustina. —Con su mano me limpió las lágrimas.

—¿Por qué te tienes que marchar? No vayas, quédate con nosotros. Te escondo abajo de mi cama.

—No se puede, tengo que cumplir. Además, sólo me ausentaré unos días. Cuando termine la revuelta vendré por ustedes y nos vamos a Autlán con mis padres, luego, como te prometí, los llevo a conocer el mar. —Su dedo pulgar chocó con el mío. Siempre empleábamos esa señal al estar de acuerdo.

—Sí.

—Entonces recuerda las instrucciones. Sé complaciente con tu abuela, que no sospeche. ¿De acuerdo?

—De acuerdo.

—Toma, esto es para ti.

Sacó de su mochila unos caballitos tallados en madera. No quería que olvidara su amistad. En efecto, nunca olvidé al buen hombre, que no regresó. Meses de espera tratando de mantener la esperanza. El sargento murió en un enfrentamiento con los rebeldes, cerca de Nogales.

Pobre Nanita, daba pena verla. A cada rato se le salían las lágrimas y su sonrisa se marchitó. Yo también entristecí, pero aparentaba buen humor para animarla. Los sueños de libertad desaparecieron.

—Nanita, no estés triste. Te quiero mucho. Ven, vamos a jugar con las canicas. —La mujer continuaba con la mirada perdida en el espacio, sin responder a las caricias.

—No, mi niño, no hay más Nanita. ¿Qué no ves? Mi corazón ya no late.

—Tu corazón es enorme, le cabe mucho cariño, no la muerte. Cuando crezca, seré un bailarín famoso. Ganaré mucho dinero y nos vamos a ir de aquí. Te compraré enaguas, listones, una casa junto al mar y vamos a recorrer las playas montados en caballos. Nunca nos separaremos.

Agustina tardó tiempo en recuperarse. Poco a poco fue regresando el color a sus mejillas.

Disculpa que me haya quedado callado. He recordado demasiado y esas memorias han removido inquietudes que creí resueltas… Dame más agua, por favor. La enfermedad me quema, me consume.

¿Qué más sucedió? Nada diferente. Seguí siendo la niña de la casa, pero mi cuerpo fue cambiando. Tenía once años, la edad en la que los muchachos lucen desaliñados, largos y flacos. En los ojos malignos de mi abuela apareció el temor y por su mente cruzó otra terrible idea. No sé cómo lo hizo, pero la vieja investigó todo tipo de fórmulas para impedir la salida de vello en mis piernas, cara y pecho… ¡Malditas sesiones! Todas las noches, antes de acostarme, la abuela me untaba líquidos y cremas que me causaban irritación o dolor y la mayoría apestaba. ¡Pinche mujer! Si hubiera tenido un poco más de cerebro, se hubiera dado cuenta de que, por herencia, iba a ser lampiño. Un tormento innecesario. Nanita, desesperada, tapaba sus oídos para no escuchar mis lamentos. Cuanto más protestaba, tanto más dejaba marcadas mis mejillas la mano de mi abuela.

¿Que si no hice nada para defenderme? Claro. En una ocasión que no aguanté el ardor, tomé a mi abuela por los brazos y con fuerza la aventé al suelo. La vi caer y golpearse con el filo de la cama. De momento me sentí victorioso, al fin había vencido a la bruja… ¡Ay, ¡qué tonto! Enojada, sangrando de la frente, se incorporó, tomó el cinto de cuero y me golpeó hasta el cansancio.

—¡Bastardo, marica! Eres un malagradecido. Te voy a matar, al fin que no le haces falta a nadie. Ni tu madre te quiso.

Y en la carne viva que me dejó el cinto, me untó la misma crema ardorosa. No pude más, el dolor me hizo perder el conocimiento. Durante semanas no me levanté de la cama. Pensé que semejante castigo había calmado las ansias vengadoras de mi abuela. ¡Qué equivocado estaba! La vieja maldita planeaba su desquite mayor… Disculpa, no puedo continuar. Me faltan las palabras y el valor para… Gracias por entender. Fue uno de los episodios más difíciles de mi vida. Está bien. Si tú crees que es necesario que lo saque de mi interior, te lo diré, pero antes dame unos segundos. Necesito poner en orden mis pensamientos. Creí que evocarlo no me haría sufrir. Otra vez, me equivoque. Jamás podré arrancar de mi alma esa vieja historia. Sucedió una noche en que Nanita se alejó de mi cuarto mientras yo dormía. En mi sueño, escuché que alguien abría la puerta. Con el ruido me desperté, pero simulé que continuaba durmiendo… Dios mío, no entiendo cómo permitiste lo que sucedió. Nada más de recordarlo vuelvo a temblar de miedo, de impotencia y de rabia. La miserable mujer se abalanzó sobre mí y trató de ponerme un trapo húmedo en la nariz. Yo me defendí pateándola, moviendo desesperado los brazos y ahogando mis propios gritos, ya que el trapo impedía que mi voz saliera. Luego de luchar un rato, caí en un estado de semiinconsciencia. La mugrosa tela contenía alguna sustancia extraña que no me permitía reaccionar. Veía a mi abuela sin entender lo que sucedía, nada más percibía el movimiento de mi cuerpo que alguien arrastraba por el pasillo. Ante mis ojos desfilaron las patas de las mesas, de los sillones y algunas lámparas prendidas. Mis piernas se golpeaban al bajar por las escaleras, como si fueran hilachos sin energía. Quise incorporarme cuando llegamos a la puerta de la cocina, no pude. Un golpe en la cara me volvió a atolondrar, pero no lo suficiente para no darme cuenta de la tina llena de agua caliente, que estaba sobre el piso. Más allá, sobre la mesa, alcancé a ver los mangos negros de los cuchillos. Esos malditos cuchillos que recordaba. ¿Dónde los había visto? A pesar de mi estado, mi subconsciente revisó cada momento del pasado hasta llegar a un remoto episodio de mi infancia. Recordé el chillido de los cerdos, el horror reflejado en los ojos de los animales y la sangre brotando de sus cuerpos doloridos. Tomás sostenía el cuchillo en una mano mientras que con la otra terminaba de arrancarle los testículos a un cerdo. No era posible que lo mismo me fuera a suceder. Encogí las piernas para defender mis partes y para que la vieja no pudiera desvestirme. ¡Ah! Qué golpiza recibí. Ella logró encuerarme de la cintura para abajo y meterme en la tina con agua. De repente, su mano tocó mis genitales, acariciándolos, estrujándolos, deleitándose con la piel suave, y en su rostro me pareció ver una sonrisa perversa.

—Se acabó, Pedro. Nunca más volverás a desobedecerme. Si no aprendiste a ser una mujer decente por las buenas, aprenderás por las malas.

Mientras la doña echaba unos polvos en el agua, traté de salir. Poco podía hacer, sin embargo, mientras me movía en la tina, gritaba algunas incoherencias para que alguien escuchara; tal vez, en esos minutos algún santo se apiadó de mí. Como estaba en el suelo junto a la mesa, en un último intento por salvarme, jalé con fuerza el mantel y en su caída se trajo consigo los cuchillos, los frascos, una palangana, los candelabros y hasta el frutero.

—Maldita infeliz, me estás provocando, pero ni creas que me voy a compadecer de ti.—¡Nanita, Nanita, ¡ayúdame!

¿Dónde estaba Nanita que no venía a rescatarme? No estaba en casa. La vieja le había ordenado dormir en su cuarto. La bendita salvación vino de otra persona. Por la puerta que comunicaba la cocina con el patio de servicio entró Jesús, el jardinero de la casa.

—Lárgate, desgraciado. Éste es asunto de familia. Si hablas una palabra, te juro que te refundo en la cárcel.

Por suerte, el hombre supo cómo actuar y, simulando que se retiraba, tranquilo, se tropezó con toda intención con unas escobas, las cuales cayeron sobre unas ollas de peltre, logrando que la noche se llenara de escándalo. Hizo tanto alboroto que llamó la atención de los demás empleados, que, asustados, llegaron a la cocina. Nerviosos, se pararon junto a mí para protegerme.

Cuando Nanita se dio cuenta de lo que podía haber sucedido, se abalanzó sobre mi abuela, sin importarle que ésta pudiera azotarla o acusarla de robo. Nada más alcanzó a jalarle los cabellos ya que Jesús las separó. Nanita, con lágrimas en los ojos me abrazó y me protegió entre sus brazos salvadores.

—¿Estás bien, mi niño? Déjame verte, angelito.

—Por favor, Nanita, ya no te vayas. —En voz baja, le

dirigió unas palabras a mi abuela, quien, indignada, abandonó la cocina.

—Vieja endemoniada. Deveritas que trae el chamuco por dentro.

Nadie podía dar crédito a la obsesión y maldad de mi abuela, mucho menos yo. Entre Jesús y Agustina me llevaron a mi cuarto; me revisaron, comprobaron que me encontraba completo y que lo único que tenía eran varios golpes. Claro, las heridas físicas sanaron con facilidad; las emocionales tardaron.

Al día siguiente, doña Engracia despidió a los sirvientes que trabajaban en la casa y contrató nuevo personal. Las amenazas eran tan grandes que nadie se atrevió a desafiarla, ni mis tías que, conociendo la verdad, temían quedar desheredadas. Sólo Nanita la acusó con el padre Benigno, pero la astuta vieja la hizo quedar como una criada mentirosa, malagradecida, y para recibir el perdón de mi abuela tuvo que donar sus largas trenzas a la figura de la virgen de los Dolores. Debo reconocer que gracias a la actitud vigilante de los que nos rodeaban la vieja idiota no me volvió a tocar. Por el gran amor que Nanita me tenía logré sobrevivir a todos los temores que me asaltaban en esa casa. Aquel percance quedó como una horrible pesadilla, que Agustina consolaba con sus cuidados.

¿Te impresionó? Lo sabía. Durante años cargué con esa zozobra dentro de mi alma, pero luego aprendí a no darle más importancia, hasta ahora que la vieja jija viene a visitarme cada noche. La maldita sabe que estoy enfermo, viejo e indefenso. Quiere llevarme con ella al infierno para completar su obra. No lo olvidó, estoy seguro. Por eso su alma no descansó, sigue atormentada.

¿Qué pasó después de esa noche? El tiempo siguió su marcha dejando que todo regresara a su cauce y yo volví a ser el mismo Pedro, obediente, que acudía a las clases de ballet, simulando ser una niña. Como resultado de mi aparente sumisión, mi abuela volvió a portarse tolerante conmigo, aunque yo no pude volver a estar tranquilo a su lado. En recompensa a mi buen comportamiento, por las mañanas me mandó a estudiar a una escuela de religiosas. A pesar de que me topé con niñas muy crueles que se burlaban de mi situación, gocé esa época. ¿Por qué? Estaba aburrido de las clases particulares, de permanecer encerrado tantas horas en casa escuchando las lecciones que me daba la vieja agria. De alguna manera, en la escuela había más libertad y otras niñas con quienes jugar. Sí, tienes razón. A las monjas también les extrañó mi comportamiento afeminado, los atuendos que vestía y el cabello largo peinado en caireles. Cuando hicieron preguntas, la abuela se las ingenió para hacerlas caer en su juego perverso, además de mandarles cada quincena buenos donativos. No importaba, yo estaba contento con ir a la escuela y por la tarde asistir con *madame* Sabine. No existían conflictos si Nanita continuaba a mi lado. Ella era mi alegría, mi compañera, mi salvadora, pero, por desgracia, no pude salvarla de su destino.

Sí, le sucedió algo muy triste. Pero para que me entiendas, déjame explicarte lo caótico de la época. Tal vez tú lo has leído en los libros de historia; yo lo viví y a pesar de que era un niño todavía guardo los hechos en mi memoria. No sé exactamente el día, pero en el periódico apareció la noticia de que Porfirio Díaz había renunciado a la presidencia y se marcharía del país. Para muchas familias eso fue una tragedia. Recuerdo la tarde en que llegó la noticia a casa. Hubo una reunión familiar y, por primera vez, vi llorar a mi abuela. Sentí temor por nosotros. Había rumores, incertidumbre, la realidad nadie la conocía. No quedó más que esperar los cambios en el gobierno.

Los ejércitos se movilizaron y, por desgracia, llegó a Guadalajara el teniente Martínez, un hombre prepotente, déspota y mujeriego. Nanita, que como siempre rondaba por los cuarteles, se convirtió en víctima de los siniestros encantos del militar. Estoy seguro de que no lo amaba, de que la perdió una pasión malsana, junto con el tonto orgullo de sentirse la elegida del momento. No me agradó la relación. Sentí que Nanita cambiaba; se volvió seria, silenciosa, distraída. Me sorprendió encontrarle moretones en brazos y piernas.

—Sucedió ayer cuando fui por la leche. No me fijé en unas piedras y me caí. —Volteó la cara. Evitó la insistencia de mis ojos.

—Algo te sucede. Tal vez estés enferma de los ojos, porque la semana pasada también te caíste. La conocía bien, mentía.

Un día, la abuela la mandó a llevar un recado a la tía Lupe. Al principio no nos preocupó su tardanza, pero al anochecer, unos gendarmes tocaron al portón. Algo le había sucedido a Nanita. Mi corazón latió tan fuerte que sentí que se me salía. Varios sirvientes se fueron con los policías y yo salí corriendo tras ellos. Mis piernas no podían ir más rápido. Llegué a un lugar donde había reunida mucha gente, parecía el viejo corral de una casa abandonada, y, con tristeza, encontré a Nanita tirada sobre el estiércol seco. Estaba sucia, como si la hubieran revolcado; en sus brazos desnudos había raspones. Su ropa hecha jirones dejaba ver partes de su cuerpo herido. En la frente tenía una cortada grande que deformaba el párpado y la nariz desviada dificultaba el paso del aire. De su boca y sus oídos salían hilos de sangre.

—Nanita, Nanita querida, ¿qué tienes? Por favor, háblame, soy yo, Pedro.

No se movió, el dolor no se lo permitió. Respiraba con dificultad, como si sus pulmones ya no quisieran recibir oxígeno. Muy quedito y con dificultad la escuché decir.

—Mi niño…

No habló más, cayó en la inconsciencia. Asustado, la abracé y no me separé de ella hasta que el padre Benigno logró arrancarme de su lado, y como nunca en mi vida, odié a una persona… Deseaba matar al teniente Martínez, que con tanta cobardía había golpeado a Nanita. Nadie lo pudo localizar, el maldito huyó el mismo día.

Agustina no recuperó el conocimiento, las heridas internas no tenían curación. Dos días duró su agonía. No quise separarme del lecho. Con un paño húmedo limpiaba el sudor de su cuello, le hablaba, le pedía que abriera los ojos. No lo hizo. Aborrecí al dios de mi abuela, con todas sus vírgenes y sus santos, que no escucharon mis súplicas. Nanita murió el día de la primera posada de 1911.

¿Alguna vez has sentido la soledad? Así me sentí, solo. La vieja bruja ni siquiera se presentó al entierro; la única mano amiga que me consoló fue la del padre Benigno. De regreso a casa me encerré en mi cuarto. No quise ver a nadie, ni comer. Mi vacío era tan enorme que quise morir. Como resultado de la depresión, enfermé. Mi abuela no le dio importancia, es más, ni le importaba, pero el sacerdote, preocupado por mi estado, averiguó el domicilio de mi madre y le escribió.

No lo esperaba. Tres semanas después llegó mi mamá con su familia. Al fin se preocupó por el niño que abandonó recién nacido. No sentí ninguna emoción al verla, era una desconocida que deseaba quererme. No lo niego, ella me parió, pero entonces no podía nombrarla madre porque la que conocía estaba muerta.

No creas que río de alegría, no, esta risa que notas en mis labios es de dolor. Todavía me acuerdo de la cara del señor Valdez, mi padrastro, cuando me vio. Estaba horrorizado. ¿Qué había hecho la abuela conmigo? Llevaba varios días sin asearme, el cabello largo, enredado, lo traía suelto y las ojeras le daban un color especial a la palidez de mi rostro.

Tal vez le asustó lo que reflejaba mi alma: un niño solitario, temeroso, sin fe y afeminado. Se dio cuenta de la terrible realidad, la venganza de la abuela estaba consumada. Las cartas y el dinero que durante años enviaron nunca me los entregó. La pinche vieja astuta les contestaba las cartas y retrataba un paraíso, felicidad que sólo existió en el papel.

Mi madre quiso llevarme con ellos a Zacatecas. No acepté, no tenía lugar en el mundo porque mi hogar había sido Agustina. En cualquier espacio me sentía extraño.

La esperanza volvió a iluminar mi camino cuando mi padrastro propuso enviarme a la Ciudad de México, a casa de su hermana, con el fin de estudiar danza a un nivel superior. No tenía nada que hacer en Guadalajara con la abuela. Antes de marcharme, acudí al panteón a despedirme de Agustina. Los dos lo habíamos conseguido, éramos libres. En su tumba deposité, escrito en un papel, lo que ella significó:

Nanita, mi Agustina, me llevo tu sonrisa,
las flores de tus enaguas, la hierba fresca.
El arroyo cristalino, el canto de los jilgueros,
el perfume con olor a miel, el calor de tu rebozo.

Mañanas de alegría, noches con estrellas.

La mujer más hermosa, la más querida, eso eres para mí hoy y siempre, Agustina de mi corazón, mi Nanita.

MARTÍN QUINTANILLA

Es difícil aceptar que la salud dependa de una sustancia extraña. Diariamente, a la misma hora, el líquido penetra con lentitud en mi brazo y me da el alivio. Las protestas las debo ocultar.

¿Tienes buenas noticias? Vaya, parece que esta semana tendré algunas alegrías. ¿Sabes?, el lunes vino Cata, descubrí que es una buena hechicera. Desconozco el tipo de magia que utilizó para introducir en el cuarto ate de guayaba y pan de dulce sin que las enfermeras se dieran cuenta. Unos bocados de gloria entre tantas limitaciones.

Así que alguien se compadeció y me va a regalar una silla de ruedas. ¡Al fin! Dios no se ha olvidado de mi existencia. Todavía hay almas caritativas. ¿La próxima semana la vas a traer? No importa. En mi tiempo ya no caben las prisas, es más, ya no me importa el hedor, me estoy acostumbrando. Ahora deseo conocer el origen de esa música. Alguien lleva días tocando la melodía en el piano. ¿Cómo que no la oyes? Pon atención y la escucharás. No suena bien, está algo desafinada; en realidad esa parte la deben tocar los violines y los cascabeles. ¿Sigues sin escuchar? No te culpo. El sonido apenas se oye y tal vez no captes el ritmo porque no la conoces. Se llama *La danza de los amantes en primavera*. No…, no me acuerdo quién la compuso, pero el maestro Solís y su orquesta hicieron la mejor interpretación. Después de su estreno en el teatro se convirtió en la melodía más popular de la temporada. Se acostumbraba a tocarla en bailes y convivios… ¡Ah, estos recuerdos me empalagan!

También me visitaron mis alumnos. Me alegró verlos, los noté cambiados, crecidos. No me han olvidado. Ellos me regalaron ese cuadro que ves sobre la cómoda. Acércate, obsérvalo bien. La verdad, es una mala imitación de Guadalajara, pero pienso que el paisaje colgado en la pared romperá la monotonía de mis ojos.

Ya me informaron, alguna mala noticia tenía que surgir. Presentí que le darían mis clases al infeliz de Montalvo. Siempre lo supe mi gran rival, ansiaba mi retiro. En la escuela de danza se jactaba de sus ideas revolucionarias y les hizo mala fama a mis coreografías. Decía que mis rutinas estaban obsoletas, gastadas, ¡como si la danza pasara de moda! Un hombre advenedizo, mal imitador de mi talento y, por desgracia, la persona que heredó a mis muchachos. La sucia política que utilizó precipitó mi enfermedad. En esos años, tenía la ilusión de que me llamaran a trabajar en la inauguración del Margo. No lo hicieron, vieron mis años, mi sobrepeso, no la experiencia. Le otorgaron el privilegio a otro. Fue un golpe duro del cual no me recuperé. Es la traición que llevo sobre la espalda.

Entiendo tus explicaciones, no dulcifiques la verdad con palabras amables, ya estoy viejo para escuchar mentiras. Nada más denigrante para un coreógrafo que dirigir con torpeza, desde una silla, a un grupo de bailarines. Mis piernas ya se negaban a moverse y a cargar un cuerpo grueso.

¡Qué sorpresa, no te esperaba! Me encuentro bien. No quise ilusionarme, pero no pude evitarlo. ¿Quieres que cierre los ojos? Vamos, no soy un chiquillo... Está bien, está bien, tú ganas. ¿Los abro? Mmm... ¡Mi silla de ruedas! Quiero estrenarla ahora mismo, muero de ganas por salir. Por caridad, llévame al jardín, necesito que aire fresco haga circular la energía dormida de mi organismo.

¡Mira, allá hay gente! Me sentía el único habitante del asilo. En el encierro perdí la cuenta de los días o las semanas que han transcurrido. Hoy está soleado, pero llegué aquí en una tarde fría. Estaba mareado, adolorido, acababan de amputarme la pierna. Me trajo Marilú, una bailarina que trabaja en un centro nocturno. Me dijo que aquí viven los artistas retirados o enfermos. Recuerdo poco, me sentía tan mal que no vi a nadie.

El salón está lleno de ancianos. ¿Serán internos? Colócame junto a las mujeres que intentan bailar. Quiero verlas.

¿Sabes quiénes son? No me suena el nombre de Tina Romo... ¡Ah! ¿Así que trabajaba de segunda tiple del Teatro Principal? No la recuerdo. ¿María Pardo?... No lo puedo creer, tan vieja y seca. Cuando debutó estaba bonita, tenía un cuerpo bien formado que mostraba con generosidad. Fue de las primeras bailarinas que escandalizaron a la sociedad. ¡Imagínate, salía al escenario envuelta en gasas transparentes que dejaban ver sus maravillas! Poco tiempo duró su número en el teatro, la Liga de la Decencia se encargó de censurarla.

Y ese señor, el que tiene poco cabello, creo que es el gran ventrílocuo, el que actuaba en el Salón Rojo. No, no recuerdo su nombre, pero hace algunos años su caso fue muy comentado por la prensa. Él triunfaba junto a su muñeco, el Conde Bobby, por cierto, un muñeco con carita simpática. Una noche, unos truhanes le robaron la cabeza al Conde y el pobre hombre no le encontró otra cara amigable. No pudo soportar el fracaso y enloqueció. Tal vez por eso arrulla el cojín.

El hombre sentado junto a la ventana con el cuerpo tembloroso se parece a… No se parece, es el gran Luis de Haro, el pianista. Tal vez es él quien toca *La danza de los amantes en primavera*… Tienes razón, es imposible, sus manos ya no sirven.

¡Mira, mira en ese rincón, la mujer de cabello blanco que está hablando sola! Es Marianita de León, la joven actriz que trabajaba en la compañía teatral de Esperanza Iris. ¡Vaya, cómo ha cambiado! Así de viejo me he de ver. Deja de sonreír y contéstame. Bueno, no necesitas confirmarlo, estoy seguro. Sácame de este lugar. Me molesta verme retratado en estos viejos acabados. Prefiero el exterior.

Al fin mi sueño se cumplió. Huele a hierba recién cortada, a fresco. Quiero ir por el caminito donde se encuentra la fuente. No esperaba que el jardín fuera grande. Estaba acostumbrado a observarlo desde la ventana, o lo percibía pequeño ante mi desesperanza. Ven, vamos abajo de ese pirul, quiero cortar una rama y que me impregne con su olor. Además, deseo taparme con la frescura de su sombra. ¡Qué placer, qué tranquilidad se respira!

¡Ah! No me había dado cuenta de que traías la caja. Qué bien. En este momento el buen humor me ayudará a recordar.

La carita de cerámica anaranjada es auténtica. ¿Te gusta? La recogí en el valle de San Juan Teotihuacán, cuando nos llevó de excursión el profesor Martín Quintanilla. ¿Conoces el lugar? Dicen que ahora la zona se destina a los turistas, pero cuando fui por primera vez, los arqueólogos apenas estaban estudiando las ruinas y excavando en varios sitios.

Llegué a la Ciudad de México una tarde de febrero. El señor Valdez me trajo junto con mi medio hermano Herminio; éramos dos extraños que nos mirábamos con recelo. Mi padrastro nos dejó en casa y al cuidado de su hermana Pepita. Pobre mujer, se le amargó el día al vernos y con toda razón: atendía a sus seis hijos, a Luis, su marido, y a su suegro. Al principio, nos aceptó de mala gana, mas con el tiempo notó lo ventajoso de nuestra presencia. Por la noche, la ayudábamos en las labores domésticas y en el cuidado de los niños. Como yo sabía coser y bordar, me entregaba las prendas a zurcir.

Te equivocas, pasábamos el día fuera de casa, era imposible estar ahí: vivían en una vecindad en el centro de la ciudad. Un espacio pequeño para tantos habitantes. Por suerte, Luis trabajaba como profesor en una escuela y él se encargó de nuestra educación.

¡Imagínate cómo me sentí en la capital! Estaba atontado. Demasiado grande en comparación con Guadalajara; nos perdíamos con facilidad. Podía pasarme horas viendo a la gente caminar por las nuevas calles adoquinadas entre los pocos coches y las carretas jaladas por caballos. Tiendas elegantes, restaurantes al aire libre, fuentes, alamedas, y a pesar de la inestabilidad política, la ciudad no perdía su señorío. ¡Ay, cómo recuerdo la primera vez que me subí al tranvía! Moría de miedo y de emoción.

Continué con las clases de ballet en la Nueva Academia Francesa, localizada cerca de Santo Domingo. No me agradaba, ya que tenía un maestro que, por supuesto, no me consentía como *madame* Sabine. Lo bueno fue que, por primera vez, no me sentí aislado, único, ya que a la escuela asistía un número mayor de varones. Herminio también estaba matriculado, pero no tuvo facilidad para este arte; sin embargo, por sus venas corría la actuación, ya que engañaba a la perfección al esposo de Pepita para no asistir a clases.

A la hora de la salida acompañaba a Luis a la plaza donde se reunía con sus compañeros, rutina que se convirtió en una experiencia interesante ya que pude compartir el exclusivo mundo de los hombres. Lo mismo hablaban de política que de arte, deporte o religión. En esas reuniones conocí al profesor Martín Quintanilla, apasionado amante de la historia antigua de México y de las tradiciones populares.

Era un tipo sensacional. Vestía traje gris y sombrero, sin olvidar el paliacate rojo que salía del bolsillo de su saco, en el lugar donde debía salir un pañuelo. Él decía que lo usaba para no olvidar sus raíces. Tenía treinta años, aunque yo lo veía de más edad. Le gustaba que los niños se le acercaran a platicar, tal vez porque en sus diez años de matrimonio no había tenido hijos. Siempre, antes de hablar, sacaba el paliacate y secaba el sudor de su frente.

—Muchacho, nunca hay que negar nuestros orígenes. Acuérdate: somos mestizos, herederos de grandes culturas, como la prehispánica y la española. Todas valiosas porque dieron como fruto a la mexicanidad. Ve la muestra de esa combinación en nuestra piel, en las facciones. No somos cobre, ni blancos, sino morenos. —Con desilusión, miré mi brazo y señalé mi mejilla.

—¿Usted cree que yo entre en esa clasificación? Yo soy muy blanco; dicen que mi papá era estadounidense.

—Dobló el paliacate, respetando las líneas del planchado, lo guardó y me tomó de la barbilla.

—La mexicanidad no sólo se lleva en la sangre, también forma parte del espíritu. Es la cultura que bebes desde pequeño, tus raíces. —Sus ojos entusiasmados recorrieron el lugar hasta encontrar unas personas que pasaban por la acera de enfrente—. Mucha gente quiere ocultar esa herencia. Por medio de ropajes, modos y vocabulario intentan convertirse en europeos. Esconden lo nuestro como si fuera pecado. Observa qué ridículas se ven esas mujeres que disfrazan el color moreno con polvos rosados; el negro de las cabelleras, con malos teñidos, y para colmo, hablan un español afrancesado. —Hizo una pausa y señaló a una vendedora de elotes que estaba sentada junto a la fuente—. En cambio, fíjate en las sencillas mujeres del pueblo: limpias, bonitas. Han querido borrar el pasado, pero nunca podrán quitarnos la mexicanidad.

Muchas horas disfruté escuchando los hechos históricos de México. Las descripciones de bailes y vestuarios que hacía el profesor despertaban mi imaginación. Recordaba con satisfacción los años que viví en el rancho, cuando asistía a las reuniones nocturnas de los peones y sus familiares, convivios que, en general, terminaban en fiesta. Algunos hombres con sus guitarras tocaban sones y las parejas zapateaban al ritmo de la música en un alegre cortejo. A estos sones les llamamos jarabes.

La seducción que sentía hacia los bailes mexicanos me convirtió en fiel acompañante del profesor Quintanilla a todas las festividades de la ciudad y sus alrededores. Las preferidas fueron las que se efectuaban en la Villa de Guadalupe. Podía pasar horas observando a los concheros y en la euforia total bailaba con ellos. También, fue él quien, sin proponérselo, me introdujo en un nuevo mundo: el teatro. Martín conocía a algunos tramoyistas que trabajaban en el Colón, el Orrín y el teatro María Guerrero, y sin pagar, nos invitaban a Herminio y a mí a colarnos en las funciones vespertinas. Ahí, por primera vez, vi a las tiples con ropas exóticas, que bailaban al ritmo de melodías alegres; a las divas recitando sus parlamentos; a los cómicos e ilusionistas de la época y a los grandes actores interpretando sus personajes. Me encantó ese mundo que, en lapso de una hora y media, se transforma en irreal, en magia musical, fantasía dentro de preocupaciones cotidianas.

No te miento, me atrajo la idea de pertenecer a esa élite que todas las tardes se llenaba de luces para salir al foro. Te equivocas, no sólo conocí el glamour del *vaudeville*, sino también el de tras bambalinas, las facetas del teatro de comedia.

Una noche le comenté al profesor mis inquietudes y él me contestó:

—Algún día actuarás en estos escenarios. Estoy seguro de eso, muchacho.

—¿Cree usted qué pueda ser tan bueno para bailar ahí? —Le contesté, incrédulo. Él sonrió y revolvió mi cabello con su mano.

—Hay que confiar en el futuro, fijarnos metas y lograrlas. Tienes mucho talento guardado en tu cabeza. Sólo tienes que dejarlo salir y cultivarlo. Muchacho, lo lograrás, lo sé.

En muchos momentos, Quintanilla ocupó el lugar de padre, de compañero y de guía. Muchachos como nosotros no podíamos pensar en aventuras o vacaciones. El dinero que enviaba mi padrastro apenas alcanzaba y la mayoría se lo entregábamos a Pepita para los gastos. Martín entendió nuestra situación y, cuando podía, nos invitaba a sus expediciones arqueológicas.

¿Que cómo me llevaba con Herminio? Bien. No te miento, los primeros meses me sentí a disgusto, estaba acostumbrado a estar solo, consentido por Agustina y supongo que a él le desagradó mi aspecto "rarito". Le daba pena decir que éramos medios hermanos, pero la lejanía del hogar y la nostalgia nos unió. Sólo nos teníamos el uno al otro. Aprendimos a confiarnos, protegernos y a soñar con un futuro mejor.

¿Mi mamá? Teníamos una relación especial. Ambos pusimos algo de voluntad para querernos; sin embargo, la distancia no ayudó. Dejó Zacatecas y se mudó junto con su familia a Guadalajara. Nos visitó tres veces y me escribía con frecuencia. Todavía guardo en el ropero sus cartas. Realmente nuestro acercamiento sucedió muchos años después.

No obstante, debo serte sincero, durante los primeros años que viví aquí, en la Ciudad de México, no fue necesaria la presencia de mi madre. El profesor Quintanilla y Loreto, su esposa, se convirtieron en mi familia. Como te dije, fue el padre que siempre anhelé tener, pero, al mismo tiempo, nunca olvidó nuestra amistad. Fui yo quien se alejó de Quintanilla.

ELOÍSA

ESTOY DESESPERADO. Cata prometió traerme galletas de canela; se me hace agua la boca al pensar en ellas, puedo percibir el olor de la pasta recién horneada. Seguramente las enfermeras le prohibieron la entrada, les gusta atormentarme sin mis antojos. ¡Ay, olores y sabores de antaño! Caminé por muchos países y disfruté los mejores manjares. Es más, durante las largas temporadas que viví en el extranjero aprendí a cocinar. ¿Quién crees que enseñó a la familia a preparar la paella? Recuerdos que hoy tienen sabor amargo.

No quiero pensar en el dulce veneno que lastima mis sentidos y sólo hace más doloroso el antojo. Mejor vamos afuera. Un paseo alejará los malos pensamientos.

Otra vez sopla el aire, mira cómo mueve los laureles. Parece un ladrón que desea hurtar sus flores. ¿Laureles? Apenas me di cuenta de su existencia en la inmensidad del jardín. Lástima, desde mi ventana no los puedo apreciar. En Jalisco crecen muy bien esos arbustos, probablemente se deba a la tierra o al clima.

Sí, tuve que regresar a Guadalajara. No quería volver, no deseaba enfrentarme con las horribles pesadillas que, con desesperación, deseaba olvidar. No tuve alternativa, mi padrastro nos pidió que acudiéramos a casa. Mi madre estaba desolada, la tifoidea había matado a sus dos hijos menores.

No te imaginas la angustia provocada por el viaje. ¿Cómo me recibiría la familia? ¿Qué pasaría al encontrarme con la abuela? ¿Intentaría de nuevo sus malvados planes de castración? No, por supuesto que no la dejaría; además, yo ya no era el mismo niño sometido, había crecido y mucho. Era más alto que los muchachos de mi edad. Mi rostro dejó sus formas infantiles y el ballet desarrolló mis músculos, lo que me daba una apariencia mayor a mis quince años.

Todo había cambiado. La casa grande que recordaba me pareció pequeña. Eso sí, seguía oscura, fría, ahora sin lujos, ni adornos, ni antigüedades, demasiado austera. Encontré a mi madre en su habitación, tendida en su cama, triste, con la mirada perdida. Cuando notó mi presencia me abrazó con fuerza, su llanto mojó mi hombro. En ese entonces yo lo ignoraba, pero ella pensaba que la pérdida de sus hijos se debía a un castigo divino por haberme abandonado. ¡Pobre mamá! No volvió a disfrutar de la tranquilidad, se convirtió en fatalista, siempre esperando lo peor.

Recorrí los pasillos sin miedo, ya no me parecieron largos y mis piernas me llevaron a la que había sido mi habitación. No podía mover la manija de la puerta. Mi mano temblaba, pero, al abrir la puerta, me llevé una gran sorpresa: encontré varias camas y seis niños de diferentes edades entretenidos en sus juegos. Eran mis otros hermanos. También a ellos les extrañó mi entrada. No me conocían, aunque les habían dicho que el hermano mayor vendría de visita.

Observé sus caritas, reconocí los rasgos familiares, en especial en Anita, una pequeña de siete años: tenía gran parecido conmigo.

En un rincón vi la que fue mi cama y, con el corazón acelerado, me acerqué. Discreto, busqué el agujero que hice en el colchón para guardar las canicas. Todavía estaban ahí.

¿Mi abuela? Tienes razón, no la he mencionado. La vieja seguía viva, estaba sentada en una banca del patio. En el momento en que me topé con ella, muy a mi pesar, los nervios me traicionaron y no supe cómo saludarla. Ella me miró, estoy seguro de que lo hizo, pero tal parecía que mi cuerpo fuera transparente, no existía, no me habló, ni siquiera hubo un cambio en su expresión. En cambio, a Herminio lo recibió de maravilla; fue la abuela más dulce y cariñosa del mundo. ¿Sabes? Sentí horrible. Ella siempre encontró la manera de aplastarme.

La vieja también cambió, decían que estaba deprimida. Su cabello había encanecido; su cuerpo delgado provocaba que su nariz y sus horribles ojos se pronunciaran más. Tristes son las vueltas que da la fortuna y a ella le había ido mal. Los peones abandonaron la hacienda; fueron a cumplir con la Revolución, las cosechas se perdieron y la tierra se secó. Tomás, valiéndose de la revuelta, se apoderó de varias hectáreas. No sé qué le afectó más a la anciana, si la pérdida económica o el engaño del amante.

No me alegró su tragedia, tampoco me dolió, me mostré indiferente. Ella se lo buscó. Después de unos días, me acostumbré a la transparencia a la que me condenó. Pero la angustia duró poco; yo consideré mi estancia una de las mejores épocas de mi vida. Cada vez que recuerdo esos días vuelvo a sentir el placer inmenso de las caricias. Sí, en ese viaje descubrí mi sexualidad.

Busca dentro de la caja, ahí debe estar un pequeño crucifijo de plata, probablemente envuelto en algún papel... ¡Míralo! El metal ya perdió el brillo por el tiempo que lleva guardado. Este objeto perteneció a Eloísa. Sí, a Eloísa viuda de Olmedo.

¿Qué sucedió? Toda una aventura. ¿Recuerdas a mis odiosos primos José y Miguel? Pues no pude evitar el encuentro con ellos. Más que afecto, fue la curiosidad la que los hizo buscarme y, para mi beneplácito, me sentí superior a ellos. Yo era más alto, esbelto y de mejor tipo. Desventaja que les disgustó, así que me llevaron a sus terrenos.

—Pedro, ven con nosotros, te invitamos al escondite. En la tarde tenemos cita con la Pichona, se pondrá bien. Como vamos a ser varios, nos dio un precio especial. Sólo deberás cooperar con unos centavos. —En sus rostros había una malicia difícil de esconder. En cambio, yo todavía mostré inocencia.

—¿La Pichona?

—Ay, primo, ¡qué tonto! Podríamos decir que es una buena "amiguita" que nos hace ciertos favores. Tú sabes a lo que me refiero.

La verdad no tenía ni la menor idea de lo que se trataba, pero adopté pose de conocedor y acepté. En voz baja, José me comentó:

—No le vayas a decir nada a nadie, ni a Herminio. Guardamos el secreto entre hombres. Nos vemos en el parque a las cuatro. Si te preguntan a dónde vas, diles que nos acompañarás a recolectar dinero para las misiones. Ese pretexto siempre se lo creen.

Obedecí y me dejé llevar a casa de la Pichona. Pensé que íbamos a una reunión, como acostumbrábamos con los compañeros de la escuela, pero me sorprendió llegar a una casucha de dos cuartos divididos por una cortina. En la habitación mayor había una cama bastante maltrecha, tapada con una colcha que alguna vez tuvo flores y una mesa de noche con la pata rota. En la otra habitación varias sillas pegadas a la pared, alternadas con un comal, una mesa con restos de comida, un bote repleto de basura y moscas volando por el espacio. No había ventanas, lo que hacía más encerrado el ambiente.

El ritual me era desconocido. Mis primos y sus amigos comenzaron a echar volados para saber quién pasaría primero. ¿Primero para qué?, les pregunté. No contestaron, sólo se rieron y me otorgaron un honroso tercer lugar. Unos minutos después, por la puerta entró la famosa Pichona, entonces comprendí de lo que se trataba. La mujer vestía un camisón amarillo, raído, que dejaba ver unos pechos secos. Su cabello suelto, grasoso, enmarcaba su cuerpo delgado, demasiado delgado y pálido. Se le notaban el hambre y la enfermedad. Los muchachos se regocijaron con la triste aparición y el juego comenzó siguiendo las reglas. El primero entró al cuarto con la muchacha, los demás espiaban a través de la cortina, haciendo toda clase de movimientos obscenos. Yo no quise ver, la verdad me angustiaba que llegara el momento de actuar y no saber qué hacer. Ellos estaban regocijados; a mí me sudaban las manos. Pasó el segundo muchacho que, para aumentar mis nervios, terminó demasiado rápido, y luego llegó mi turno. Entré al cuarto y cuando vi el deprimente espectáculo de la Pichona desnuda, sucia y maloliente, las náuseas me revolvieron el estómago. Me acerqué a la mujer que, fingiendo una sonrisa, esperaba recostada sobre la cama. Sin ropa parecía un esqueleto con piel ceniza. Tímido, me senté junto a ella, sin atreverme a tocarla ni a mirarle la cara, turbado por el cuchicheo de los que estaban afuera. La Pichona entendió que era mi primera vez, situación que le molestó. Dijo una serie de maldiciones en voz baja y luego, de mala gana, tomó mi mano y la colocó en su pubis. No pude mover los dedos. Te juro que intenté acariciarla y dejarme acariciar por la mano huesuda, pero al sentir el vello húmedo, pegajoso, con olor a podrido, mi asco aumentó. Corrí en busca de la puerta y, tras de mí, escuché las carcajadas y los malditos comentarios de José.

—¿Ya ves, Miguel? Te lo dije, sigue siendo una mariquita. Gané la apuesta. Ni los años en la capital le sirvieron. Deberíamos llevarlo con el Chino, ése sí le va a agradar.

Corrí hasta llegar al panteón. Desesperado, quise encontrar un refugio y lo único que se me ocurrió fue buscar la tumba de Agustina. Según recordaba, se encontraba cerca de una pileta. Tardé en localizarla. Los matorrales habían destruido la pequeña losa con su nombre. Ahí, en la soledad, lloré mi frustración. Ya no sentí el calor de los brazos consoladores, ni las palabras de aliento; sin embargo, acercarme a Agustina me tranquilizó la mente y el espíritu. Salí del cementerio y caminé hacia una plaza. Una vez que me refresqué la cara con el agua de la fuente, me senté, cansado, en una banca.

¿Por qué me sucedía eso? ¿Realmente sería un maricón? No, a mí me atraían las niñas. En la academia de ballet disfrutaba espiarlas cuando se cambiaban de ropa; disfrutaba cada vez que bailando, accidentalmente, les rozaba el busto o les tocaba los muslos.

Estaba deprimido, tan absorto en mis reflexiones, que no me di cuenta de su presencia hasta que un niño le gritó a su madre. Ahí estaba sentada junto a mí la viuda de Olmedo.

¡Claro que disfruto del recuerdo! Me pareció la dama más bella. Su tez blanca contrastaba con sus negros ojos y su cabellera. Siempre vestía de oscuro, llevaba un luto convenenciero que no sentía. Alta, bien formada, le calculé treinta años.

La mujer me observaba con insistencia. Tal vez buscaba el momento oportuno para llamar mi atención.

—Joven, disculpe que lo moleste. ¿Podría ayudarme? Las canastas pesan mucho y con la falda larga se me dificulta el paso. Vivo aquí cerca.

No te miento. Me turbó. No esperaba que una dama tan hermosa se fijara en mí.

—Sí, señora, no es ninguna molestia. —Nos paramos de la banca, cargué la canasta más llena y caminamos hacia el oriente.

—No eres de este rumbo, no me pareces conocido. ¿Cómo te llamas?

—Me llamo Pedro, Pedro Valdez. Tiene razón, no vivo aquí, mi familia sí. Yo estudio en la capital.

Llegamos a un zaguán verde, tocó el timbre y un mozo vino en su auxilio. Le di la carga y me preparé para la despedida. Sin embargo, no me dejó partir, tomó mi mano y me llevó hacia el interior.

—Tuve suerte al haberte encontrado. Necesitaba un buen ayudante. Ven, entra al salón. Te prepararé agua de Jamaica, te la mereces.

—No, señora, no es necesario. —Me apenó la amabilidad de la dama.

—No te vayas, quédate a platicar un rato. Casi no conozco a nadie, no tengo amistades y las muchachas del servicio van a llevar a los niños al catecismo. Me siento sola. —Con la confianza que se les da a los conocidos, me abrazó, y sin apartarse de mí, nos sentamos en el sillón que se encontraba en la entrada—. Sé que tú y yo seremos buenos amigos...

Hablaba tan sincera que me quedé a hacerle compañía. Le platiqué acerca de mi vida en la ciudad, las clases de ballet y de los planes. Ella se mostró interesada, me escuchó sin interrumpir, pero lo que más me agradó fueron los apapachos que a momentos me brindaba. La tarde perfecta hasta que comenzó a quejarse.

—Es un dolor en la espalda. Hacía mucho que no me daba. Seguro fue por el peso de las mercancías... ¡Ay, ay! Por favor, Pedro, ayúdame a llegar a mi habitación. Está allá al final del pasillo. —Se encorvó y con su mano se frotó un costado. Más o menos a la altura de los riñones—. ¡Ay, qué dolor! Cómo me gustaría que alguien me diera un masajito en la espalda con el ungüento. Pero estoy tan sola. ¿Quién podría?

Supuse que el malestar aumentaba, porque se tiró sobre la cama. En verdad me mortificó el sufrimiento de doña Eloísa.

—Si quiere, yo... tal vez podría... Nunca he dado un masaje, pero si usted me indica el modo de hacerlo. —Una sonrisa iluminó su rostro.

—¿En serio?

—Sí. —Se incorporó, comenzó a quitarse los aretes, el collar y desabrochó su falda.

—Entonces, ayúdame a quitarme la blusa. Vamos, no seas tímido, estamos en confianza. Para mejores resultados sería conveniente cerrar la puerta y las cortinas. Así, nadie nos molestará.

Cerré las cortinas y luego le ayudé a desabrochar los pequeños botones que cerraban su blusa negra. Ante mí, apareció una espalda preciosa, amarfilada. Ella, consciente de mi admiración y sin decir ninguna palabra, bajó los tirantes del corpiño, liberando totalmente su torso de cualquier ropa. Con un movimiento rápido, bajó la falda y la crinolina, las dejó tiradas en el suelo, luego, lentamente, se acostó bocabajo sobre la cama y, con una sonrisa, me invitó a acercarme.

—En la mesa de noche hay un frasco café. Ábrelo y pon unas gotas sobre mi espalda. Luego lo untas con movimientos circulares, así.

Sobre la almohada hizo varios movimientos para que yo aprendiera. Un poco inseguro, puse el líquido sobre su espalda y mi mano fría chocó con la piel tibia. Comencé el masaje tal y como ella me indicó. Varios quejidos salieron de la boca de doña Eloísa. Pensé que la estaba lastimando así que me detuve, pero ella me animó a que continuara.

¿Qué te puedo decir? Una sensación diferente se apoderó de mí. Un placer inmenso, hasta entonces desconocido, recorrió mi ser. Deseé acariciar otras partes del cuerpo de la señora y, para mi sorpresa, ella entendió el mensaje callado. De repente, se volteó, dejándome admirar sus senos, plenos, bien formados. Mi mano temblorosa tocó su pezón y comencé a hacer los mismos movimientos, pero esta vez sin ungüento, sólo por el gusto de acariciarlo. Temí que le molestara por mi atrevimiento, pero fue todo lo contrario, sus ojos se entrecerraron y otra vez, con esa leve sonrisa que ya conocía, me indicó que debía continuar con la tarea. A los pocos minutos abrió los ojos y con una voz ronca, sensual, que logró despertar al hombre que se encerraba bajo la cara de niño, propuso untarme del mismo ungüento, sin importar que no tuviera ningún dolor. Con la experiencia de los años, Eloísa me desvistió y me invitó a compartir su cama.

¡Por Dios! Nunca en mi vida había sentido tal cosquilleo. No sólo me untó la medicina en la espalda sino también en el pecho, en las piernas, en las nalgas y ahí, sí, ahí, en el centro de mi sexualidad. Esa tarde, Eloísa me enseñó los secretos que comparten todas las parejas: la pasión que las une, el placer que gratifica. Se me pone la piel de gallina con sólo acordarme. Ella me descubrió un mundo nuevo. ¿Dónde andará Eloísa? No lo sé... Pero en mi olfato quedó grabado el olor de su fragancia: azahares de naranjo mezclado con el romero del ungüento y el aroma de nuestra pasión. ¿Mis primos? ¡Pobres tontos! Llegamos a casa juntos. Ellos con su expresión burlona; yo con una gran satisfacción. La verdad tenía miedo de que mi madre me notara diferente y se enojara.

No, todos seguíamos iguales. Mis primos continuaron llamándome maricón, lo cual no me importó. Ellos se conformaban con el sexo barato que les podía brindar una prostituta, en cambio, yo gocé los besos de la viuda de Olmedo y todas las tardes, durante mi estancia en Guadalajara, disfruté del cuerpo maduro de Eloísa, sin que nadie sospechara nada.

¿Que cuándo me dio el crucifijo? Un día antes de partir. Recuerdo que compartíamos la cama, después de haber hecho el amor. Ella me miraba fijamente. Demostraba una tranquilidad que sus ojos llorosos desmentían. Tomó el crucifijo, lo desprendió de su cuello y me lo obsequió.

—Llévalo contigo, Pedro. Es algo que aprecio mucho. Me lo regaló mi madrina el día de mi primera comunión.

—¿Por qué me lo das, si vale tanto para ti? —Lo devolví. Ella insistió y me lo puso.

—Por eso. Quiero que te proteja y que cuando lo veas pienses en mí. —La besé, desesperado. Quería impregnarme de su esencia.

—Siempre pensaré en ti. Voy a regresar pronto. Quiero casarme contigo. —Ahora su expresión contenía tristeza.

— Pedro, qué dulces palabras. ¿Todavía no te das cuenta? Hay relaciones imposibles. Eres un chiquillo y yo una vieja.

—Eloísa, te amo, te amo, te amo… —Una mano cubrió mi boca.

—Shhh… shhh, cállate. Esto no es amor, aún te falta mucho por vivir. Algún día el verdadero amor llegará a ti, entonces lo seguirás… Yo no, entiéndelo.

De momento no lo comprendí. Sufrí con la distancia que nos separaba. Estaba encaprichado con su recuerdo, pero el tiempo le dio la razón a la viuda de Olmedo. El amor llegó a mi vida con la fuerza de un huracán y arrancó de mi pecho, para siempre, el crucifijo de Eloísa.

OLGA

Me voy a volver loco. Mis oídos están cansados de escuchar esa melodía. Les pregunté a las enfermeras la procedencia de las notas. Inútil. No me contestaron, se rieron y me llamaron viejo demente.

No entiendo por qué en estos momentos se vuelve a presentar en mi vida. Tardé muchos años en olvidarla y hoy me persigue como un verdugo.

Madame Portnoy... Me recuerda a Olga Portnoy. ¿Qué habrá sido de la gran dama?... Reconozco que fui un ingrato al haberme marchado sin una despedida, sin ninguna explicación. Me gustaría volver a verla, así le contaría lo sucedido la noche en que desaparecí. Estoy seguro de que entendería.

Despedidas. La vida está llena de despedidas. A veces ni te enteras de que es la última vez que miras a una persona o cuando conoces a alguien no sabes la importancia que va a tener en tu futuro. Ya me acostumbré a las sorpresas.

Quiero salir, estoy abochornado. No sé si afuera hace calor, yo me estoy quemando. Llévame al pasillo, ahí donde se cruzan las corrientes de aire, no importa que la gente nos observe y escuche nuestra conversación. Total, cada uno tiene sus historias, tan iguales y tan diferentes a la vez. ¿Sabes?, me tienen envidia, se las noto en la mirada. A ellos nadie los visita. En cambio, tú no me olvidas. Siempre llegas puntual a la cita.

También aquí se escucha la música, si bien más lejana. Será el viento que se la lleva... Olga, Olga, ¿cuál habrá sido tu fin?

Regresé solo a la capital. Herminio se quedó en Guadalajara; su padre quería que entrara a un seminario. Tú sabes, lo común en esa época. En las familias católicas se acostumbraba que algunos hijos dedicaran su vida a Dios, era un honor. ¡Lástima!, mi hermano no tuvo vocación. En cambio, yo me sentía mayor, todo un hombre que no deseaba vivir bajo la tutela de Pepita. Necesitaba independencia y fue el profesor Quintanilla quien me dio otra alternativa.

¡Ah, el destino! Hace que la gente se mueva de un lugar a otro y en determinado momento se crucen sus caminos. En los primeros días de febrero de 1916, llegó a la ciudad de México Vladimir Gorchovka, comerciante de origen ruso que se dedicaba legalmente a la venta de pieles e ilegalmente a los negocios sucios que dejaban buenos dividendos. Es más, venía huyendo de la justicia estadounidense. Para mi suerte, lo acompañaba su amante Olga Portnoy. Ella había estudiado en la Escuela Imperial de Ballet en San Petersburgo, de donde la expulsaron. Amaba la danza, pero la rebeldía le causó grandes problemas. Esto no significó un obstáculo en su desarrollo profesional. Olga tuvo el valor de inventar su propio método, una danza diferente a lo establecido, a lo tradicional y, en su idealismo, abrió una academia con un internado anexo para los estudiantes. ¡Imagínate! Todos los enamorados de la danza queríamos pertenecer a su escuela. Era difícil ser aceptado; deseaba entrar, pero la oportunidad estaba lejos de mi alcance: un muchacho humilde, provinciano, introvertido y con pocas relaciones. No tenía alternativa. Viví deprimido durante semanas hasta que las palabras de Quintanilla me hicieron recapacitar.

—Muchacho, ¿dónde quedó tu sed de triunfo? ¿Piensas pasarte la vida arrimado y de mantenido en casa ajena, llorando tu fracaso y siendo un bailarín de segunda? —Su mirada inteligente parecía trasmitirme la fuerza necesaria. Me tomó por los hombros demostrándome su camaradería—. Te lamentas de tu infancia desgraciada y, ¿qué estás haciendo por tu futuro? ¡Nada! Sólo comportándote como el niño oprimido, casi castrado por la abuela y tan derrotista como tu madre. ¡Basta de tonterías! Te he visto bailar, sé que tienes talento y éste puede ser el momento. —Con desesperanza, traté de justificar mi inseguridad.

—Es muy complicado obtener una audición. He preguntado y me dicen que haga mi solicitud y la entregue con tres cartas de recomendación ¿Entiende lo que significa? —Me dio unas palmaditas en la espalda y sonrió.

—Sí, que te falta confianza y te sobran pretextos. Mañana vas por la solicitud, te preparas bien para la audición y yo me encargo de lo demás.

Lo logré. Sí, lo hicimos. No sé cómo obtuvo Quintanilla las cartas con las firmas de tres protectores de las artes y yo bailé como nunca antes lo había hecho. Puse en práctica los conocimientos adquiridos durante años y la ilusión por algo mejor.

No puedo evitar agitarme. La inquietud me atrapa de nuevo, como si lo estuviera viviendo otra vez y eso que sucedió hace muchos años. Es cuando deseas un premio con toda tu alma y lo obtienes.

¿Quieres beber algo? Yo sí. El relato y el calor me secaron la garganta. Busca a la enfermera. Pídele una limonada, pero no digas que se me antojó. Ya las conoces, son demasiado metódicas con las órdenes del doctor, no me dejan ni oler el dulce.

Al ser aceptado, me mudé al edificio donde estaba la academia. *Madame* Portnoy nos recibió a los elegidos en el vestíbulo principal: ocho hombres, doce mujeres, además de varios músicos.

El mundo creado por Portnoy era diferente a lo que había conocido y a lo que en México se acostumbraba. Consideraba importante que los estudiantes vivieran bajo su techo donde pudiera supervisar cada movimiento, cada palabra. No, no, nada de terrible. Al contrario, su experimento parecía interesante. Para todo había reglas y la principal era evitar conflictos. Solamente podría haber resultados positivos si estábamos bien integrados y eso sucedería con la convivencia diaria. Los varones ocupamos dos habitaciones en la parte trasera de la casa y las mujeres tenían sus espacios en el segundo piso del edificio. En la azotea estaba un enorme salón de prácticas. Nunca había visto algo igual: era lujoso, con duela nueva, iluminado, bien ventilado y toda una pared tapizada con grandes espejos. En el fondo se encontraba un piano blanco y dos fonógrafos. Me entusiasmó encontrar en el anexo un gimnasio. Olga consideraba necesario combinar la danza con el acondicionamiento físico y una buena alimentación.

¿Ella? Diría: fea con personalidad. Inteligente, sí. Bueno, tal vez atraían sus ojos color olivo, aunque su mirada era tan penetrante que llegaba a turbar. Lo paradójico era su estatura. No concebía que de una mujer menuda y delicada pudiera salir una voz ronca, fuerte, con don de mando. Nunca nos confió su edad, decía que las damas que dejaban ese dato en el misterio se convertían en un atractivo para los hombres. Calculo que tendría treinta y cinco años cuando la conocí. Algunas canas en su cabellera castaña la traicionaban. ¡Claro, su astucia no se ponía en duda! Sabía obtener lo que se proponía y con unas caricias extras convencía a Gorchovka para invertir su dinero su dinero donde ella quería. Con nosotros se portaba estricta y siempre que nos mostraba un conocimiento daba unas cuantas palmadas, según ella, para llamar nuestra atención. Junto a Olga todo era aprendizaje.

No pude evitar acordarme de ella cada vez que me sentaba a la mesa. ¿Por qué? Antes de los alimentos se paraba al lado de la silla principal y, con seriedad, se dirigía a nosotros.

—*Atenttion, enfants*. Un artista que se respeta a sí mismo debe comportarse de acuerdo con la etiqueta. Comer también es un arte. Deben aprender a estar sentados en buena posición, la espalda recta y con gracia, delicadeza, inclinarse para tomar los alimentos.

Y pasaba por cada lugar con una fina vara en la mano para corregirnos. Con un discreto golpe nos señalaba cualquier equivocación.

—*Non, non*, así no. ¡Qué horror! No deben sorber la sopa. Es de mal gusto, una grosería para los oídos de los demás. Ustedes no pueden ser vulgares. —Luego volvía a tomar su posición y agregaba—: El éxito en esta profesión es rodearse de gente importante. Algún día estarán invitados a compartir la mesa de un rey o un presidente. Que no se diga que la Portnoy sólo los hizo figuras en movimiento, sino que también les cultivó el espíritu.

Además de las cinco horas de práctica diaria, tomábamos clases de música, canto, literatura, francés, maquillaje y, para variar, costura. Todos protestamos, pero ella se plantó ante nosotros con un bulto de ropa descosida y junto con Lupe, la costurera, nos enseñaron a remendar.

—¿Que la costura no es materia de danzantes? Generalmente, las compañías de baile tienen costureras. ¿Qué sucedería si en una gira no hay gente que repare la ropa? ¿Usarla rota? ¡Jamás!, sería un acto deshonroso. Ustedes tienen la obligación de aprender a coser y bordar con lentejuela y chaquira.

Si nos presionaba en cuanto a etiqueta se refiere, no se diga con la danza. Como te dije antes, se consideraba toda una revolucionaria. No despreciaba el ballet clásico, no, para ella significaba una base necesaria; sin embargo, pensaba que se limitaba a normas, a lo preestablecido. En cambio, la danza, como Olga la concebía, daba libertad de movimiento aprovechando la energía del cuerpo. Sus teorías eran muy interesantes. Ella se había criado dentro de una familia dedicada a la danza y durante muchos años siguió las enseñanzas clásicas de la escuela rusa, pero en las entrañas de Olga surgió un volcán que derramaba movimiento y creatividad. Aseguraba que la naturaleza cambiaba continuamente y que, si un bailarín representaba la creación de Dios, debería hacerlo apegado a la naturaleza.

Podía dar expresión a cualquier acto cotidiano por medio de la danza. Por supuesto, en una sociedad donde lo clásico era lo correcto, Olga y sus ideas no fueron aceptadas. Las críticas que recibió en su país la obligaron a abandonarlo y tal vez, en ese momento, vio la conveniencia de recorrer el mundo al lado de Vladimir. Nunca había visto una pareja tan dispareja. A veces me preguntaba: ¿qué hacía Olga con un tipo tan desagradable? Lo comprendí después. Él no la juzgaba, simplemente le daba todo su amor y su apoyo.

El método de enseñanza de la Portnoy fue el primer problema con el que nos topamos cuando entramos a la academia. Estábamos acostumbrados a los mitos que aprendimos de nuestros antiguos maestros.

—Pedro, no lo haces mal. Tienes una técnica fina, aunque estás rígido, repasando los pasos mentalmente. —Entonces dejó la esquina donde se colocaba para observarnos y se acercó a mí, fijando su mirada en la mía—. ¿Dónde dejaste el sentimiento y la emoción? Entiende, cada una de las fibras de tu cuerpo debe sentir la música. Ya no interpretas al principito de la *Bella Durmiente*, que da tres pasos para adelante y dos para atrás mostrando una sonrisa fingida. No. Escucha. ¿Qué te indica la música? ¿Cómo la sientes?

—Triste.

—Bien, entonces tu alma siente melancolía y lo debes reflejar en el movimiento, en la expresión de tu rostro. Baila lento, decaído. —Ella hacía el movimiento correcto y yo la imitaba—. ¿Ahora qué te sugiere?

—Lluvia.

—Sé lluvia. Tu cuerpo debe expresar agua que cae... Muévete, muévete más deprisa, agita los brazos... Estás mejorando, pero sería superior si mueves también las manos.

Un largo camino. Tuve que olvidar mucho de lo conocido para dar cabida a lo nuevo. De alguna manera regresaba al principio.

—¿Eres un pájaro? ¿Qué esperas para que tus alas ocupen el escenario? Sólo experimentando intensamente podrás trasmitir el mismo sentimiento al espectador y atraparlo en tu danza.

Y sin darme cuenta de la evolución, sentí que mis brazos se convertían en alas, cuyas plumas acariciaban el cálido viento. Un águila dorada que mostraba su señorío en las alturas.

En la enseñanza perfeccionista nos hacía repetir cinco, diez, hasta cincuenta veces la misma rutina, sin importarle nuestro agotamiento y si llegaba a sus oídos alguna queja o lamento, las repeticiones aumentaban. Hubo ocasiones en las cuales me fue imposible conciliar el sueño: ampollas, músculos contraídos y brazos exhaustos no me permitían relajarme. Créeme: lloraba en silencio, lloraba mi impotencia y dolor; sin embargo, al otro día regresaba al salón para recomenzar lo aprendido. ¡Ah, qué decir de la maldita vara! Con sus golpes, las correcciones tenían mejor efecto.

No te miento, varias veces pensé en desertar, largarme lejos, donde nadie me conociera y dedicarme a una actividad en la que estuviera sentado. Estaba harto de tantas indicaciones, hasta en la elegante manera de orinar... No pude, la mirada retadora de la Portnoy me obligaba a continuar. No podía dejar la tarea a medias, debía vencerla.

Una noche, la mujer nos sorprendió. Se nos hizo raro que nos dejara descansar durante la tarde y que la merienda se sirviera temprano. Pensamos que la señora estaba indispuesta y tranquilos nos dirigimos a nuestras habitaciones a reposar. Era cerca de las nueve de la noche cuando escuchamos la campana con la cual nos llamaba. No lo podíamos creer, nos estaba convocando a un ensayo nocturno. Te juro que la odiamos.

—Ahora van a aprender a dominar el escenario en la oscuridad. Alguien que se jacta de ser bueno en lo suyo, lo domina bajo cualquier circunstancia.

No te imaginas lo complicadas y excitantes que fueron esas clases iluminados únicamente por la luna. Concibes la danza de otra manera. Cuerpos moviéndose en claroscuros, como sombras perdidas en la música. Me transportaba a otra dimensión y eso se magnificaba cuando lograba acariciar el cuerpo o la cabellera de la compañera en turno. Momentos mágicos, inolvidables. Una vez que nos acostumbramos, *madame* Portnoy agregó la iluminación de unos improvisados reflectores.

—El cambio de luces no debe perturbarlos. Deben estar conscientes de sus pasos y del espacio donde se posan.

¡Ah, maravilloso! El arte de saber flotar. Ven aquí, junto a mí. Abre los brazos como lo hago. Sí, bien. Ahora mueve tu cuerpo con lentitud y cierra los ojos. Al principio te mareas, pero en unos segundos el cuerpo recupera el equilibrio. ¿Lo sientes? Sí, es natural, dominas las náuseas con la práctica.

También teníamos días de descanso. Algunos fines de semana salíamos en grupo a los paseos que Olga organizaba; generalmente convivíamos en el campo y, como siempre, no perdía el tiempo. La finalidad era reencontrarnos con la naturaleza, identificarnos para imitar a la perfección sus movimientos. Cuando no había nada planeado, podíamos pasar el fin de semana con la familia. En esas ocasiones visitaba a Pepita y luego iba a casa de Quintanilla. Él y Loreto me esperaban a cenar, me trataban igual que al hijo interno que regresa al hogar. Me colmaban de atenciones. Loreto cocinaba todos esos platillos que yo añoraba y que, por supuesto, tenía prohibido comer. En su papel de madre, revisaba mi ropa con el fin de remendarla o lavarla. Por la noche, acomodaba un catre, en el pasillo, cerca de su habitación, para acostarme, aunque no dormía. No me alcanzaba el tiempo para platicarles las mil aventuras que había vivido en la academia, además de que todavía gozaba escuchando los relatos del profesor, quien en ese entonces ya trabajaba con el presidente Carranza.

¿Que si volví a enamorarme? Lo que se dice amor, no, en esa época, no. Me gustaba una de mis compañeras, se llamaba Dolores. Poseía un gesto pícaro y una sonrisa encantadora, pero no tenía madera de bailarina, mas con esa carita graciosa, se le perdonaba todo. Sin embargo, me volví muy reservado con mis sentimientos y jamás le demostré interés. Dolores siempre me buscó. En los momentos de intimidad, ella iniciaba las caricias, los besos, paciente al encontrar poca respuesta, porque al final yo huía, sí, huía de los compromisos sentimentales y económicos. No me interesaba involucrarme en conflictos. Bueno, no, hasta que llegó ella… ¿quién?… Ella.

DOLORES

¿SABES DÓNDE SE ENCUENTRA EL LÍMITE entre la realidad y la locura? Estoy a punto de traspasar esa frágil frontera y perderme en un laberinto lleno de imágenes pasadas.

¡Por favor, ya no toquen la maldita música! A todas horas se apodera de mi conciencia. No sé si vivo de día o de noche, es una maldición que evita mi descanso.

Ya recuerdo. *Madame* Portnoy le dio las arrugadas hojas al pianista de la compañía para que las interpretara. ¡Dios!, ¿por qué me eligieron? Esa hermosa melodía la adaptaron para mí. Si tan sólo pudieras escucharla, me comprenderías. Fue la gloria y el infierno.

¡Dame la maldita caja! ¿La ves? ¿Te gusta? Es preciosa… Así era ella, una beldad y un peligro, como la misma Helena de Troya. Tuvo la capacidad de despertar todas mis pasiones para elevarme hasta la cumbre y luego hundirme en el más profundo precipicio.

¿Ves este pedazo de cabello marchito? Es uno de sus rizos, se lo corté cuando se alejó de mi vida… Es de ella… de Yelizaveta.

Con el tiempo, la compañía de Olga Portnoy creció. Aproximadamente cada seis meses aceptaba a dos o tres principiantes para mantener el número ideal de alumnos. Lógico, los que no tenían suficientes aptitudes o los que no soportaban la disciplina, desertaban, y al finalizar el primer año, únicamente continuábamos ocho integrantes del grupo original.

Se convirtió en la escuela más cotizada de la época y nuestras representaciones las aplaudió el público más selecto en audiciones particulares. Por desgracia, a la Portnoy no le agradaban las representaciones populares. Pensaba que los intelectuales y las clases privilegiadas eran las únicas que entendían su arte.

Una mañana, llegó a clase con retardo. Se notaba nerviosa, agitada y traía en la mano un telegrama en el cual su hermano le anunciaba que había enviado a sus hijas a vivir con ella. La situación en Rusia parecía caótica y el hombre pronto marcharía a la guerra. Nostálgica, nos platicó de las muchachas, aprendices de bailarinas y herederas de su talento.

La mujer, encandilada, contó los días. Su excitación aumentó cuando supo que sus sobrinas habían desembarcado en Veracruz, entonces los ensayos se sustituyeron por los preparativos para la bienvenida. Si te he de ser sincero, nos desilusionamos con la llegada de las famosas parientas. Tal vez alimenté demasiado la imaginación y esperaba a dos princesas que trajeran consigo el *glamour* y la elegancia de la Rusia imperial, pero ante mis ojos aparecieron dos jovencitas sucias y desaliñadas, totalmente faltas de gracia. La mayor fue la primera en quitarse el abrigo negro y el sombrero gris deforme por el uso. Recuerdo que su cabello rojizo se negaba a quedarse en su lugar, lo que le daba un descuidado aire infantil, y si a eso le añadías las agujetas desamarradas de sus gastados botines, era un verdadero desastre.

¡Ah, la fiesta en honor de las niñas! Dolores y yo nos burlamos de las muchachas, significaban una afrenta para la formalidad y la elegancia de la Portnoy. Sin querer, la mayor sintió nuestra disposición y, con el coraje que nacía en su interior, nos observó desafiante. Créeme que cuando nuestras miradas se cruzaron vi en esos ojos color avellana un fuego y una pasión que me hicieron estremecer. Durante días recordé la intensa mirada, definitivamente me había atrapado.

Yelizaveta y la pequeña Irina se unieron a los ensayos. El grupo no creía en sus capacidades, pero había que reconocer que danzaban con excelente técnica y elegancia, y tal como lo esperábamos, pronto lograron amistades y enemistades. Era más fácil aceptar a la menor que a Yelizaveta. Su carácter competitivo y retador la hacían antipática para la mayoría de las muchachas. Venía de otro mundo, otra educación y, en su soberbia, pensaba que procedían de una civilización superior a una tierra de salvajes ignorantes y que sus reales dotes artísticas superarían las nuestras.

Preferí no tomar partido. Dolores no la soportaba y varias veces me pidió que me solidarizara con el grupo. Querían pedirle a la Portnoy que le llamara la atención o la colocara en otra compañía de danza. Opté por tratarla a distancia e ignoré sus estúpidos desplantes. No lo niego, me atraía bastante. Me gustaba verla, pero prefería observarla de lejos y no meterme en líos ni con ella ni con la profesora.

Los verdaderos problemas comenzaron cuando a la Portnoy se le ocurrió presentar *La alegoría de la primavera.* Si Botticelli y Vivaldi lo habían hecho, ella no iba a ser la excepción.

Una tarde nos reunió en el estudio.

—¡Muchachos! Anoche tuve un sueño grandioso. Las musas del Olimpo flotaban entre nubecillas rosadas y me anunciaron la presencia de un personaje importante. Al principio, no entendí el mensaje. Intenté leer sus labios. De repente, entre rayos dorados se dibujó la silueta de una mujer. Traté de ver quién era, estaba deslumbrada. Poco a poco los rayos se debilitaron y aprecié los rasgos de la persona, la mujer más hermosa que hubiera visto, era Afrodita sonriendo y de entre sus ropajes apareció una doncella, joven, fresca, con olor a rosas y una sensación de alegría invadió mi espíritu: se trataba de la primavera. Entonces, ante mí surgieron mariposas, aves, animales, faunos y ninfas danzando en un campo sembrado con miles de flores. —Sus brazos y sus manos se movían al ritmo de las palabras. Su emoción se nos contagió. Junto con ella imaginamos su sueño—. Desperté sobresaltada, mi corazón latía con fuerza. Pensé que estaba muerta y que el paraíso donde me encontraba había desaparecido. Todo había sido un sueño y creo que sería maravilloso hacer de esta ilusión una realidad. Durante el desayuno se lo comenté a Vladimir y está de acuerdo conmigo. En esta ocasión, va a buscar socios para financiar la obra. La presentaremos en un teatro grande.

¿Escuché bien? Al fin, la Portnoy se había decidido. En las semanas que siguieron, los ensayos decayeron porque ayudamos a Olga a trabajar en la obra. Un caos: escritores, coreógrafos y músicos desfilaron por la academia sin satisfacer las exigencias de la maestra. Los cestos de basura amanecían llenos de papeles arrugados con rutinas incompletas, con historias sin terminar y así continuamos hasta que otro rayo sagrado iluminó a la mujer y al fin terminó su obra maestra.

—Dividí la obra en seis partes. Todos participaremos. El papel de Afrodita lo reservé para mí. A pesar de ser un magnífico sueño, consideré necesario contar una anécdota. —Con gesto serio, sin perder el entusiasmo, nos mostró los dibujos que llevaba en la mano—. El tema general está relacionado con la llegada de la primavera, pero el tema central es el amor entre los opuestos: la noche y el día, el sol y la luna, el frío invernal y el sol del verano y, por supuesto, entre la hembra y el macho.

Había varios candidatos para los papeles importantes. Olga no podía elegirnos, pues por todos sentía afecto y quiso parecer objetiva en la elección. Invitó a don Álvaro de la Fuente, coreógrafo y maestro de danza, como juez. ¡Otra vez la competencia!

Creí que el personaje principal me pertenecería y di lo mejor de mi capacidad para obtenerlo. Sin embargo, el destino entró en juego y no me eligieron. Ramón y Dolores ganaron los protagónicos. Yo simplemente interpretaría al sol.

Ese día, frustrado, abandoné el estudio. Dolores hizo a un lado su alegría y, siempre fiel, me consoló. Ella también deseaba mi elección; ilusionada, veía nuestro futuro artístico, la pareja ideal que triunfaría en el escenario. Salimos al jardín y nos sentamos bajo la sombra de un árbol. Enfurecido, no atendí los besos que Dolores me daba en las mejillas. Fijé la mirada en el edificio de la escuela y descubrí en una ventana a Yelizaveta. Nos observaba con una sonrisa burlona en los labios.

Dejé a un lado el orgullo herido y acepté el papel, pero como te dije, nadie puede escapar a su destino y en un ensayo, al efectuar un mal movimiento, Ramón se fracturó el tobillo. Una verdadera tragedia para él y para Olga, quien tuvo una crisis de histeria. Su gran sueño estaba a punto de derrumbarse hasta que reparó en mí. Otra vez brilló la estrella y obtuve el papel principal.

Me sentí feliz, la satisfacción me invadió. Al fin podría demostrar mis capacidades y con Dolores a mi lado el triunfo era seguro. Estábamos tan confiados que no nos dimos cuenta de lo que sucedía a nuestro alrededor. No contamos con los caprichos de Yelizaveta.

Esa tarde, descansábamos unos minutos acostados en el suelo, cuando la muchacha saltó al centro del salón y se enfrentó desafiante a Olga.

—¡No estoy de acuerdo! Si a Pedro le diste la oportunidad, yo también la merezco. Dolores podrá ser bonita, graciosa, pero yo tengo más talento. —Alzó el tono de voz—. Al igual que tú, querida tía, el amor por la danza corre por mis venas. Soy superior a cualquiera de tus aprendices —señaló a Dolores en forma acusadora—. Hazme una prueba y te lo demostraré.

Desgraciadamente, Yelizaveta desplazó a mi compañera. También fue cierto que a partir de ese momento se perdió la armonía, ya que muchos de los compañeros nos sentimos traicionados. El grupo se dividió por las preferencias de la maestra y el enfrentamiento entre las mujeres se dio al final de la jornada. Dolores, lastimada en su orgullo y con los ojos rojizos por el llanto, buscó a su rival.

—¿Por qué lo hiciste? ¿Qué daño te hice? Era el personaje que siempre había deseado. Esperé largo tiempo y ahora acabaste con mis sueños. Yelizaveta la miró con odio y el acostumbrado gesto burlón apareció en su rostro.

—Niña, no llores como tonta. Nada tengo contra ti. Los sueños son una cosa y la realidad, otra. Te falta capacidad para representar el papel, te queda bastante grande.

Tan sencillo como la selección de las especies. En esta lucha sólo sobrevive el mejor.

La voz de Dolores se quebró por el llanto.

—¡Mientes! Desde que llegaste has estado en mi contra. Mis actos te molestan y me ridiculizas ante *madame* Portnoy.

Una carcajada rompió el silencio. Yelizaveta se adelantó lo suficiente para quedar cara a cara con Dolores.

—¡Tonta e insignificante! A mí me interesan la fama, el dinero y poder largarme de este maldito país.

—Eres mala.

Yelizaveta volvió a sonreír, dio la vuelta y se encaminó hacia la salida del salón. Desde la puerta nos miró a todos y al final fijó sus ojos en mí.

—Tal vez… Pero siempre obtengo lo que me propongo.

Me da pena admitirlo, la verdad me porté como un patán. Debí defender a Dolores; sin embargo, me quedé callado. Agustina me lo advirtió muchas veces: nunca te metas en un pleito de viejas.

Abracé a Dolores hasta que desahogó su tristeza, y tal como ella me había enseñado, besé su rostro, acaricié su cuerpo y dejamos que la pasión nos envolviera. Esa noche no importó el cansancio, por primera vez le hice el amor a mi amiga.

Situaciones curiosas que suceden entre un hombre y una mujer. No la consideraba mi novia, ni mi tipo, ni la deseaba como mujer. En ese momento sentí la necesidad de protegerla, de hacerla mía y evitar que la lastimaran. ¡Qué equivocado estaba! Con mi actitud le provoque más sufrimiento.

Intenté darle cariño. Fracasé. En mi mente se formaba otra cara, un cuerpo diferente, sin identidad, y la muchacha notaba mi ausencia durante los encuentros amorosos. Los momentos de intimidad se espaciaron. Resentida, Dolores se alejó con el pretexto del matrimonio.

—Después de casarnos, me tendrás todas las noches.

Odié la frase. Cada vez que me acercaba con la intención de acariciarla, me daba mil explicaciones innecesarias acerca de la vida de casados. Presionaba, me perseguía para formalizar un compromiso y yo detestaba esa clase de juegos.

Muchos años después, entendí las razones de Dolores. Demasiado tarde. El destino me arrastró hacia un torbellino desconocido y la pasión que una madrugada sentí por mi compañera se perdió en el olvido.

YELIZAVETA

ESTOY CANSADO, MUY CANSANDO. Tal vez se deba a las emociones que aparecen en mis recuerdos; vienen y se alejan como olas. Me dejan mareado, con un sabor salado. Las sensaciones pasadas y la música han estado presentes, me roban la energía. No importa. Si pudiera regresar el tiempo, le pediría a Dios que me dejara vivir lo mismo, aunque fuera la perdición de mi alma... ¡Ay, Yelizaveta! ¿Cuál fue nuestro pecado que no se nos dio la oportunidad de envejecer juntos?

Las enfermeras que me atienden le avisaron al doctor de mi nerviosismo y las estúpidas le pidieron que limitara mis visitas. ¿No entienden que el encierro me enloquece? Fui libre, recorrí los cielos y los mares, respiré el aire invernal y disfruté el sol del verano. Hoy estoy aquí encerrado como un animal salvaje, un desahuciado.

La semana pasada vinieron a saludarme mis niñas y no las dejaron entrar, pero les permitieron enviarme una tarjeta y unas revistas. ¡Enfermeras idiotas! ¿Cuándo entenderán que el problema no está en la gente, sino en mi interior?

Mis cinco niñas. ¿No las conoces? Son mis alumnas más pequeñas y queridas. Gracias a ellas no me sentía un viejo inútil. Me veían como héroe, disfrutaban las historias que les contaba sobre danzas exóticas y países lejanos. ¡Cuánta inocencia! Piensan que me aliviaré. Irónico. En la última clase que les di, necesité que dos adultos me sostuvieran de los brazos para enseñarles unos pasos de tap… ¡Ay, Yelizaveta! ¿Cuándo volveremos a encontrarnos?

Me da gusto tenerte a mi lado. Eres buena, no te asquea mi aspecto, además, sabes burlar la vigilancia de las viejas. Platiquemos en voz baja, así las brujas no se darán cuenta de tu presencia. ¿Qué traes en la bolsa de papel? ¿Un regalo?… ¡Un libro sobre Tchaikovsky! Su música me recuerda a la Pavlova. ¡Quién mejor que ella para representar *La bella durmiente*! Fue una buena compañera. Lástima que Yelizaveta no lo comprendiera.

Durante unos días, hubo descontento entre los integrantes de la academia, los reclamos no fueron escuchados y yo me mantuve en silencio. No quise arriesgar lo que había logrado por un desencuentro entre mujeres, aunque se tratara de Dolores. Sin embargo, no oculté el odio, detestaba a Yelizaveta, a tal grado que los ensayos y los ratos de descanso se convirtieron en un campo de batalla, que a duras penas pudimos disimular.

Al principio, aborrecí las rutinas. Cuando sostenía a Yelizaveta entre mis brazos, no soportaba su olor, ni su lengua ponzoñosa, luego, encontré la respuesta al juego: fastidiarla.

Recuerdo aquel día en que la clase se prolongó cinco horas. Toda la mañana practicamos el episodio del encuentro. Debía abrazar a mi pareja, tomarla por la cintura y cargarla, luego daba varias vueltas, al tiempo que ponía cara de felicidad. Harto, le susurré al oído:

—No eres tan ligera como aparentas. Engordaste. Si continúas comiendo, tu papel será de un hipopótamo y tendremos que cargarte entre varios.

Ambos continuamos con la sonrisa hasta que la posé sobre mis brazos.

—¡Cállate, pedazo de hombre, y sujétame bien! Yo no soy el problema, sino tú. Tienes músculos de niña… ¿Qué?, ¿nunca te han dicho que pareces mujercita?

Con elegancia, deposité a la mujer en el suelo. Se alejó y yo debía ir detrás de ella, convencerla de mi amor sincero.

—Sí, varias veces. No me importa. Hay personas cuya opinión me tiene sin cuidado.

—¿Me crees poca cosa? Yelizaveta regresaba extasiada, tomaba mis manos y juntos danzábamos al compás de un allegro.

—Lo eres. A mí no me engañas con el cuento del "talento". No, querida, las de tu clase obtienen sus caprichos por maniobras sucias.

—Mejor aprende a guardar el equilibrio y no me toques más de lo necesario. Te sientes perfecto, pero no eres más que un aprendiz de bailarín que no conocerá el triunfo.

Le apreté el brazo con más fuerza de la debida. Ella hizo un gesto de dolor, no se quejó.

—No, princesa venida a menos, te equivocas. Voy a conocer el triunfo mucho antes que tú. Sólo que prefiero tomar los caminos honrados.

La discusión continuó hasta que sentí un golpe en la pierna. La Portnoy castigó nuestras distracciones con su varita mágica y don Alvarito le hacía segunda con palabras altisonantes.

Por la noche, Olga nos llamó a su despacho. El sermón pareció interminable. Al final, se convirtió en una súplica.

—*Non, non, mes enfants*, es un desastre. Si continúan peleando, no lograremos nada. Ustedes son los mejores elementos. Por favor, tienen que concentrarse y sentir. No son enemigos, sino una pareja de enamorados.

¡Ay, Olga, qué difícil situación! ¿Enamorados? ¿Quién podría amar a la arpía? En verdad se me dificultó el personaje y si a eso agregas las exigencias de la Portnoy, los ensayos se convirtieron en una tortura.

En el primer argumento, la pareja de enamorados estaba formada por humanos, luego, a mi adorada Olga se le ocurrió que representaríamos unas aves. ¡Imagínate, unos pavos reales! Reconozco su majestuosidad, unas verdaderas obras de arte de la naturaleza. El problema es que la única gracia del macho es dar vueltas con el plumaje extendido para conquistar a una hembra indiferente. Comencé a dudar de la cordura de mi maestra, seguramente el vodka que bebía a escondidas influyó en su cerebro.

En un intento por salvar la obra, hablé con mis compañeros y entre todos convencimos a *madame* de darles movimientos más intrépidos a los animales. De hecho, en las primeras escenas, nuestros pasos comenzaban discretos y conforme se desenvolvía la obra, iban creciendo y tomando importancia.

Para representar al macho tuve que aprender a danzar con el peso extra que correspondería al plumaje de la cola. Los encargados del vestuario diseñaron una especie de medio faldín elaborado con hojas de palma fresca, que me amarraba a la cintura y que debía mover con toda la gracia del pavo real, además de sostener a mi odiosa compañera.

La rivalidad entre mi pareja y yo aumentó, de las palabras pasamos a las acciones. Una mañana encontré el faldín semidestruido, descosido, con las hojas deshilachadas y en esas pésimas condiciones lo usé. La infeliz aprovechó el mal estado de las ramas para pisarlas, jalarlas y, sin desearlo, dejé el salón lleno de fibras que molestaron a mis compañeros y a la Portnoy. Pensando en la dulce venganza, soporté los regaños de don Alvarito. Por desgracia, no pude comprobar la culpa de Yelizaveta. Ella había sido la causante, su sonrisa la delataba. En respuesta, una tarde, antes del ensayo, unté grasa en el interior de sus zapatillas. ¡Ah, cómo disfruté su falta de equilibrio! Deseaba verla estrellada en el piso con las piernas rotas. Sin embargo, la astuta supo controlar la situación. En segundos, desapareció para regresar descalza y con los pies limpios. Prepotente, nos informó que una bailarina profesional no necesitaba de zapatillas para danzar. Incluso nos retó a imitarla. No acepté, al contrario, aproveché la oportunidad para pisarla.

Los ensayos continuaron, pero los ánimos estaban tensos. El ambiente pesado propiciaba la agresividad. Olga y don Alvarito pensaron la conveniencia de un día libre, de paseo y diversión en Chapultepec. Sí, el mismo parque donde los niños aprenden a patinar. ¡Claro, ya existía!, pero diferente al que conoces. Tal vez más bonito. Ahora hay demasiadas construcciones y con el paso abierto a los automóviles es difícil apreciarlo. Perdió el encanto de principios de siglo.

Antaño, el ministro Limantour, inspirado en los bosques de Bolonia, hizo de Chapultepec el parque más hermoso, inaugurándolo durante las fiestas del Centenario. Mandó cortar los matorrales y los ahuehuetes enfermos para dar lugar a árboles nuevos y prados bien cuidados que alternaban con calles y veredas pavimentadas. Varias pérgolas y kioscos servían de refugio a las familias que deseaban tomar sus alimentos disfrutando del paisaje. Para 1918, Chapultepec continuaba siendo un paraíso. Yo disfruté las caminatas dominicales: caballeros bien vestidos acompañaban a sus damas que lucían vestidos vaporosos, floreados, que hacían juego con sus sombrillas. ¡Ah, qué tiempos!

Para el día de campo, buscamos un paraje soleado donde nos instalamos. Jugamos un rato a la pelota, a las adivinanzas y entonamos canciones pícaras que nos hacían reír. Alejados de las tensiones, en un momento de romanticismo, Dolores y yo intentamos buscar un refugio solitario. Imposible, Yelizaveta convenció a los demás del buen sazón que Dolores le daba a la comida, y entre gritos y alboroto, vi a mi amiga con el delantal puesto, lista para preparar el platillo principal.

Un poco desilusionado, caminé hacia una vereda. Estaba tan distraído que no me di cuenta de que alguien me seguía. De repente, sentí unos dedos tibios tomar mi mano.

—Mientras tu protegida está ocupada, ¿por qué no me invitas a dar un paseo?

Lo que menos esperaba era la compañía de Yelizaveta. Me detuve y la miré, asombrado. Debo reconocer que se veía preciosa con su vestido en tonos violetas y su cabello rojizo recogido con un listón color café.

—Anda, acepta. Necesitamos platicar, reconciliarnos. Últimamente estamos muy agresivos. Eso nos perjudica.

Su mirada parecía sincera. Asentí, no sin antes ver la tristeza reflejada en la cara de Dolores.

Caminamos un buen rato hasta llegar al embarcadero y no pudimos evitar la tentación de subirnos en una canoa. El día era perfecto, hacía calor. Remamos hacia el islote de los cisnes. Me sorprendió que Yelizaveta dejara los remos a un lado, se reacomodara en el asiento y me mirara a los ojos.

—Basta de disimular. Sé que te mueres por besarme, me deseas.

Le contesté totalmente descontrolado:

—¿Qué dices?

—Lo que escuchaste. ¿Crees que no me he dado cuenta de tus miradas lascivas?

No podía dar crédito a lo que sucedía. Me molestó su postura.

—Estás loca. Los años de hambre te trastornaron el cerebro. No me gustas, no eres mi tipo. Otra vez apareció la sonrisa en sus labios. En esta ocasión, además de la burla acostumbrada había pasión. Lentamente, los dedos de Yelizaveta encontraron los botones delanteros de su vestido y, poco a poco, dejó ver su pecho aprisionado por el corpiño. Hipnotizado, miraba la piel rosada, la carne suave que se movía al ritmo de su agitada respiración y que invitaba a tocarla. Tuvo razón la infeliz: moría por besarla, por poseerla en ese mismo instante.

Con cuidado, se levantó del asiento, se acercó, tomó mi mano y la llevó hacia su cintura. Aventé el remo y la estreché entre mis brazos. Al principio, la toqué con timidez, pero su respuesta acrecentó la llama que me devoraba por dentro. Entonces la besé con desesperación. Mientras saboreaba sus labios, bajé la parte superior de su vestido, dejando las mangas enrolladas sobre sus codos e impidiéndole cualquier movimiento con los brazos. Quería atormentarla con mis caricias; luego, busqué con ansias los cordones que cerraban su corpiño. Deseaba probar sus pezones. No pude desamarrar los lazos, así que preferí tenderla sobre el suelo y explorar otras partes que también prometían deleite.

La pasión borró cualquier razonamiento. A tal grado creció nuestra necesidad que olvidamos el lugar donde nos encontrábamos, y en un movimiento brusco de nuestras piernas, el vestido de Yelizaveta se atoró con el soporte del remo. Sin poder hacer nada para prevenirlo, la embarcación giró con fuerza lanzándonos al agua helada.

Salí a flote con rapidez, no la encontré. Más allá, miré la canoa volteada y, a un lado, Yelizaveta inconsciente, con su ropaje aún atorado. Nadé hacia la embarcación. Me asustó la palidez de la mujer y los golpes en su cara.

La llevé hacia la isleta que nos quedaba cerca y, con prisa, comencé a desvestirla. Debía quitarle las ajustadas prendas íntimas. Una vez que completé la tarea, me sucedió algo sorprendente. Ese cuerpo delgado que con indiferencia cargaba en los ensayos, me pareció el más bello que hubiera visto. Observé su rostro, me hechizó con sus delicadas facciones: sus ojos profundos, su nariz recta y sus labios delgados. Mis dedos tocaron en una delicada caricia cada rincón de piel descubierta, para luego cubrirla con mis besos; en pocas palabras, para hacerla mía.

—¿Ya ves?, me deseas más de lo que tú quisieras.

¿Qué demonios sucedió? Se suponía que la mujer estaba inconsciente, pero, en realidad, fingió. Se burló de mis actitudes. No te puedes imaginar la rabia que sentí. La pasión se convirtió en odio y si no hubiera sido por las canoas que venían al rescate, la hubiera estrangulado.

¡Ah, las malditas pasiones! Un día adoras, al otro detestas, y lo paradójico: tu vida se convierte en un infierno sin la persona amada.

La tarde de diversión terminó en tragedia. Las horas que siguieron al incidente se convirtieron en tormento. No quería ver a Yelizaveta, no soportaba su gesto de víctima, ni mi papel de pervertidor. Tampoco quise escuchar los gritos histéricos de Olga acusándome de cínico, ni mucho menos aguantar las recriminaciones estúpidas de Dolores. Harto de la absurda situación, desaparecí. Durante una semana no regresé a la escuela, me refugié en la casa de Quintanilla y, como siempre, él, con su sensatez, me hizo recapacitar.

—Muchacho, date cuenta de la verdad. La mujer te utiliza y tú, ingenuo, le ofreces las armas, creo que estás enamorado. No es malo, pero si no actúas con inteligencia, te destruirá. —Tomó mis ropas y las metió en un morral—. Por lo pronto, regresa y recupera tu lugar. No eches por la borda los años de preparación. Ignórala, hijo. Yo sé lo que te digo. Por fortuna, no quedé como el idiota arrepentido. Olga dio el primer paso y grande fue mi sorpresa cuando apareció en casa de Quintanilla, acompañada de Dolores. *Madame* Portnoy, en un acto de humildad, raro en ella, me ofreció una disculpa y me pidió que regresara.

¡Ah, demasiada astucia! Encontré a una Yelizaveta amable, obediente, con encanto, y me recibió emocionada. Parecía que mi ausencia le hubiera afectado en el alma. Su docilidad en los ensayos impresionaba a propios y extraños. No caí en el engaño. Sin embargo, el nuevo comportamiento trajo una paz aparente que duró unas semanas. Mis compañeros evolucionaron tranquilos en sus personajes, menos yo, ya que la indiferencia que mostraba no era verdadera. Cada giro, cada *pas de chat* o *glissade* atrapaba mis sentidos. No podía apartar de mi mente el delicioso cuerpo que efectuaba a mi lado tales movimientos. Mi deseo se acrecentaba y ella lo sabía, porque cuando me acercaba sentía su presencia, escuchaba su respiración, presentía su fuego interior que nos quemaba y, sin esperarlo, los pasos, antes académicos, adquirieron sensualidad.

Una noche, el ensayo se prolongó hasta muy tarde. Los compañeros poco a poco se fueron marchando hasta que quedamos solamente los dos y la Portnoy. Tres, cinco, doce, veinte veces repetimos los complicados pasos que don

Alvarito nos enseñó. Olga, desesperada, caminaba de un lado al otro del salón, corrigiendo los errores. ¡Imposible! Estábamos bloqueados y ni la varita mágica nos hizo reaccionar. Al borde de la histeria y lanzando varias groserías en ruso y en español, la Portnoy se retiró.

Agotados, sí, la palabra correcta. Mas no quisimos darnos por vencidos. Yelizaveta y yo continuamos el ensayo hasta que el amanecer nos encontró. No importaron los calambres ni los dolores musculares, al final logramos hacer el episodio a la perfección y, en un momento de euforia, olvidé el pasado y la besé. Ella respondió y pronto nos encontramos tirados en el suelo, consumiéndonos en la pasión. Nuestras manos no tenían descanso. Queríamos agotar las caricias, uno en el cuerpo del otro, nuestras bocas se fundieron en un prolongado beso. Parecía el momento perfecto para el encuentro amoroso, de no haber sido por los chillones gritos que salieron de la garganta de Dolores al abandonar su escondite.

—Pedrito, Pedrito, ¡no la beses más! ¡Por favor! Tú me quieres a mí.

¿Sabes las ganas que tuve de golpearla? Eso era lo que más quería y creo que Yelizaveta también, pero tuvo prudencia y, molesta, se alejó. No pude evitarlo. Con toda mi fuerza, tomé a Dolores por los brazos con el fin de desquitar el coraje.

—Desgraciada, infeliz, ¡deja de perseguirme! ¡No soporto tu vigilancia! —Trató de zafarse, no la dejé. La muchacha lloraba sin control.

—No es cierto, estás ofuscado. Ella no te quiere. Su único propósito es ganar la apuesta. —Molesto, la solté.

—¿Apuesta? ¿De qué demonios hablas?

Más calmada y sobándose los brazos lastimados me contestó.

—Ella apostó con varias de nosotras que te conquistaría.

Otra vez quise apoderarme de sus brazos, no lo logré, Dolores corrió asustada hacia la salida. Creo que todavía escuchó mis últimas palabras:

—¡Mientes, maldita, mientes! Hablas por dolida. Nunca podré quererte como amo a Yelizaveta.

Me quedé un rato en el salón, reflexionando. ¿Sería verdad lo de la apuesta? No, no. Dolores estaba dolida porque nunca le propuse matrimonio. Seguramente se trataba de una trampa. Yelizaveta tenía un carácter fuerte, pero no se atrevería a engañar. Sus besos, la voluptuosidad de su cuerpo en mis manos, su aroma... No, mil veces no. Jamás renunciaría a ella.

Ay, Dolores, ¡qué espíritus malignos guiaban nuestros actos! Lejos estábamos de conocer los caminos del destino. Nunca lo dudé, eras una buena mujer, sincera, cariñosa, la compañera ideal; no obstante, no escuché tus palabras. Vivía obsesionado con Yelizaveta, a tal grado que mi alma ya le pertenecía, pero ella aún se encontraba lejana. Un juego perverso. Me alentaba con sus sonrisas, con las caricias atrevidas, con su mirada que me desnudaba, y, a la vez, me rechazaba con palabras y hechos.

¿Me preguntas la causa? ¡Ay, niña, te falta mucho por aprender! Existen personas conflictivas a las que les gusta jugar con los sentimientos de los demás. Por desgracia, mi amada era especialista.

Claro que la busqué. Intenté varias veces un acercamiento, encontré la oportunidad de estar a solas con ella y hablarle de mis sentimientos. Yelizaveta evitaba la conversación. Entiendo que te intriga mi narración, que deseas saber lo que sucedió en el estreno de la obra. ¡Noche gloriosa! Prometo contártelo después. Déjame reposar un rato, estoy agotado. Necesito que regreses a mi casa y le pidas a Cata mi álbum de fotografías y recortes. Seguramente lo tiene guardado en el viejo baúl… No me vuelvas a repetir tus absurdos miedos, no les debes temer a mis pertenencias, que al final, cuando falte, pasarán a ser tuyas… ¿Lo traes contigo en este momento? Tramposa. ¿Cómo lograste quitárselo? No se lo presta a nadie, ni a mí que soy el protagonista. Alega mi sentimentalismo, la depresión. Pero si no vivo de los recuerdos, entonces ¿de qué demonios voy a vivir? Dámelo, necesito hojearlo una y mil veces más, regrabar rostros, situaciones, que mi mente enferma confunde. Por desgracia, muchos documentos se perdieron en el tiempo.

Por aquí debe estar… Sí, mira. Estos pedazos formaron parte del programa de esa noche. Tal vez si los acomodamos, podamos descifrar los dibujos, los nombres. Ven, siéntate junto a mí, vamos a ver los recuerdos impresos en cartón.

Viernes 19 de mayo. Amaneció lloviendo, lo cual, según Olga, anunciaba malos presagios y más en un lugar donde la gente no estaba convencida de los cambios.

—Mucha agua en el cielo atonta a la gente, ensucia los zapatos y, al atardecer, nadie quiere salir de casa.

Su preocupación no importó, nada iba a detenernos y menos una temporada de lluvias adelantada. El ambiente era tenso. Aunque aparentábamos tranquilidad, esa noche, muchas cosas estarían en juego. Si la crítica nos beneficiaba, daríamos el primer paso firme hacia el éxito y hacia la continuidad de la escuela Portnoy con sus ideas revolucionarias. Si sucedía lo contrario, Olga se retiraría y nosotros, como al principio, sin nada. Un terreno difícil. Los conservadores defendían el ballet clásico, elegante, tradicional. Otras personas, la mayoría, tenían predilección por el nuevo teatro de revista, ligero, donde salían bailando segundas tiples con poca ropa.

Salimos temprano hacia el teatro. Las calles de aquel México no estaban en buenas condiciones para los nuevos automóviles. A pesar de los drenajes que construyó Díaz, las inundaciones continuaban y era común que los vehículos se atascaran. Olga no quería ningún contratiempo.

En el recinto, la gente iba y venía con la urgencia de dejar todo listo. Hubo un momento en el que me desesperé, demasiado ruido y movimiento me aturdieron. Me alejé con la intención de estar solo; caminé hasta llegar al escenario. ¿Sabes? Fue un momento especial, la magia comenzaba. Con detenimiento, observé el espacio que más tarde debíamos conquistar. Ahí estaba, vacío, en espera de la vida que le darían nuestros pasos. Atrás, las escenografías, simples pinturas que sin la anécdota no tenían valor. Más allá, algunos músicos terminaban de colocar sus instrumentos. Seguramente en sus partituras estaba mi danza. En la memoria escuché las notas y me balanceé con suavidad al tiempo que fijaba la vista en las butacas de terciopelo rojo vacías, testigos mudos de lo que sucedería esa noche. No te miento, me sentí pequeño, humilde ante la grandiosidad de lo esperado. Volví a ser el Pedro provinciano que llegó a la ciudad con hambre de conocimiento. Cerré los ojos y visualicé el triunfo.

—Estoy seguro, Olga. ¡Hoy es el día!

A lo largo de mi vida pisé varios escenarios en teatros improvisados o de lujo, en cualquier lugar del mundo, ante toda clase de público, pero la primera vez nunca se olvida.

¿Mi familia? ¡Ah, mi madre y sus problemas! Le envié la invitación anticipadamente. No vino. Mandó un telegrama con felicitaciones y disculpas. Fueron el profesor Quintanilla y su esposa quienes asistieron en lugar de mis padres.

Tienes razón. No he hablado de Yelizaveta. No la vi sino hasta que hicimos los ejercicios de calentamiento. Estaba seria, silenciosa. Así reaccionaba cuando algo le inquietaba.

Las horas pasaron con rapidez y pronto me encontré en el camerino, transformándome.

Observa, aquí está la foto; me la tomaron antes de la presentación. Sí, mi traje era espectacular, realmente las costureras se esmeraron y elaboraron una magnífica creación. Estaba hecho de una sola pieza, pantalón y corpiño, con aplicaciones de tela esmeralda brillante que simulaban las plumas. Su complemento era una pechera bordada con lentejuela plateada que iba desde la cintura hasta el cuello, donde se prolongaba hacia la cabeza, entornando la cara. Al final, remataba con un tocado, un tipo de coronilla emplumada. Sin embargo, lo más espectacular era la cola del pavo real. El medio faldín que iba desde la cintura hasta arrastrar en el suelo lo elaboraron con cientos de plumas de esa ave.

Antes de comenzar, Olga pasó al camerino y nos dio las últimas recomendaciones, además de informarnos que en el palco de honor estaba el presidente Carranza y parte de su gabinete.

Me encontré con Yelizaveta camino al escenario. ¡Estaba preciosa! Me causó tal impresión que no podía dejar de admirarla. Su traje era similar al mío, sólo que sus piernas estaban al descubierto y en su corto vestido predominaban los tonos cafés, naranja, con algunos tintes esmeralda, colores que favorecían su tono de piel y su cabello rojizo. En la cabeza llevaba un tocado de menores proporciones, adornado con lentejuelas doradas y plumas pequeñas.

—¿Lista? Vamos, nos llaman. Espera, te deseo suerte.

No respondió con palabras. Simplemente se acercó y me dio un apasionado beso en la boca que no esperaba y que me dejó desconcertado.

Me faltan palabras para explicar el emotivo momento. Aparecimos en el segundo acto, en medio de un bosque en el que las criaturas de la tierra despertaban del sueño invernal para gozar la alegría de la primavera. Yo era la figura central de la fiesta y mis pasos abarcaron el escenario. Dancé con todos los participantes hasta que llegué frente a Afrodita, quien, con su rayo divino, me iluminó. Soberbio y majestuoso pavoneaba, cuando descubrí en un rincón todavía semioscuro al ser más bello que mis ojos hubieran visto: Yelizaveta.

Tímida al principio, luego molesta, rechazó mis atenciones; ahí comenzó el baile de la conquista. El pavo real desplegó su amplio plumaje para atraer a la pequeña hembra. La magia que comenzó con el primer paso creció y poco a poco nos envolvió con *La danza de los amantes en primavera*. La transformación era un hecho. Realidad y fantasía se mezclaron, y en un momento éramos los dos abrazados en la eternidad. Ella y yo iluminados por las estrellas; Yelizaveta y Pedro, y a la vez hembra y macho, que con sus movimientos seductores nos entregábamos a la pasión. Sus ojos brillaban por la llama que nacía en su interior y yo estaba perdido en esa mirada. Mis labios rozaron los suyos y pronto fundimos nuestras existencias en un beso.

—Te amo.

El hechizo duró toda la noche. La obra llegó al final con los aplausos, las ovaciones, las flores, las felicitaciones, pero en ese momento de triunfo, mi mente disfrutaba otro festejo, más íntimo. Esa madrugada nos amamos. Al fin agoté mis caricias en ese cuerpo femenino, suave, musculoso, de pechos pequeños. Sobre las sábanas, mi Yelizaveta, desnuda, calmaba con su entrega mis ansias. Una y otra vez fuimos la hembra y el macho que cumplían su cita con la naturaleza para luego transformarnos en los amantes que unen sus almas en un pacto de amor.

Sí, lloro. No quiero detener mis lágrimas, contienen tantos sentimientos que si las dejo en el interior me ahogarían. Durante años extrañé a Yelizaveta. En mis momentos de soledad y alegrías la necesité a mi lado. Fue mi mujer, la única que pude amar por un largo tiempo.

Por favor, déjame solo, ya no quiero hablar.

ANA

¡Basta! No estoy de humor para soportar sermones. Tal parece que fuera un crío desobediente al que hay que corregir; además, no te pedí que vinieras a verme. Supongo que fue el doctor Gutiérrez quien te llamó. No te preocupes, todavía no pienso fugarme. El instinto no me lo permite.

Gracias, tampoco quiero salir a la estancia. La compañía de esos viejos me recuerda lo malagradecida que es la gente. Aquí olvidados, encerrados para no contaminar el mundo con nuestras enfermedades, con nuestra locura.

¿El jardín? Por el momento me disgusta la idea. El muro que nos divide me atormenta. Quisiera tener alas para volar sobre él y, como cualquier persona, disfrutar de las calles, de la gente y de los ruidos. Hoy prefiero la oscuridad del cuarto, tal vez por la seguridad que experimento al estar rodeado de lo mío, aunque el olor me cause náuseas.

Quita de tu cara el gesto de reproche. Seguro que las viejas que trabajan afuera te llenaron los oídos con chismes:

"Su tío no quiere comer", "su tío nos habla con groserías", "es un loco que nos avienta la comida", "su tío nos golpeó". Hipócritas. Parecen gallinas cluecas. Además, ¿en qué les molesta mi mal humor? Muy mío y lo disfruto.

Las conozco, hacen escándalo por cualquier cambio de actitud y luego viene el doctor y me inyecta las medicinas milagrosas para tenerme tranquilo. ¿Quieres conocer la verdad? Bueno, a ti no te puedo mentir, he estado un poco irritable, no, tal vez la palabra adecuada sea ¿triste? Sí. Quiero regresar a mi casa, ver el mundo olvidado, darme un baño prolongado en la vieja tina de porcelana, vestir las ropas finas, oler a loción, disfrutar los platillos de Cata y beber una copa de vino. Quiero volver a la juventud. No te imaginas lo difícil que es envejecer en poco tiempo. La desesperación por ver a los seres queridos que ya no existen. ¡Ah, mi abuela tenía razón! En castigo, por mis pecados, sobreviviría a todos los que me quisieron.

Deja de preocuparte, no eres culpable, fui yo quien te pidió el álbum de fotografías, soy el único responsable… ¿Dónde está?… El día del pleito, las enfermeras lo pusieron lejos de mi alcance. Lo hojeaba antes de cenar y no quise soltarlo cuando ellas lo ordenaron. Me lo quitaron a la fuerza, me defendí golpeándolas, pero esta maldita debilidad ganó. Si las hubieras visto, estoy seguro de que tú también les hubieras pegado. Se rieron, se rieron hasta que se cansaron de mis fotos, dijeron que eran cursis. Si te fijas bien, lo encontrarás allá arriba, en la parte superior del clóset… Por caridad, devuélveme el álbum… Dame mi caja.

Tú y yo guardaremos el secreto, promete que no se lo dirás a nadie. Vas a esconder mis recuerdos en un lugar seguro aquí en el cuarto, donde las viejas no sospechen, y los sacaremos cuando vengas de visita. Créeme, son malas, muy malas. Lo bueno es que no saben quién toca la música; si no, lo mandarían callar.

La alegoría de la primavera fue un éxito. Los críticos y la prensa hicieron comentarios favorables, sobre todo elogiaron mi actuación y me calificaron como una verdadera promesa en la danza mexicana. La temporada que iba a durar una semana en el teatro Arbeu se prolongó a dos meses en diferentes teatros: el Colón, el Lírico y el Esperanza Iris. La gente hacía fila en la taquilla para ver la nueva obra, la diferente. Y cada noche, Yelizaveta y yo repetíamos la danza con el realismo que refleja el amor.

Abandoné el papel de estudiante para convertirme en el primer bailarín de la Compañía Portnoy, y, por supuesto, Olga brillaba en los círculos artísticos. En nuestro honor, el presidente Carranza ofreció un brindis en el Castillo de Chapultepec; ella y yo entramos juntos bajo una lluvia de serpentinas, confeti y aplausos. ¡Qué más le podía pedir a la vida!

Las primeras semanas al lado de Yelizaveta se convirtieron en un maravilloso sueño. Detrás del carácter explosivo, burlón, se encontraba una mujer cariñosa y apasionada que, al igual que yo, esperaba con ilusión el momento de la intimidad.

Al principio temí que Olga se opusiera a la relación. Sí, le molestó, pues en la disciplina de la academia no cabían romanticismos, pero como el noviazgo sirvió de publicidad para la obra, lo toleró. Quien se mostró receloso fue el profesor Quintanilla. Para él, Yelizaveta era una oportunista que utilizaba a las personas; es más, no se soportaban.

—Muchacho, sé lo que te digo. Tengo más años y experiencia que tú. A las mujeres ni todo el amor, ni todo el dinero y menos a ésa. Trata de no enredarte demasiado, no te conviene. —Sacó el paliacate y con una punta limpió sus anteojos—. A tu edad, se confunde el entusiasmo sexual con el cariño verdadero y luego cometemos tarugadas irreparables. Somos animales racionales, así que usa la mente en vez de la calentura.

A veces, Quintanilla me parecía un viejo entrometido que había olvidado lo que un hombre siente en la juventud. Por desgracia, no estuvo lejos de la realidad. Cierta noche que me encontraba en la cama con Yelizaveta, lo comprendí.

—Me tienes hechizado. Podría pasar horas observándote. —Disfrutaba ver su rostro después de hacer el amor. Sin embargo, en aquel momento se mostró indiferente.

—Vamos, Pedro. Actúas como tonto.

—Así me traes. Quiero pasar el resto de mi vida a tu lado. —Aventó la sábana, abandonó el lecho. Entre sus cremas de la cara buscó un frasco con pastillas. Sin duda, estaba molesta.

—¡Deja de hablar idioteces! Esta relación no puede durar mucho. En mi vida no caben los "para siempre".

Tenía razón. El tonto insistió.

—Tal vez no entiendes. Estoy enamorado de ti y creo que tú de mí, lo has demostrado.

—*Amor... amor*. Es una palabra hueca. ¿Acaso no sabes hablar de otra cosa?

—Quiero casarme contigo. —De un salto abandoné la cama. Me acerqué a ella con la intención de abrazarla. Agresiva, me empujó.

—Olvídalo. Estás insoportable. El matrimonio es como una cárcel y a mí me gusta la libertad. Si todo esto es tan agradable, ¿por qué echarlo a perder con un compromiso?

—¿Qué sucede, Yelizaveta? Tú no piensas así.

La sonrisa cínica apareció en su rostro y su mirada mostraba el desprecio que sentía.

—Gran error, querido. No me conoces. Entiende: nací para ser alguien importante. Quiero vivir en Nueva York, rodeada de lujos, dinero, admirada por todos, con un amante que me sepa tratar como una dama.

—Dame tiempo, apenas comenzamos. Si la situación sigue como va, ganaré mucho dinero y podré darte los lujos que quieres. Formaríamos un matrimonio famoso. —Una carcajada rompió la seriedad del momento.

—No, Pedro, no quiero ataduras. Mira lo que el matrimonio hizo de mi madre.

Su dedo señaló la foto de su familia, que estaba sobre la cómoda, en ella aparecía una mujer rechoncha, vestida con ropas humildes, como las que usaban los campesinos rusos. De la bolsa de mi pantalón saqué una pequeña caja. Ante la sorpresa de Yelizaveta, la abrí, tomé su mano y le coloqué una sortija en el dedo.

—Estoy hablando en serio. Quiero tenerte a mi lado para siempre.

Miró el objeto con detenimiento, y como si el acto hubiera sido algo cómico, un ataque de risa se apoderó de ella.

—¿Esto es lo único que puedes ofrecerme? ¿Un corriente anillo de plata? —Molesta, se quitó el objeto y lo aventó al piso.

—¡Por Dios, recapacita!

—No hay más que decir, no vas a interponerte en mis planes. Si quieres continuar conmigo, ya conoces las reglas. Tú decides.

Un fuerte dolor atravesó mi pecho. ¡Mi amada se comportaba de manera inconcebible! Sufrí, sufrí muchísimo.

¡Qué suerte la mía! La segunda vez que declaraba mi amor a una mujer y por segunda ocasión me rechazaban.

Puse trampas a mi mente, traté de justificar su acción. Me sonaba lógico que la hija mayor de una exbailarina se sintiera desilusionada por el fracaso de su madre, pero ¿acaso no entendía que dejó todo por amor? También comprendía que odiara la pobreza, las privaciones y que Olga le pintó el sueño americano como oro puro. Cuestión de tiempo, me dije. Con hermosos detalles la conquistaría, le tendría paciencia, crearía un mundo feliz para ella y al final se enamoraría. Así sucedía con los matrimonios arreglados. El tiempo y la convivencia unían a las parejas. Nosotros no seríamos la excepción.

¿Quieres ver su fotografía? Lástima, la única que tengo está aquí. Don Alvarito la rescató de la basura y me la entregó. Las demás, donde estábamos juntos, las quemé, al igual que sus pertenencias. Tienes razón, no se aprecian las facciones, están demasiadas borrosas. Durante años acompañó mis noches de insomnio y mis dedos nerviosos la acariciaron en un intento por revivirla.

La que está vestida de cisne y de china poblana es Ana Pavlova, sí, la bailarina rusa. ¿No conoces la historia? Una mujer preciosa, mi mejor amiga. Por desgracia, murió cuando el triunfo le sonreía.

Abre la caja, ahí dentro deben estar unas diminutas florecitas de seda envueltas en un paño. Sí, ésas... Le pertenecieron a Ana, se las quitó a un tocado para obsequiármelas. Me las dio la última vez que nos encontramos en París. No te confundas, me la presentaron en México, en la academia de Olga. Ana llegó a la ciudad con sus bailarines del Teatro Imperial de Moscú como parte de su gira por América. Antigua compañera de Olga e íntimas amigas, visitó en varias ocasiones la academia para compartir sus conocimientos con nosotros.

Conocí a una mujer excepcional, elegante, profesional y versátil. Igual daba vida a un cisne que a una campesina o a una princesa, sin perder su personalidad. Por esos tiempos estaba muy interesada en cautivar al público mexicano, así que decidió presentar un baile regional a su estilo. Algo innovador, pero difícil para una extranjera que no conocía nuestra manera de pensar. La Portnoy preocupada por ese detalle, le sugirió platicar conmigo. ¡Disfruté las sesiones! Le transmití toda la experiencia que había acumulado sobre las danzas regionales.

Emocionada por el sentimiento mexicano, Ana, quiso adaptar el Jarabe tapatío. La tiple Eva Pérez Cano le enseñó la rutina en el estudio del pintor Nacho Rosas y Adolfo Best Maugard diseñó el escenario.

Olga, Yelizaveta y yo fuimos sus invitados especiales al estreno en el teatro Esperanza Iris. ¡Qué maravilla! Nunca había visto a nadie danzar como ella. ¡Imagínate, bailó el Jarabe tapatío en puntillas! Estaba fascinado con su hazaña. Por supuesto, a Yelizaveta no le agradó.

—Está flaca, la cara demasiado larga, además, a su edad debería estar cuidando nietos y no haciendo el ridículo. Parece mucho mayor que tía Olga. En cambio, yo tengo juventud, con el tiempo la superaré. —No pude evitar la carcajada.

—No hay comparación. Tal vez en algunos años...
—Te burlas. No importa, ya lo verás.

Al principio, la actuación de la Pavlova no agradó del todo al público. Con el tiempo, la gente reconoció su profesionalismo y se agotaron las entradas. Se convirtió en una locura popular, y para que un auditorio mayor tuviera la oportunidad de verla, en febrero de 1919 presentó el espectáculo en la plaza de toros de la Condesa. Y para mí la oportunidad regresó. El primer bailarín Alexandre Volinine enfermó del estómago. Ana, en agradecimiento por la ayuda, pensó en mí para sustituirlo. ¡No lo podía creer! Pedro Valdez bailando con la Pavlova. ¡Ah, maravillosos días! Fueron muchas las horas de ensayo, y luego, las representaciones. Mi nombre apareció en los periódicos y las revistas de espectáculos.

Varios días no asistí a la academia y la Portnoy y todos mis compañeros festejaron mi triunfo. Bueno casi todos, porque para Yelizaveta significó una tragedia. Sus malditos celos amargaron mi alegría.

Otra vez, las ilusiones me engañaron. La tarde en que volví a la academia, Ana me llevó en su coche. Al despedirnos, me dio un ligero beso en los labios. Entré a la casa bajo una lluvia de aplausos y de felicitaciones, pues mis compañeros y mi profesora se sentían orgullosos por mi logro. Me extrañó no ver a Yelizaveta; me dijeron que estaba indispuesta. Una vez que terminé de saludar a mis amigos, subí al segundo piso en busca de mi amada, moría por abrazarla. Al abrir la puerta de su habitación, una fiera salvaje se abalanzó sobre mí.

—¡Desgraciado bastardo! ¿Cómo pudiste hacerme esto? ¿Éste es el gran amor que me tienes? Nunca debiste bailar con la bruja.

Pensé en el beso de Ana y entonces entendí la reacción provocada por los celos. Una satisfacción nació en mi interior. Con fuerza, le tomé las manos.

—Cálmate. No podemos hablar así.

—No me interesa nada contigo, ni tu palabrería. Te odio…, te odio.

—Te juro que entre Ana y yo sólo existe una buena amistad. De su boca salió una serie de maldiciones, luego agregó.

—¿A mí qué me importa lo que hagan tú y esa zorra? Se pueden ir al infierno. ¡Maldito egoísta! Quisiste la gloria para ti solo, probar que eres mejor que yo. Te equivocaste. Recuérdalo: soy superior. —Traté de acercarme—. Lo nuestro terminó. Voy a buscar un hombre de verdad, que me haga sentir mujer y que cumpla su palabra. No un maricón… Ah, se me olvidaba: Gracias por el dinero que gané con la apuesta.

Disculpa, otra vez las lágrimas me traicionaron. Ya sé que no te molesta, pero me disgusta que me vean llorar. Agradezco tu abrazo, lo necesitaba. Sí, fue un episodio doloroso y también en aquel momento necesité un consuelo. Estaba desorientado. No podía acudir a Quintanilla, lo que menos quería escuchar era un *te lo dije*. Pensé en Dolores. Imposible, la herí demasiado.

Aprisa abandoné el lugar. Me ahogaba; las paredes me aprisionaban quitándome el aire y en mi pecho crecía un grito que amenazaba con salir. Mi rápido caminar se convirtió en una carrera sin objetivo, sin destino, sólo quería acabar con la furia, la desesperación que carcomía mi alma. ¡Maldita mujer, mil veces maldita! ¡Ojalá se pudra en el infierno! La odiaba, quería humillarla como ella lo había hecho. Únicamente pensamientos de dolido, porque la verdad era otra. En el fondo, mi razonamiento estaba impotente ante los sentimientos. El odio encubría un gran amor que perdona todo.

Cansado, entré en una iglesia; me senté en una banca. Por fortuna, casi no había gente. El olor mezclado de los nardos y las veladoras me provocaron asco; sin embargo, la oscuridad que reinaba y el silencio calmaron mi furia y me ayudaron a reflexionar. Me hice las veinte mil preguntas y sólo encontré una respuesta: Yelizaveta.

Más tranquilo, vagué por las calles semioscuras hasta llegar a la casa que habitaba Ana. Le extrañó mi presencia. No me preguntó la causa; desde la entrada notó la aflicción que reflejaba mi cara, y esa mujer admirable demostró su amistad. Con toda la ternura, me abrazó y me brindó el consuelo que necesitaba.

Le pedí que me llevara con ella, que me incluyera en su grupo.

—No puedo, querido. —Se retiró de mi lado y un gesto sombrío apareció en su rostro—. La situación política en mi país no está bien. Como bien sabes, hubo cambios y nuestro futuro es incierto. —Me miró y esbozó una dulce sonrisa—. Vuelve a la academia. Eres joven, con muchas oportunidades por delante. No las puedes desperdiciar por alguien que no te merece. –Tomó mis manos entre las suyas.

—Es una pena de amor pasajera. Tú vales mucho más que cualquiera de tus compañeros. Vas a llegar, te lo aseguro. En cambio, ella…

¡Claro, regresé a la academia! Mi vida estaba ahí, recuperaría mi lugar con la Portnoy y, por supuesto, con Yelizaveta. Sí, fui necio y ciego, mala combinación en un enamorado. Nadie aprende de los consejos o de las experiencias de otros. Necesitas caer muchas veces para no olvidar la lección.

¡Ay, cómo sufrí las primeras noches! Odié la oscuridad que liberaba los pensamientos; odié la cama, el espacio frío, vacío, que ella había dejado. Desde luego, lloré en silencio para que nadie se burlara de mi penar. Durante tres meses no le dirigí la palabra ni la mirada. Era yo quien la evitaba y, con la resolución de olvidarla, cortejé a una muchacha que vivía cerca. En los ratos libres iba a visitarla. ¿Que si me costó trabajo? No estoy hecho de piedra. A veces sentí la muerte. Sus acercamientos se convirtieron en un martirio que disfrazaba con frialdad. Me da risa acordarme. ¡Tonto! Creía que tenía la situación bajo control.

Unas damas de sociedad nos invitaron a un té danzante en el restaurante Chapultepec en beneficio de los damnificados por el terremoto en Veracruz. Asistimos y, desde que llegamos, la muy astuta se adueñó de mí por completo. Otra vez, caí rendido ante sus encantos. No hubo explicaciones, ni palabras o justificaciones, ambos deseábamos la reconciliación y esa noche, bajo las sábanas, olvidamos todos nuestros resentimientos. La vida continuó feliz y las malas experiencias quedaron aparentemente borradas.

Shhh… calla. Hay ruidos afuera de la puerta. Las viejas nos están espiando, las conozco muy bien. Siempre debo estar alerta a sus pasos. Quieren tomarme desprevenido para tener el pretexto para quitarme mis cosas. Les falló, en esta ocasión no tuvieron suerte, nuestro acuerdo les arruinó la tarde.

SÓSTENES TREVIÑO

Pensé que no vendrías. Dicen que hay mal clima debido a un norte. Siempre le echan la culpa de las lluvias y el frío. Desde aquí lo único que puedo ver es la constante cortina de agua que cae fuera de la ventana. Me entretengo observando las gotas, a veces las cuento hasta que me quedo dormido. Luego despierto asustado por los relámpagos que iluminan de manera sobrenatural la habitación.

Estoy aburrido, me harta el encierro. Ojalá que los rayos quemen este maldito lugar y nos convierta en cenizas. Eso dolería menos.

Ayer, las enfermeras se apiadaron y me llevaron al salón con los ancianos. Me deprime ver a los que fueron famosos portándose como locos. Unos bailan, otros cantan y los demás repiten una y otra vez parlamentos demasiado gastados. Les pedí que me colocaran frente al televisor. Resultó peor. Hay puros dramas en las telenovelas. ¿Para qué ver más tragedias, si la vida ya es una? ¿Que no sea pesimista? Entonces ¿qué han sido mis vivencias? Alegrías acompañadas por desengaños.

Tampoco hoy quiero salir. Hace frío, me gustaría tener otra cobija. El clima húmedo me provoca dolor en los huesos y las heridas me punzan. Ya les pedí a las viejas desgraciadas un calmante. Me lo negaron con el pretexto de la autorización del doctor. Bueno, tu presencia es la mejor medicina.

¿La luz? Ni modo, tendremos una charla en la penumbra. Así ha sucedido en las últimas tardes. En la cómoda hay una vela y en el cajón encontrarás una lata vacía y los cerillos. Préndela y luego saca mis tesoros del escondite.

No me gustan las tormentas, me causan angustia. Tal vez se deba a que me recuerdan el final. Sí, el espantoso final.

Tras el éxito de *La alegoría de la primavera* que, por cierto, dejó muy buenas ganancias, Olga, entusiasmada, planeó el montaje de otra obra. Esta vez con influencia revolucionaria, y mientras la inspiración la iluminaba, las clases en la academia continuaron.

No lo sabíamos. Grandes cambios se aproximaban y otra vez venían del norte. La revuelta comenzó en Sonora y así como el Plan de Agua Prieta terminó con el gobierno carrancista, la llegada de un militar terminó con mis planes. Parecía que en mi vida los militares tendrían una influencia nefasta. ¡Qué ironía! Nanita siempre deseó verme con uniforme.

En mayo de 1920, el presidente Carranza decidió establecer el gobierno en Veracruz. Noticia triste para sus seguidores y para los que deseábamos la paz. El profesor Quintanilla también se marcharía con él. Nunca llegaron a su destino. En Tlaxcalaltongo, asesinaron a Carranza y mi amigo se salvó de milagro, ya que unas buenas personas lo escondieron en un jacal cercano. Ya te imaginarás la tristeza y la incertidumbre. Vivíamos un México cambiante. Por una temporada, tomó la presidencia Adolfo de la Huerta y con él llegaron sus divisiones, generales de importancia y el más despreciable de todos: Sóstenes Treviño.

El recuerdo de ese hombre me revuelve el estómago. No entiendo la razón por la cual el presidente De la Huerta tenía entre su gente a una persona tan corriente y vulgar. Su aspecto desagradable lo decía todo. Alto y gordo, ni su tupido bigote podía disimular las antiguas cicatrices de la viruela. Prepotente, lucía cadenas doradas y anillos que no iban acorde con la época de crisis. Pero lo más desagradable era su mirada; intimidaba a cualquiera. Tuvimos la desgracia de conocerlo en una representación privada que dimos para los nuevos miembros del gobierno. En la recepción que siguió al espectáculo, el general quedó prendado de Yelizaveta. Ella no le hizo caso, al contrario, le repugnó. Pero él, acostumbrado a obtener lo que deseaba, la conquistó con regalos de gran valor, dinero y muchas promesas.

—Me marcho. Sóstenes me espera en la calle. —Llevaba en una mano el bolso y en la otra su equipaje—. Ahí te dejo los trapos viejos. No los necesito. Él me va a comprar nuevos, importados de Europa. No lo crees todavía. Sóstenes me ama lo suficiente para darme lo que quiero. Construirá un teatro en el que seré la bailarina principal.

Desesperado, le grité:

—¡Te engaña!

Furiosa, se volvió hacia mí y su grito fue más fuerte.

—El verdadero engaño es seguir al lado de un pobre afeminado.

Debía estar acostumbrado al temperamento de la mujer. No, no aprendía. Esa vez el abandono me hundió hasta el fondo. No la perdí por un enojo. Otro me la había quitado.

¿Olga? La infeliz no dijo nada. Al contrario, le convenía estar bien con los nuevos dueños del país.

Sí, la volví a ver. Fue una mañana que nos encontrábamos ensayando. Ella y su general nos observaban desde la puerta. Feliz por la visita, la Portnoy acabó la clase antes de tiempo. No quise saludarlos, los celos me destruían las entrañas. Sentí coraje cuando vi las asquerosas manos de Treviño acariciando el cuerpo de mi mujer. Ella reía, quería demostrarme lo contenta que estaba con su nueva adquisición. Demasiado grotesco el cuadro. Tomé mis ropas para retirarme cuando el hombre me cerró el paso con su enorme corpulencia.

—Por fin conozco al gran Pedro. No mintió esta niña al hablarme de tu buen tipo. —Nunca una mirada masculina me molestó tanto como la que me dirigió el general. Me sentí desnudo—. Tienes buenas piernas, musculoso, bien formado. Me gustas.

Y sin esperarlo, su dedo acarició mis labios y la mejilla derecha. ¡No lo podía creer! Sentí caliente el rostro. Estaba rojo por el coraje y la indignación. No quise contestarle como se merecía. Mis compañeros no se dieron cuenta. Era mejor dejarlo en la ignorancia. ¿Qué diablos sucedía con Yelizaveta? Definitivamente, le fallaba la cordura.

Para soportar el peso de la soledad, en las horas libres visité al profesor Quintanilla y a su esposa. Él todavía no se recuperaba de las heridas que recibió en Tlaxcalantongo, estaba deprimido y sabía que mi compañía lo ayudaba. Ambos nos apoyábamos.

Una noche, se me hizo tarde, llegué a la academia cerca de las nueve. Unas cuantas luces iluminaban la calle desierta. Vi afuera de la casa el coche del general Treviño. Me molestó. Supuse que estaría adentro engañando con su falsa imagen de caballero a la Portnoy. Gran sorpresa me llevé cuando me acerqué y lo vi bajar del vehículo. Era a mí a quien esperaba. ¡Desagradable momento! Con amabilidad, me invitó a entrar en el auto. Me negué. Entonces nos sentamos en la escalinata que conducía a la puerta principal de la casa.

—No te portes huraño. Con un poco de voluntad de tu parte, podríamos ser buenos amigos. Tenemos mucho en común.

—No hay nada de qué hablar.

Una sonrisa torcida apareció en sus labios gruesos. Disgustado, traté de pararme; sin embargo, una enorme mano jaló mi saco.

—¡Ah, qué Pedrito tan arrebatado! No te enojes. Además, vengo a proponerte un buen negocio. ¿Por qué no vienes a trabajar conmigo? Te pagaré bien y te trataré con cariño. —Del bolsillo de la camisa sacó una delicada cadena de oro y me la mostró—. Un regalito para ti. Que no te asombre, alguien tan chulo como tú se la merece. Verás, Yelizaveta me entretiene, me da presentación, pero a mí me gusta otro.

No podía dar crédito a lo que escuchaba. Estaba atontado. Volví a la realidad cuando sentí su mano acariciando mi muslo. Con fuerza, me aparté indignado, y con el coraje reprimido le contesté:

—¡Desgraciado, basura! —Mis pobres insultos acrecentaron su satisfacción.

—Enojado me gustas más. Conmigo no tienes que aparentar. Me atraes por machito y por femenino.

Quise golpearlo, arrancarle el pellejo. Por fortuna, la prudencia ganó y reconocí mis limitaciones. Tenía agilidad, fuerza, músculos; sin embargo, nadie me enseñó a luchar, a defenderme como hombre. Acuérdate de que me educaron en las tareas femeninas.

¡Ah, qué humillado me sentí! Había hecho todo lo que estaba de mi parte para cambiar el destino, para mostrar por fuera el hombre que vivía en mi interior. En definitiva, fallé. Había cautivado al más depravado de los machos.

¿Te estás burlando o qué significa esa sonrisita? Sí, ya noté que no puedes reprimirla. Se te hace cómica la anécdota, pero en aquel momento fue una verdadera tragedia. Al igual que una presa de caza, viví acechado por un depredador, sí, porque desde ese día, las visitas del general Treviño a la academia se hicieron más frecuentes.

Parecíamos estúpidos. Él me hacía señas que yo fingía no ver. Me dejaba regalos entre mis ropas y yo, con mucha discreción, los desaparecía. Me invitaba a su casa y argumentaba mil pretextos para no asistir. El colmo fue el día que me envió flores. Antes de que los demás se dieran cuenta, arranqué la tarjeta y el ramo terminó en la habitación de Olga. No, creo que nadie se enteró. Pensaron que las visitas se debían a la buena impresión que el hombre quería causar a la Portnoy. ¿Yelizaveta? Menos. La tonta no se daba cuenta. Estaba engolosinada con las alhajas, las atenciones y las promesas. La ambición la perdía. Sí, una vez le conté verdad. Se burló y volvió a recriminarme el despecho que sentía.

Otra vez los malditos relámpagos ¿Acaso nunca va a parar de llover? Desde niño odié los meses de aguas. En aquella casona, junto a la abuela, los truenos me angustiaban y la mala impresión nunca se me quitó.

¿Dónde me quedé? ¡Ah, sí! Hay épocas malas que se alternan con tiempos buenos. No obstante, ésa empeoró. Yelizaveta descubrió su embarazo. ¿El padre? Eso mismo le pregunté.

—¡Y yo qué demonios voy a saber! Hubo varios… No pensarás que en estos años nada más tuve sexo contigo.

Así, con el asombro que muestra tu cara, me quedé. Imposible saber la verdad, aunque te lo confieso: muy dentro de mi alma, sabía que la criatura me pertenecía.

Disgustado por los constantes malestares de la mujer, el "honorable" general Treviño la sacó de su casa y la regresó con su tía.

—Las viejas que no dan placer no sirven. A mí, esas escenitas sentimentales me estorban.

La desdichada regresó cambiada. De su soberbia quedaba poco. Demostraba la derrota y la desilusión.

Desconozco esas enfermedades de mujeres. Supongo que su organismo reaccionó en contra del embarazo. Estaba pálida, demacrada, con ascos y fuertes vómitos que la dejaban exhausta. Los primeros días no me acerqué a ella. Tenía coraje, luego el cariño renació y entonces la visitaba varias veces al día. A la hora de la comida, me sentaba junto a su cama y le daba los alimentos en la boca.

¿Un hijo? Esas palabras ocupaban mi mente. Mi hijo. Sí, era mío. No me importó con cuántos hombres tuvo que ver Yelizaveta, para mí, ella continuaba siendo un tesoro, el gran amor. Además, el niño nos uniría más. Tienes razón, demasiado idealista.

—A pesar de todo te sigo amando. Quiero casarme contigo.

—Me tienes lástima.

—Voy a ser el padre de tu hijo.

—Tú no… —Tomé sus manos y las besé.

—Shhh… Sólo di que sí.

No contestó. Hizo un ligero movimiento con la cabeza y sonrió y yo fui el hombre más feliz sobre la Tierra. Al fin tendría mi propia familia.

Actué como un verdadero demente. Hice todo tipo de planes, incluso pensé en abandonar la danza y dedicarme a otra actividad más lucrativa. Quintanilla me lo prohibió. A él no le agradó la noticia, pues dudaba de mi paternidad; sin embargo, me ayudó. Me rentaría parte de su casa para vivir y adaptar una pequeña escuela de ballet; me aconsejó combinar los escenarios con la enseñanza.

Llené de obsequios a mi amada, le regalé todos sus caprichos y sus antojos, además de comprar ropa para el bebé. En el aparador de un almacén vi una cuna de latón que me fascinó. Deseaba adquirirla, pero no tenía dinero. Vendí algunas baratijas que guardaba y le pedí dinero prestado al profesor. ¡Ay, la ingrata felicidad se negaba a quedarse conmigo! Esa maldita tarde llovía. Igual que hoy, los rayos amenazaban a todo ser viviente.

Contento, regresé a la academia. Traía la cuna envuelta para regalo. Al entrar, intuí que algo no iba bien. Olga estaba encerrada en la biblioteca. Acudí a la habitación de Yelizaveta, no la encontré. Desesperado, busqué a la tía.

—Se largó con Sóstenes. No le importaron mis súplicas.

Ya te imaginarás nuestra preocupación. Toda la noche esperé su regreso. En cuanto amaneció, la busqué en la casa del malnacido. No los localicé. Recorrí hospitales, beneficencias y hasta visité el cuartel. Nada.

Serían las siete u ocho de la noche cuando Yelizaveta entró en la casa. Venía en mal estado, parecía más muerta que viva. Su piel estaba amoratada por el frío, las profundas ojeras aumentaban su palidez y el cuerpo le temblaba sin control. La abracé y luego la cargué para llevarla a su cama. Entonces me di cuenta de la verdad. Su ropa estaba manchada de sangre y un olor putrefacto emanaba de entre sus piernas.

—¿Por qué, por qué? Yo te amo.

—Seré famosa… Él me lo prometió.

La fiebre y la infección se apoderaron de su organismo. Olga y yo pasamos horas a su lado vigilando, poniéndole paños húmedos en la frente, frotándole las piernas. Nada fue efectivo, ni los doctores, ni las medicinas. Su belleza se marchitó y su energía se fue acabando poco a poco.

—Quiero regresar a casa… Mamá, ¿dónde estás?… Pedro, no me abandones, te quiero mucho… bailar, sí, bailar… Voy a triunfar… Escucho los aplausos…

Mi amada Yelizaveta murió en la madrugada del 20 de septiembre, a los diecinueve años.

No puedo olvidar. Es más, no quiero hacerlo. El dolor me sigue carcomiendo el alma. Recuerdo el ruido que hacía el aire violento cuando estrellaba el agua en la ventana; los relámpagos iluminaban el cadáver y ahí nos encontrábamos Olga, Irina y yo desconsolados.

Fueron momentos muy difíciles. Había perdido a la mujer adorada y nada pudo ayudarme, ni la noble Dolores, que se apiadó de mi sufrimiento. Ella, mi fiel amiga, me ayudó a limpiar el cuerpo. La vestimos con el traje de pavo real, aquel con el cual triunfó, el que me sedujo. Con cuidado, maquillé el rostro frío, inexpresivo, y al final corté algunos rizos de su cabellera. Son los que están en la caja. Otros se los di a su madre cuando la visité en Moscú.

Todos los miembros de la academia acudieron al entierro. El profesor Quintanilla me acompañó hasta el final. Una tenue llovizna cayó y bendije su presencia, porque las gotas que caían por el rostro se confundieron con mis lágrimas.

Por la tarde, al regresar a la academia, recogí sus pertenencias. Desesperado, destruí todo lo que encontré. Ante el asombro de mis compañeros y de Olga, ropa, papeles, fotografías ardieron en la chimenea. Con un fierro golpeé la maldita cuna de latón hasta que desquité mi rabia. Todo debía morir junto con mis ilusiones. Luego, el cansancio me venció. Dormité unos minutos, pero desperté sobresaltado con una imagen dándome vueltas en la cabeza: el general Treviño.

Faltaba una cuenta por cobrar. El desgraciado no podía quedar sin castigo. Él había sido el causante de la destrucción de Yelizaveta. Dolido, salí a buscarlo. Lo encontré, tomándose unas copas, en un bar cercano a su casa.

—Te esperaba. Estaba seguro de que vendrías. Ahora ya nadie se interpondrá entre nosotros.

—Es mejor que platiquemos a solas, en privado. —Le contesté, disimulando el odio que me producía.

Estaba tan borracho que apenas se podía levantar. Una mano agarró mis nalgas. Sus ojos libidinosos recorrieron mi cuerpo. Te equivocas, no lo rechacé, al contrario, acepté todo lo que me propuso.

Me llevó a su lujoso cuarto. Permití que me acariciara, que se deleitara pensando en el placer que le podría brindar. Guardé mi asco cada vez que el general besó mi boca. Como si yo fuera una damisela, me fue desvistiendo. Por supuesto, me moría de la rabia, pero valía la pena dejarme seducir. No te miento, mi cuerpo reaccionó ante los manipuleos de sus manos. Sin embargo, controlé mi mente, pues no podía sentir placer y dejarme arrastrar por una satisfacción insana. Mis sentidos lucharon contra el instinto para no perderme; entonces yo también comencé a acariciar sus partes íntimas. Él gemía de placer. Para disfrutar más su perversión, de un armario sacó un negligé rojo y me lo entregó para que me lo pusiera. Delante de él, terminé de desvestirme. Noté el sudor que escurría por sus sienes cuando le mostré mi desnudez. ¿Vergüenza? Tal vez, mas la necesidad de vengarme era superior. No me importó vestirme con ropas femeninas, total, siempre me habían juzgado de maricón sin serlo, ahora valía la pena comportarme como homosexual. Una vez listo, le sugerí apagar las luces. Él aceptó. Con disimulo, dejé cerca mis instrumentos de batalla. Con toda la sensualidad que saqué de mis movimientos afeminados, me abalancé sobre él, que, alcoholizado, no podía moverse, y mientras lo besaba, agarré el florero de ónix y comencé a pegarle en la cabeza. Duro y más duro, golpe tras golpe, hasta que lo dejé inconsciente sobre un charco de sangre. Horrorizado, vi el cráneo deforme y un mareo me asaltó al mirar mis manos manchadas.

Desesperado, limpié la sangre en la ropa roja que llevaba. Apenas podía creer que yo estuviera disfrazado de puto callejero. Eso me provocó una nueva oleada de rabia. Recordé sus asquerosos labios besando mis partes íntimas, así como besó las partes de Yelizaveta. No podía esperar más. Enfurecido, tomé un candelabro de bronce que estaba al lado de la cama y, sin piedad, estrellé varias veces el artefacto contra sus genitales. El ruido del reloj al marcar la hora me devolvió a la realidad. Debía salir de esa casa antes de que la servidumbre se diera cuenta. Rápidamente, me quité la ropa y me vestí con la mía. Había logrado mi venganza. Antes de abandonar la habitación, dejé sobre el cuerpo herido de Sóstenes el negligé rojo.

El aire húmedo despejó mi mente. Caminé aprisa unas calles para alejarme del sitio y no levantar sospechas. Todo era una pesadilla de la cual quería huir. Algunos hombres, aún soñolientos, barrían las banquetas. Cuando regresé a la academia faltaba poco para que amaneciera. Traté de no hacer ruido al empacar mis cosas, y así, ocultándome en el silencio de la noche y sin dejar noticia alguna, me esfumé con la niebla de una madrugada húmeda.

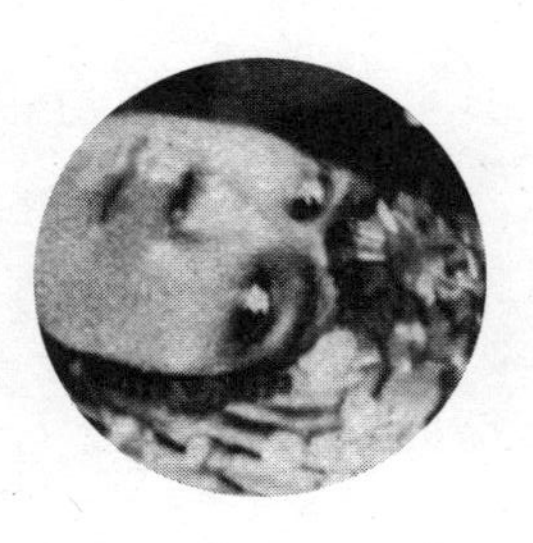

SEGUNDA PARTE

HERMINIO

Te vi caminar por el pasillo. Grité tu nombre, no escuchaste. Sé que me buscaste en la celda. ¿Te extraña encontrarme en el salón con mis compañeros? Se lo debemos al día cálido. ¿Me notas cambiado? Pues me siento mejor. Las semanas pasadas viví un calvario; la depresión me estaba matando y aunque sé que mi hora se acerca, todavía falta.

Tal vez por el cambio de clima o por los tres chocolates que me regaló el doctor Gutiérrez, pero de repente tuve ánimos para continuar. Me sentí ligero, como si la roca que llevaba sobre mi pobre alma se hubiera fragmentado.

¿Sabes que hay un camillero nuevo? Se llama Pancho y me tiene paciencia. Hoy, por tercera vez en la semana, se metió a la regadera conmigo y me ayudó a bañar. ¡Al fin una ducha completa! Él me sostiene mientras me enjabono y luego me ayuda a vestir. No importa que mis ropas huelan a enfermedad si mi cuerpo está limpio.

El peluquero vino ayer. Observa, todos lucimos arreglados y con el mismo corte de cabello. Ni de broma me parezco al Pedro de antes, joven, galán. El espejo dice la verdad sin compasión. El cabello se me cayó dejando esos horribles huecos. No es pretensión, pero en la juventud lucí guapo, con personalidad, bastante parecido a mi madre, sólo que más blanco y con el cabello castaño. ¡No estoy bromeando! A veces no soporto tus burlas. Ahora, ante ti, hay un viejo enfermo, mutilado, deforme por la pérdida de kilos. Antes, mi pequeña cintura medía cincuenta centímetros. ¡Cuánta ironía! La última vez que usé la cinta métrica había rebasado los ciento treinta.

Jovencita incrédula, no respetas las palabras de tus mayores. ¡Anda, ve al cuarto y trae el álbum! Te lo demostraré. ¿Que si quiero que me lleves al encierro? Por supuesto que no. Estoy a gusto aquí, entre tanta gente famosa, además, el sol que se filtra por esta ventana me acaricia.

Vagué varias horas por la ciudad sin encontrar razones para vivir. Estaba triste, desorientado y los pasos me llevaron a la estación del ferrocarril. ¿A dónde ir? ¿Qué más daba? Hasta en el infierno parecía buen lugar. Tomé el primer tren donde había lugar y, sin pensarlo, llegué al norte del país. No fue mala idea, ¿por qué no? Muchos lo hacían. Atravesaría la frontera para encontrar olvido en Texas o Nuevo México.

Sin embargo, por primera vez en muchas horas, reflexioné sobre mi situación. No podía enfrentarme a una nueva vida con las bolsas vacías. Mejor me establecería en Ciudad Juárez una temporada y juntaría dinero.

Si de niño conocí la soledad en compañía, ahora me estaba enfrentado a la verdadera. Estaba completamente solo, sin amistades ni comprensión. Mi primer trabajo fue como cargador en las caravanas que venían con mercancías. Las manos se me llenaron de callos y los músculos se me destrozaron. Un dolor dulce, intenso, envolvió mi cuerpo, así como un cansancio profundo, que deseaba sentir para caer agotado en las noches y no soñar. Me convertí en una máquina que trabajaba horas y horas sin importar el agotamiento, el hambre o los malestares. Eso repercutió en mi salud, las enfermedades atacaron mi pobre organismo debilitado y perdí el empleo. Entonces, me convertí en recolector de basura. La delgadez y la suciedad me dieron un aspecto desastroso; sin embargo, te juro que nunca pedí limosna. Todos los alimentos los gané con mi trabajo. Sin duda, esperaba la muerte por indiferencia.

Dios jamás te olvida, aunque hayas abandonado el templo. Cuando más devaluado estaba, apareció en mi vida el señor Smith, dueño de un bar de mala muerte. Me recogió de los basureros y me ofreció trabajo de lavaplatos en su negocio y adivina a quién me encontré ahí. Pues a Herminio, mi hermano. Al principio no nos reconocimos. Habían pasado muchos años desde la última vez que nos vimos, pero él no me olvidó.

De mal humor, entré a la cocina. Recuerdo que vi a un hombre sentado junto a la estufa, con una vasija llena de papas. No le presté importancia, pero él me miraba con insistencia. Molesto, dejé salir mi enojo.

—¿Qué? ¿Ya me supervisaste? ¿No soy de tu agrado?

Tomé una posición desafiante. Apreté los puños para amedrentar al extraño. El hombre no se intimidó, al contrario, se levantó con lentitud, puso la vasija a un lado y se acercó.

—¿Pedro? —Sin abandonar mi actitud y realmente desconcertado le contesté:

—Y ¿quién demonios eres tú?

—Herminio, tu hermano.

¡Santa madre de Dios! No lo podía creer. En aquel inmundo lugar, en el momento menos esperado, reencontraba una raíz. No articulé sonido alguno, estaba bloqueado. Nos abrazamos con fuerza, como si quisiéramos soldar el eslabón que se rompió hacía más de seis años. Necesitábamos llenar el vacío que nos dejó la separación.

Las confesiones fueron interminables y la noche nos alcanzó en los lavaderos. Demasiadas situaciones que contar, demasiado dolor por compartir.

—No soporté el maldito encierro, ni la disciplina de los frailes. Mandé los hábitos al carajo y escapé. No nací para cura, ni para este desgraciado trabajo.

El encuentro con Herminio hizo renacer mi esperanza en la vida y mi entusiasmo aumentó cuando conocí a su compañera. Continuaba soltero, aunque vivía con una mujer menuda, de piel cobriza y ojos rasgados. ¡Claro, la familia no estaba enterada! ¡Imagínate a mi abuela, con sus ínfulas porfiristas, y una nieta política perteneciente a un grupo indígena! Además, Herminio tenía prohibido cualquier contacto con nuestra madre. El señor Valdez lo desconoció como hijo cuando abandonó el seminario. ¡Malas jugadas del destino! Mamá continuaba perdiendo hijos y ahí, en un pueblo alejado de la civilización, nos encontrábamos los hermanos, los que nacieron para ser famosos, viviendo en un miserable cuartucho.

Al paso del tiempo, la suerte comenzó a cambiar. Cierto, Ciudad Juárez tenía una población pequeña, con un clima de la fregada, así como una puerta de entrada para los estadounidenses que desean conocer México: forasteros, hombres de negocios, comerciantes y hasta colonos cruzaban la frontera en su afán por visitar una pequeña parte del territorio nacional. Ocasionalmente, preguntaban por la música, la comida y las artesanías mexicanas. Eso me dio una gran idea. Había escuchado el canto de Herminio cuando desarrollaba sus labores. Tenía una magnífica voz, y aunque las melodías hablaban de amores perdidos, las entonaba con gran sentimiento. Por mi parte, recordé los bailes típicos que aprendí en la adolescencia. ¿Por qué no montar un espectáculo musical? De algo servirían los años de estudio en la academia. Todo parecía resuelto a excepción de la música. Era imposible encontrar gente especializada. Por suerte, el profesor Quintanilla localizó varias partituras, que me envió, y en una de nuestras correrías por El Paso, adquirimos un piano y una guitarra usados.

En las horas libres ensayábamos la rutina. María, la cocinera del bar, nos miraba fascinada y también pidió participar. Aunque no tenía facilidad para el baile, resultó ser una excelente alumna y compañera. Estoy hablando con la verdad. Existen mujeres graciosas, pero a la muchacha le faltaba coquetería: muy alta, demasiado delgada y sin formas.

Pasaron algunas semanas y no encontramos músicos. Pensé en cambiar los instrumentos por un fonógrafo. No resolvería nada, pues era difícil conseguir los rollos con las melodías deseadas. La búsqueda terminó cuando encontré, en una cantina de Chihuahua, a dos jóvenes exintegrantes de una banda musical.

El último reto fue la creación del vestuario. No podíamos pretender ropa lujosa, bordada, ni ser charros con plata y caballo, al contrario. Tras varias consultas, conseguí algunos retazos de telas baratas y confeccioné trajes de rancheros, parecidos a los que usaban los peones que trabajaban con mi abuela.

Le presentamos al señor Smith nuestro plan, el cual le agradó. Y para que luciera mejor el espectáculo, en un rincón del salón mandó construir una tarima, adornada con gruesas cortinas de terciopelo rojo. Al fondo, colocó imitaciones de magueyes y nopales hechos con yeso, y en la pared trasera, colgó unos rebozos de colores.

En la Revista mexicana, Herminio interpretaba canciones populares, María y yo bailábamos algunos sones, los músicos maltocaban y a los espectadores se les obsequiaba una copa de tequila para que disfrutaran el momento.

Tal y como lo esperábamos, la gente comenzó a llenar el local. El dueño, entusiasmado, nos adaptó dos cuartos en los corrales traseros para que viviéramos, y nos obsequiaba la comida diaria. Esta ayuda hizo que, con el tiempo, fuéramos mejorando nuestro material de trabajo.

Una vida demasiado tranquila, a veces aburrida, faltaba la chispa que le da pasión al baile. Muchas veces me pregunté si acaso sería ése mi destino. No, mi ambición pretendía escenarios más grandes, otra clase de público, fotos en la prensa, giras triunfales y muchos aplausos. La nostalgia por la Ciudad de México me envolvió. Había pasado casi un año desde la huida y deseaba regresar. Herminio, aunque estaba animado, dudó. También le atraía la vida artística, pero comprendía las trabas que significaba una pareja arraigada a sus costumbres. Muchas horas discutimos hasta que lo convencí. Sin pensarlo más, juntamos los ahorros, pagamos a los integrantes del grupo y empacamos. Quintanilla nos esperaba en casa.

¿Qué sucedió con el profesor en esos meses? Nos escribimos con frecuencia. Al principio, me acusó de cobarde, luego entendió mi crisis. ¡Ah, mi buen amigo! Continuaba dando clases, pero ahora formaba parte del grupo de Vasconcelos.

Por desgracia, parte de los planes no resultó como lo esperábamos. La mujer de Herminio no quiso acompañarnos. En parte les daba la razón a sus argumentos. Ella pertenecía a una comunidad indígena de la sierra de Chihuahua, tenía miedo de ser una extraña en la gran ciudad y nunca más volver a su pueblo, con los suyos. Mi hermano se despidió de su amante con la promesa de regresar por ella. Sin embargo, el destino no lo permitió. El día de la partida fue la última vez que la vio. A pesar del dinero y de la correspondencia que le mandaba, nunca volvió a saber de ella. En esos tiempos era algo común. ¿Qué?… Sí, que la gente se perdiera con facilidad.

Encontré un México diferente, cambiado. Un año de ausencia y los veinte habían transformado la ciudad y sus habitantes. La pacificación del país que efectuaba el gobierno obregonista estaba dando frutos. Nuevas colonias, anchas avenidas iluminadas, edificios modernos que olvidaron el afrancesamiento para tomar un estilo propio. Automóviles de varias marcas se alternaban con camiones motorizados, tranvías y algunas carretas tiradas por caballos. Sin duda, me enfrentaba a una época de cambio, ¡una época loca! Aquellas hermosas mujeres de mi juventud, con sus faldas largas, encajes y cabelleras recogidas, adoptaron los vestidos cortos de talle largo. Las Pelonas impusieron la moda del cabello corto, rizado artificial con graciosos sombreros tapa oreja y tapa ceja, que cubrían parcialmente la cabeza. No es que no me gustaran, sólo que, a aquéllas, a las muchachas de antes, las percibía más femeninas. Tal vez por los recuerdos. Pero las de ahora no estaban mal. ¡Imagínate! Enseñaban las piernas, a veces hasta la rodilla, y ni qué decir de los escotes. Se convirtieron en un reto para la decencia. Lo que en verdad no soporté fue el maquillaje exagerado de algunos rostros. La mayoría perdió la naturalidad y me causaba molestia salir con alguna dama y terminar con la cara o la camisa embarrada de carmín. Esos coloretes debieron quedar reservados para nosotros, los artistas. En cambio, los hombres continuamos vistiendo con propiedad. No te molestes conmigo, hablo con la verdad.

Ya… Ya… Basta de regaños, le quitas la inspiración a mis palabras. Además, baja la voz. Todos nos voltean a ver y lo que menos quiero es que las enfermeras vengan.

Recién llegado, trabajé de dependiente en una botica, sin olvidar la meta que me había fijado. Por las noches, efectuaba los ejercicios que aprendí en la academia. No, no los hacía bien. Tenía pésima condición física, necesitaba ayuda. Si en verdad quería volver a los escenarios, debía reiniciar las rutinas de trabajo. Con un poco de melancolía, acudí a la academia de la Portnoy. ¡Qué desagradable sorpresa me llevé! Ya no existía. En su lugar había una casa con apartamentos, lo que llamamos una vecindad. Se me hizo un nudo en la garganta cuando vi pedazos de duela arrumbados en un rincón, listos para servir de leña en el invierno.

Desanimado, comencé a buscar otra academia y por medio del periódico me enteré de que don Alvarito trabajaba de coreógrafo en el Teatro Colón. Él me conocía bien, lo busqué y se sorprendió al verme.

—No, hijo. Nadie volvió a saber de Olga. De la noche a la mañana, desapareció junto con su amante. Tú sabes… contrabando… Los alumnos se marcharon con su desilusión a cuestas.

Y fue ese hombre delgado, menudo, quien me invitó a ensayar con él y su cuadro de bailarines que actuaban por temporadas en el Teatro Colón. Un momento definitivo. Mi vida dio un giro y al fin tomó el camino que le correspondía. Me despedí de la danza clásica para dedicarme al baile mexicano en los teatros de revista.

Como te dije hace rato, los gustos del público cambiaron, y en respuesta a las modificaciones que trajo la Revolución, comenzó a renacer la esencia mexicana en el arte. En ese momento, el ballet dejó de transmitir los valores de la nueva sociedad. En 1921, los maestros Torreblanca, Herrera y Acosta impulsaron las danzas populares, reflejo del pasado glorioso. Realizaron varios festivales, tal vez el más importante fue la Noche mexicana, con motivo del centenario de la culminación de la Independencia.

Trescientas parejas bailaron el *Jarabe tapatío*. Unos meses después, el folclor nacional tuvo aceptación en los teatros. De hecho, el presidente Obregón otorgó a cada teatro diez mil pesos para la producción de obras de carácter nacional. Los empresarios Pablo Prida y Manuel Padilla montaron *Aires nacionales* con Lupe Rivas Cacho. Años después, el llamado teatro de revista mexicano se afianzó con la obra *Mexican Rataplán*, una imitación con tintes nacionalistas de la comedia *Voila le Bataclan*, que presentó *madame* Rassimi en el Iris.

Contarlo parece fácil, pero créeme, recorrí un camino bastante difícil. En estos días es más sencillo triunfar. Hay periódicos, radio y televisión. Aunque tengas poco talento, si eres guapo, te aceptan. Ve esa horrible moda del rock. Muchachos copetudos que se contorsionan al ritmo de unos gritos junto con jovencitas tontas que se desmayan de la emoción. En esos tiempos, si querías conquistar un lugar, debías demostrar la madera. Formar parte de una compañía se consideraba un privilegio, no aceptaban a cualquiera. Claro, existían las grandes figuras, divas como la Griffell, la Conesa y la Fábregas, o damas jóvenes como la

Montoya, la Montealbán y Esperanza Iris. Ellas encabezaban las grandes compañías que durante todo el año representaban obras. Pero los novatos teníamos que hacer méritos dentro de esos grupos.

Por recomendación de don Alvarito, Herminio y yo logramos entrar a trabajar a la compañía del Teatro Colón. A mi hermano, que le gustaba la actuación, le dieron pequeños papeles secundarios e intervino en el coro. Yo formé parte del cuadro de bailarines. No importaba la clase de danza a interpretar, a todo le saqué provecho, hasta el charlestón y el fox trot.

¡Ah…! Suspiro porque en esa temporada de cambios, luces, música y diversión conocimos a las hermanas Duval.

Rin plin pin… tra la, rin plin pin… tra la.
Olviden sus penas, vengan a disfrutar.
Con magia y canciones
los vamos a deleitar.
Rin plin pin… tra la, rin plin pin… tra la.
Aquí estamos las hermanas Duval.

Todas las noches, con esa canción, aparecían en el escenario las gemelas Mimí y Lala. Bueno, así se anunciaban en el espectáculo; en realidad, ellas se llamaban Eulalia y Micaela Durán. Vestían como odaliscas, con gasas y tules azulados, que transparentaban a la perfección las piernas de las muchachas.

Estás en lo cierto, una canción bastante cursi. Lo peor, las letras y la música de las canciones que interpretaban pertenecían al papá, el famoso mago Alí Balín.

Eran buenas artistas, contagiaban su alegría al público. Cantaban bien, bailaban con ritmo, hacían una serie de piruetas y, al final, ayudaban al padre en sus actos de magia. A eso agrega la belleza. Nunca olvidaré la danza persa. No sé de dónde la sacaron porque de oriental no tenía nada. ¡Ah, qué manera de mover las caderas! Lo hacían con tal rapidez que hipnotizaban a los caballeros y causaban toda clase de comentarios entre las damas. En la danza del vientre, se quitaban parte de la ropa y dejaban la cintura y el ombligo al descubierto.

Don Alvarito me las presentó el segundo día de trabajo en el teatro, al finalizar el ensayo general. Me gustaron sus caritas al natural, sin maquillaje, parecían muñecas. Los ojos de Lala eran juguetones; los de Mimí, soñadores.

Desde el primer momento, Lala se apoderó de mí. Se encargó de presentarme a los integrantes de la compañía; me llevó a conocer todos los rincones del teatro; me enseñó las mañas que tenían los artistas antes de la presentación y me puso al tanto de los chismes que se escuchaban por los camerinos.

Pensé que tanta amabilidad se debía a un protocolo de bienvenida. Me equivoqué. La muchacha se convirtió en mi sombra. Estaba al pendiente de mis necesidades y a cada momento se aparecía, con una gran sonrisa. No me permitió ningún contacto con alguna compañera. Al mes, se me hizo terrible no gozar de un momento de libertad y, no te miento, llegué a detestar su presencia. En cambio, la que despertó mi atención fue Mimí. En los ratos libres, se le veía en un rincón leyendo papeles viejos y arrugados, o inventando alguna nueva rutina para su número artístico. Al principio, en pocas ocasiones logré tener una conversación con ella, pues la hermana encontraba algún motivo para interrumpir, pero en un momento de distracción de Lala, invité a Mimí a una nevería cerca del teatro.

Es increíble hasta dónde puede llegar una mujer ansiosa. Una noche en la que se suponía que las hermanas Duval descansaban, Lala me mandó a buscar con un compañero. Le urgía verme. Desconcertado, llamé a su camerino. ¡Vaya broma! La encontré recostada en el sillón, totalmente desnuda, imitando a las vampiresas del cine estadounidense. No pude dar un paso más, me quedé parado junto a la puerta. No lo niego, lucía apetitosa. Una luz indirecta iluminaba sus senos y, más abajo, oculto por una tenue sombra pude apreciar su sexo. ¿Qué demonios estaba tramando la mujer? Bueno, sí, conocía su intención, pero ¿en el camerino? ¿A los oídos de todos? ¡Por Dios, estaba loca! ¿Perder una oportunidad? Lo último que deseaba en ese momento de mi vida era enredarme con una mujer. Todavía no estaba preparado para un romance y menos con Lala. Con toda delicadeza le dije:

—Quisiera corresponderte como mereces... Me agradas... Disculpa, no puedo. Di media vuelta y salí del cuarto. No se ofendió. A pesar del desaire, la persecución no cedió. La verdadera oportunidad la tuve cuando Mimí aceptó mi invitación. Esa mañana que nos encontramos en el parque se veía preciosa. Me gustaba más vestida, tal vez porque en esos momentos la disfrutaba yo solo. La tomé del brazo y nos fuimos caminando hasta la nevería. Platicamos de cosas simples, cotidianas, dejando en el olvido nuestro mundo nocturno.

—¿Te extrañan mis papeles? —De su bolsillo extrajo las hojas amarillentas que ya conocía—. Son parlamentos de una vieja obra de teatro donde actuó Virginia Fábregas. Los estudios.

—¿Deseas dedicarte a la actuación?

—No puedo. La ilusión me da fuerzas para continuar. Alí Balín jamás lo permitiría.

Tenía razón. El orgulloso padre se refería a sus niñas como "sus tesoros", "las moneditas de la fortuna". Sentí pena por ella, demasiado talento desperdiciado.

¡Ah, qué impaciente! Pareces chiquita que al principio quiere conocer el final del cuento. Primero, cámbiame de lugar. Ya me aburrieron las viejas chismosas que están sentadas allá, pendientes de mis palabras. La que está junto a la jardinera hasta las agujas del tejido perdió… ¿Cómo se te ocurre que esas ancianas puedan ser las Duval? Hoy estás insoportable.

Las salidas con Mimí continuaron. Nos volvimos expertos en burlar la vigilancia de Lala. No era amor lo que sentía por ella, sino un gran cariño. Me sentía a gusto a su lado. Podíamos compartir las horas platicando.

Por fortuna, a Herminio le dieron un pequeño papel en una obra y Lala encontró un nuevo protegido, que sí le correspondió como ella quería. ¡Pobre hermano! Se enredó en una relación tormentosa. ¿Fidelidad? Herminio desconocía el significado de la palabra fiel. Él nunca amó a ninguna mujer, solamente las utilizó para llevar una existencia cómoda.

El gran salto llegó en octubre de 1922. María Conesa, empresaria del Colón, tuvo un serio enfrentamiento con la cantante María la Gitanilla. La diva, indignada por no tener un camerino propio, abandonó el teatro sin ninguna explicación. Su espacio quedó descubierto, entonces don Alvarito me propuso para interpretar *Un cuadro mexicano*. Tres días trabajé sin descanso. Acompañado por Teresita del Río, ensayé el *Jarabe tapatío*, el *Jarabe michoacano* y el *Jarabe loco*. Busqué un mariachi que nos acompañara y conseguí la ropa apropiada. Al fin tuve un verdadero traje de charro con sombrero de gamuza café. Ya te imaginarás lo nervioso que me encontraba la noche del estreno. Sin proponérmelo, recordé la *Alegoría de la primavera*, mi primer triunfo. Ella ya no estaba a mi lado, pero su espíritu me acompañó… ¿Cómo quieres que no la recuerde si la llevaba grabada en el alma?

Al trabajar los dos hermanos, el beneficio económico no se hizo esperar. Pronto juntamos una gran cantidad de dinero y al fin rentamos un departamento. No podíamos estar toda la vida de parásitos en casa de Quintanilla. Claro. Nos hubiera gustado vivir en la colonia Roma, la más elegante y céntrica de la ciudad, pero nos tuvimos que conformar con la popular Morelos.

La verdad es que hasta entonces nunca pensé en tener una casa ni que la tarea para mantenerla en buen estado fuera tan complicada. Ni Herminio ni yo teníamos idea de la decoración. Siempre nos habíamos conformado con una cama en cualquier cuarto.

¡Sí, adivinaste! Mimí y Lala se encargaron de hacer habitable el departamento y de darle esa tan especial presencia femenina. Con un poco de paciencia, buen gusto y dinero, las habitaciones fueron adquiriendo forma. Todavía guardo en la vitrina del comedor algunos objetos que compré en esa época. ¿Recuerdas el elefante de metal con grandes colmillos que simulan marfil? Lo compré en el Palacio de Hierro, después de una semana de éxito.

ALONSO FERNÁNDEZ

¡Objetos y más objetos, palos viejos apolillados! Quiero convencer a mi mente de que las reliquias no valen nada. Somos tan estúpidos que les damos un valor especial a los bienes materiales, cuando, la verdad, sin la presencia del hombre son inanimados. ¿Una mesa, un sillón o una silla sin pata? Todos los muebles se parecen. Entonces ¿por qué les damos importancia?

¿Te asombra encontrarme contrariado? Deberías estar acostumbrada a mis cambios de humor. ¿No te das cuenta de que estoy harto del maldito lugar? Odio el mugroso cuarto con todo lo que tiene dentro.

Son listas las pinches viejas, me vigilan todo el tiempo. Creen que no me doy cuenta cuando dejan lejos de mi mano las velas y los cerillos. Conocen las ganas que tengo de quemar este horroroso asilo, de acabar de una vez con la pesadilla. Aborrezco la melodía desafinada que sale del piano desconocido; detesto la risa de mi abuela durante la madrugada; no soporto las figuras humanas que se forman en la penumbra, ni los cuchillos que tratan de castrarme.

Sí, lloro, como un niño impotente y desesperado. Quiero regresar a mi casa. Por favor, llévame. Necesito sentir mis pertenencias, respirar la humedad de las paredes, dormitar tranquilo en el viejo sillón... ¡Oh, no, no es cierto, un sueño más, sin esperanza! Ya nada volverá a su lugar. Soy un mutilado, un desecho de hombre.

¿De dónde quieres que saque optimismo? Qué más dan los cuidados que tú dices que tengo aquí. Palabras huecas cuando has perdido la libertad. Observa lo que me rodea. Un colchón usado, deformado por cuerpos ajenos que apestaban a enfermedad, sobre una cama de fierro, tan fría que no entiende los lamentos. La horrible cómoda de madera hinchada a la que continuamente se le zafan los cajones. Un armario casi vacío, sin identidad.

Allá, en la cocina, se encuentra Cata. ¡Ah, mi buena amiga y fiel empleada! Grandes han sido tus servicios y te los he pagado bien. Esperabas algo más formal, pero en los años de la vejez y enfermedad no hay mucho que ofrecer, sólo agradecimiento. Extraño el aroma de tus manos y de todas las cosas que haces con ellas.

¿Recuerdas los sillones de la sala? Viejos y destartalados. Los compré en París. Ana me ayudó a elegirlos. ¿Antiguos? No, imitación Luis XV. El tapiz perdió los ramilletes en tonos pastel, que resaltaban con el dorado del barniz de la madera. Sin embargo, me gusta más el comedor. ¿Te parece lúgubre? Es original, lo adquirí en un bazar en Madrid. Según me informaron perteneció, a un conde despilfarrador que cayó en desgracia. Insistes, no te agrada. Tienes razón, no es del gusto de los jóvenes. El labrado del mueble está recargado y los asientos forrados con piel roja son incómodos al sentarse. ¡Ah! Pero te aseguro que nunca habías visto una mesa octagonal.

Viajé mucho y la mayoría de los objetos que adornan mi casa los compré en el extranjero. En aquel entonces, me ilusionaba colocarlos en una casa propia, la que mi imaginación fabricaba ¿Los volveré a usar?

El Cuadro mexicano le agradó al público y conforme la temporada avanzaba introduje nuevos bailables. Contraté más bailarines y monté una danza azteca, al estilo de los concheros. Un ceremonial antecedía el baile. Ofrecíamos copal a Huitzilopochtli y a Tláloc. Fue un acierto, la gente aplaudí y el grupo salía varias veces a escena para recibir las ovaciones. Parecía que tenía el futuro asegurado, no obstante, mi espíritu deseaba aprender más.

Por esos días, vino a México Alonso Fernández, un bailador de flamenco. Había escuchado excelentes comentarios acerca de él. En Argentina, cosechó varios éxitos. Memoricé la nota que salió en el periódico. Alonso impartiría un curso de baile en un hotel de la ciudad. No te imaginas los sacrificios económicos y de tiempo que hice para acudir a las clases. Los jueves, la sesión terminaba a las ocho y mi función en el teatro comenzaba media hora después.

Valió la pena, Alonso me descubrió la magia y la pasión del baile flamenco y de otras danzas de la península ibérica. Era tal mi entusiasmo que contagié a Mimí. La pobre mujer asistió a las clases a escondidas de su familia, contando una serie de mentiras que la ponían tensa. Por supuesto, a mí se me facilitó el aprendizaje, ya que estaba acostumbrado a llevar el ritmo en el zapateado.

¿Qué sucedió con Mimí? Bueno, la afición al baile nos unió más. Empezamos por los abrazos casuales, luego, las caricias afectivas hasta encender las pasiones. ¿A quién no se le antojaba tener entre las manos los senos redondeados y las nalgas firmes de Mimí? Muchos hombres soñaban con eso; para mí fue una realidad.

Herminio y yo hicimos del departamento nuestro paraíso de solteros. Por la cama de mi hermano desfilaron varias mujeres, pero de la mía se adueñó Mimí. Dices que tengo una sonrisa perversa. No puedo evitarlo, sólo de acordarme se me enchina el cuero. Para usar la única recámara elaboramos un horario. Era bastante molesto gozar de la intimidad en compañía de otra pareja. No te rías, al principio nos sucedió con frecuencia.

Busca en el primer cajón un lápiz y papel, dámelos. ¿No los localizas? Deben estar atrás de las medicinas. No importa que la hoja esté usada, me conformo con un pedazo. Te voy a dibujar un croquis del departamento. Ve lo pequeño que era. Ahora fijate bien en el otro dibujo: es la silueta de Mimí. ¿No me crees? La tenía bien medida con los dedos.

Un noviazgo muy especial. No pude enamorarme de ella con la misma intensidad con la que me enamoré de Yelizaveta; sin embargo, la emoción crecía en mi interior cada vez que la veía.

¿Matrimonio? Nunca hablamos del tema. Mimí estaba consciente de que Alí Balín jamás le permitiría llevar una vida normal. Además, después de unos meses de entusiasmo por la dama, la situación cambió drásticamente.

Volviendo con Alonso, te diré que era un tipo sensacional, delgado, alto, de piel morena y cabellos negros despeinados. Atractivo. No negaba su herencia mora. Admiraba su talento, el profesionalismo de sus clases, la técnica de enseñanza. Con el trato diario, hicimos buena amistad y varias veces, al concluir mis obligaciones, nos quedamos bailando hasta el amanecer. Te confío, la atracción fue mutua. Me gustaba su baile erótico, sus piernas fuertes que zapateaban la tarima, sus manos delicadas al maniobrar las castañuelas, el cabello sedoso flotando en el aire, entonces su cuerpo adquiría otra dimensión. No era el de un hombre ni el de una mujer; era un cuerpo perfecto, delgado, musculoso, en armonía con la música. Un cuerpo que invitaba a compartir el arte, el fuego; en pocas palabras, un cuerpo que yo deseaba poseer. Me da pena admitirlo ante ti… Sí, en esa época también gocé el cuerpo de Alonso y el alma que lo habitaba. No es que me gustaran los hombres ni que anduviera de puto por las calles, de ninguna manera. Nuestra relación fue un suceso diferente.

Todo comenzó una madrugada en la que bailábamos sin descansar en la penumbra del estudio. La euforia nos había transportado a otra dimensión, donde se mezclan los movimientos violentos con la pasión sin límite. Estábamos tan cerca el uno del otro, viéndonos fijamente a los ojos, que no sé cuándo comenzó. Sus labios rozaron discretamente los míos, provocándome una sensación diferente a la que me provocaba Mimí. Ambas intensas, enloquecedoras, pero distintas. Un deseo infinito me envolvió y, olvidando todos los prejuicios con los que crecí, contesté su caricia. Él continuó besando mi boca, mi cuello, yo toqué sus nalgas duras, su pecho cubierto de un fino vello, el vientre plano. A diferencia de una mujer, la lengua de Alonso tenía sabor a tabaco y a vino. Sus manos acariciaron mi columna, erizando cada una de mis vértebras. Sus dedos se movieron lento, muy lento, siguiendo una trayectoria imaginaria por mi piel hasta que llegaron al centro máximo de mi placer. Fue una vivencia increíble de la cual no me arrepiento. Era como si hubiera encontrado un alma gemela que compartía mis gustos, mis proyectos, el fuego interno de la creación artística. Al igual que a Mimí, tampoco amé a Alonso, sólo disfruté de la flama ardiente que él emanaba. En verdad nos unió un cariño profundo, un cariño difícil de explicar.

Nuestros encuentros íntimos fueron esporádicos y siempre hubo de por medio danza y música. Pero no fui el único conquistado, Alonso también me admiraba y asistía con regularidad a ver mi número en el teatro. En algunas ocasiones, al finalizar la función, nos invitaba a varios artistas y a mí a cenar o a un bar. Ese acercamiento molestó a los que nos rodeaban. Ni Mimí quiso comprender la situación. No la culpo, tenía razón. Poco a poco, Alonso ocupó en mi pensamiento el lugar que a ella le correspondía. Ni modo, hablábamos diferente idioma.

¡Ah, destino, cómo te gusta jugar con la gente! En julio, en plena temporada de lluvias, terminó el curso. Durante la ceremonia de clausura, Alonso me hizo la oferta que me consolidaría como bailarín. Me llevó a un rincón del salón y aún recuerdo sus palabras con acento andaluz.

—Se confirmó el proyecto en Madrid. El empresario con el cual he estado en contacto aceptó montar mi espectáculo en el teatro.

—Enhorabuena, amigo. —Le respondí alzando la copa de vino que traía en la mano, escondiendo la angustia que me provocaba la partida de alguien importante. Él sonrió y contestó mi brindis con una coquetería que pocas veces le había visto.

—Gracias, compañero. Como ya sabes, mi plan es presentar en España los bailables latinoamericanos, que ya se han olvidado, y tú te encuentras en mi proyecto.

La noticia me desconcertó por completo. Conocía parte de su idea; sin embargo, nunca se mostró interesado en incluirme. Además, habíamos acordado que lo nuestro terminaría cuando él abandonara México.

—Habla claro.

—Te ofrezco un contrato por seis meses y debutar en las grandes ciudades con un sueldo seguro para ti y tu grupo. Alojamiento durante la temporada y, por supuesto, todos los gastos de transportación.

Te juro que me quedé mudo. Son las propuestas que no esperas, y más aumentó mi sorpresa cuando me enteré de que Alonso ya tenía contratados a un grupo de gauchos, una batucada brasileña y un cuarteto peruano.

Disyuntivas que te pone el destino. Mi cabeza estaba llena de dudas. Por un lado, mis bailes se estaban haciendo famosos en la ciudad y, con el tiempo, podría aspirar a un sitio mejor. Por otro lado, era difícil conseguir un contrato en el extranjero en mi situación de desconocido y la oportunidad se me presentaba en charola de oro. Le platiqué a don Alvarito, en espera de un consejo.

—¡Basura, todo huele a basura de maricones! Escucha, Pedro. Tú no puedes aceptar el contrato; no eres nadie. ¿Te sientes capaz? La verdad, tus rutinas son ridículas, amaneradas. Dejarás el nombre de México por los suelos. —Se volvió hacia mí, y con su dedo índice amenazante, me dijo—: Si te vas, olvídate de volver a trabajar en un teatro. Yo me encargo de arruinarte.

Su actitud me desanimó. No entendía el cambio, pues él me había impulsado en el Colón. Me molestaron sus opiniones y cientos de veces me pregunté si en realidad el hombre tenía razón acerca de mi arte. Desorientado, busqué las palabras del profesor Quintanilla.

—¿Estás loco, muchacho? Son oportunidades que no se desaprovechan, ni mucho menos por los comentarios de un viejo mediocre, resentido. ¿Qué pierdes?

—Mi lugar en el teatro y el olvido del público.

Sacó el paliacate, limpió sus anteojos y se me quedó mirando. Se colocó los lentes.

—El sitio lo podrás recuperar en cualquier momento. El talento y la madurez te ayudarán. Además, te será fácil si tu éxito en España es conocido. No olvides que ya tienes un nombre: Pedro Valdez, el bailarín.

Su comentario fue definitivo. Días después nos reunimos Quintanilla, don Félix Gastón, empresario del Teatro Colón, Alonso y yo. Hablamos con claridad sobre los planes. Mi contrato lo negociaron directamente de compañía a compañía. No perdería mi lugar, pues tal y como lo anunciaron a la prensa: "Pedro Valdez y su cuadro mexicano, artista exclusivo del Colón, después de una exitosa temporada en la ciudad de México, se va de gira por España. Nuestras felicitaciones".

¡Despierta, niña! Flotas en las nubes. Ya sé que no estás dormida, sino imaginando los hechos. Trae el álbum. Ahí pegué la noticia que recorté de *El Universal*. Pasa las páginas con cuidado, se puede deshojar.

Es increíble lo que la propaganda puede hacer. De la nada, aparecieron patrocinadores. El Palmar nos regaló los sombreros de charro; el Buen Paso nos dio los zapatos; La Mexicana nos confeccionó la ropa y nos obsequió los rebozos. En fin, toda clase de mercancías cayeron en nuestras manos, incluyendo tequilas, jabones y tónicos para el cabello.

¿Sabes lo que significaba un viaje trasatlántico? Ni siquiera conocía el mar. Estaba tan excitado que no me di cuenta de la tristeza de Mimí, aunque sí me extrañó su falta de entusiasmo, su palidez y lo rápido que su cuerpo perdió el encanto. En respuesta, Lala se volvió agresiva, me acusó de preferir a Alonso en mi cama que a su gemela. Herminio no me dirigió la palabra durante varios días. Estaba molesto, ya que no lo había incluido en mi grupo; además de que los gastos del departamento los tendría que solventar solo. Te juro por Dios Santo que antes de marcharme le dejé parte de mis ahorros y durante mi ausencia le envié dinero. Él siempre lo negó y ante todos se hizo pasar por víctima.

Le escribí a mi madre anunciándole mi partida. Ya no vivían en Guadalajara, sino en lo que quedaba de la hacienda Los Robles. Mi padrastro decidió regresar a sus orígenes en el campo. No vino a despedirme, pero me envió todas sus bendiciones en un telegrama. Más difícil fue despedirme de Mimí.

—Ven conmigo. Te puedo incluir como bailarina.

—¡Ay, Pedrito! Sólo Dios sabe cómo me gustaría. Es imposible. —Sus ojos se llenaron de lágrimas—. Mi padre preferiría verme muerta antes que dejarme ir.

—No le digas nada, escápate.

Limpió sus mejillas con un pañuelo y luego me enfrentó

—¿En calidad de qué? ¿Una bailarina de segunda, de una amante o de tu esposa? ¿Compartiendo tu cariño con Alonso?

—Eres bonita, sabes danzar. Con el tiempo podrás… —No me permitió continuar. Con una sonrisa tímida, llena de dolor me dijo:

—No contestaste mi pregunta… No respondas, prefiero el silencio. Ya me acostumbré a ser una perdedora en el amor.

Hoy que lo recuerdo siento coraje conmigo. ¡Qué estúpido fui! No la merecía. Estaba engolosinado con la gira y con Alonso. Sin darme cuenta me alejé de la mujer que me amaba a pesar de mis defectos, con la que compartía mis horas libres. ¿Qué sucedió con ella? Los primeros meses recibí sus cartas, luego supe por Herminio que las Duval, junto con el mago Alí Balín, partieron a Centroamérica, donde se quedaron. Lo único que guardé de su recuerdo es un pedazo de encaje azul que decoraba su traje de odalisca. Adentro de la caja lo encontrarás.

Partimos rumbo a Veracruz, el 18 de septiembre de 1924, seis músicos que lo mismo tocaban música de mariachis que sones jarochos o trova yucateca, dos bailarines, dos segundas tiples, Teresita del Río y yo.

Maravilloso, increíble. No sé qué palabra sea mejor para describir el mar. Tal vez majestuoso. Ninguna narración se parece a la realidad. Y si tal cantidad de agua me imponía, más pequeño me sentí al ver el barco que nos transportaría.

Pasamos unos días en Veracruz, haciendo las últimas compras antes de partir. Varias mañanas las aprovechamos en la playa. ¡Imagínate! ¡Moría por nadar en el mar! En las noches, paseábamos por el malecón.

Abordamos el navío una mañana brumosa. Mucha gente fue a los muelles a despedir al gigante. Parecía una fiesta: música, serpentinas, confeti, globos y la algarabía de las personas. En esos tiempos sólo la gente adinerada partía hacia Europa y era todo un evento. En los periódicos había una columna especial donde se narraba el destino del pasajero y la finalidad de la visita. Varias líneas navieras partían de Veracruz. La Ward hacía escalas en Tampico, Houston y Nueva York. Pero nuestro barco, El Bilbao, sólo paraba unos días en La Habana.

Cierta melancolía me invadió conforme nos alejábamos del puerto. Pasamos la isla de San Juan de Ulúa y de ahí en adelante todo fue mar, cielo, nubes y brisa. Mi estado de ánimo mejoró por la noche, al entrar al restaurante. Nunca esperé tanto lujo. Aunque viajábamos en segunda clase, podíamos participar en algunas actividades sociales y disfrutar las instalaciones. Entre los hombres ocupábamos tres camarotes y las mujeres uno, todos seguidos, lo que hizo más amena la travesía.

La Habana me encantó. Se asemejaba a Veracruz, pero con un sabor caribeño muy especial. Por desgracia, en esa ocasión no pude disfrutar de Cuba como quería. Años después regresé.

Cansados del viaje, pero emocionados, llegamos a Madrid. En la estación del ferrocarril nos recibieron Alonso y don José María Ruiz, nuestro representante. Los saludos y presentaciones fueron breves, ansiábamos llegar al departamento que nos habían ofrecido.

¿Conoces Madrid? Es una ciudad agradable, muy parecida a nuestra capital, pero diferente. Aquélla conservaba el estilo neoclásico europeo, sobrio, elegante, con algunas construcciones modernistas, influidas por el *art nouveau*. Nuestra casa se encontraba en un tercer piso de un viejo edificio sobre la Gran Vía. Desde el balcón podíamos disfrutar el ambiente que reinaba en el corazón de la ciudad. Acostumbrado a los cambios políticos que se daban en México y a la apertura que estábamos viviendo, me sorprendió el estilo de vida conservador impuesto por la dictadura de Primo de Rivera: una España nacionalista, celosa de sus costumbres.

¡Tiempos que se fueron! Dicen que después de la guerra, la situación no cambió mucho. Ya ves, pasaron de una dictadura al régimen franquista.

Con el paso de los días, nos adaptamos a un ritmo diferente. El estreno programado para la primera semana de diciembre se acercaba. Diario acudíamos a ensayar a un galerón, fuera de la ciudad. Ahí nos construyeron un escenario y camerinos. Por las tardes disfrutábamos de algunas horas libres y por las noches volvíamos a formar parte del contrato. Acudíamos a veladas que ofrecían los intelectuales y artistas madrileños. A pesar de que eran invitaciones por compromiso, siempre se mostraron amables. Se puede decir que la sociedad nos recibió bien. Por supuesto, atrás de la pantalla se encontraban las relaciones públicas de nuestro representante y la propaganda que hacían los reporteros.

La única sombra negra que empañó mi estancia con sus comentarios negativos fue un artista famoso, un bailarín de flamenco de edad madura llamado Manolo. A él le molestó mi existencia, ya que antes de la gira de Alonso por América, ellos eran amantes.

DON ALFONSO

¡AL FIN LLEGAS! Parece que no te importa que esté sentado esperando tu presencia. Llegaste hace más de una hora. ¡Claro que me di cuenta! Reconozco tu voz a cualquier distancia. ¿Es necesario que saludes a las personas que se cruzan en tu camino? Ancianos mañosos. No les hagas caso, ellos tienen sus familiares.

¿Me trajiste un regalo? No me lo entregues aquí. Mejor vamos al jardín, así nadie se dará cuenta. Hum… Huele rico. Déjame adivinar. ¿Pastel? ¿Flan? No sé, el aroma de la vainilla me confunde. ¡Jericalla! ¿Cómo le hiciste para adquirir este tesoro? ¡Ah, qué placer! Son los sabores de la infancia. Si Agustina viviera, me la prepararía a diario.

Yo también tengo buenas noticias. Los administradores del lugar se acordaron de los viejos abandonados y nos organizaron una velada musical. Dicen que podemos invitar a nuestros familiares. Espero que me acompañes. Pensé en invitar a Cata, pero la mujer anda furiosa. ¿Que cómo lo descubrí? La ingrata no ha venido a verme, me está castigando con su silencio. Tal vez se enteró de que quiero redactar mi testamento. Le molesta que hable sobre la muerte, la inevitable separación. Lo que ignora es que a ella le dejaré el Ford 57 que se encuentra en la cochera. Ya, ya… No me regañes. Es cierto que el auto está viejo y descompuesto, pero si lo ves como regalo, con unos cuantos pesos quedará nuevo. La gran ilusión de Cata era aprender a manejar.

¿Podrías darme un pañuelo desechable? Mis dedos quedaron pegajosos y si las enfermeras vinieran, me delataría solo.

¿Sabes quiénes van a participar en la fiesta? El espectáculo lo iniciarán mis alumnas avanzadas de la escuela de danza. Bailarán el can-can, como se los enseñé cuando eran pequeñas, luego, cantará la magnífica Josephine Baker, la Venus de Ébano. No estoy bromeando, si no me crees, pregúntales a las mugrosas enfermeras. ¿Conoces a Josephine? Una mujer preciosa y bastante atrevida para su tiempo. Bailaba semidesnuda sobre unos bombos en el Moulin Rouge… ¿Apareció su foto en el periódico? Por favor, tráeme el recorte, me gustaría pegarlo en mi álbum. En serio. ¿Vas a hacer eso por mí? Me has hecho feliz. Te prometo bañarme, estar arreglado para que nos tomes la fotografía. Tal vez sea el último recuerdo.

El 4 de diciembre, día de Santa Bárbara, debutamos en Madrid. Gracias a los buenos comentarios, el teatro se llenó. Los lugares principales fueron reservados para los miembros del nuevo gobierno y la nobleza.

Al comienzo, salió desfilando cada grupo, con la bandera de su país. Luego formamos un semicírculo y al centro se colocó el cuadro español, encabezado por Alonso. Por supuesto, los gritos del público no dejaban escuchar la música de fondo. El nacionalismo y la idea de un mundo unido por la danza exaltaron el espíritu de los espectadores. Al final, volvíamos todos a escena y cantábamos una creación del maestro Velázquez, llamada *Grandeza iberoamericana.* ¿Nunca la escuchaste? No te perdiste de gran cosa. En realidad, tenía una letra muy simple.

Empezamos con el pie derecho, ya que el público madrileño nos aceptó. Durante tres meses nos presentamos en el céntrico Teatro Real. Sólo descansamos unos días por las fiestas navideñas. Los integrantes del grupo festejaron Nochebuena en Madrid. Yo aproveché las vacaciones para viajar con Alonso. Me invitó a su casa en Sevilla. La pasamos bien los dos juntos. Lástima que la prensa publicara nuestra intimidad con reportajes bastante morbosos.

Al rey don Alfonso lo conocí la noche que dimos una presentación privada en el palacio. Un acontecimiento especial, ya que el monarca prefería disfrutar las diversiones sin críticos ni observadores.

¡Ah! Noche de magia, de cuentos de hadas, de oro y plata, como si el tiempo se hubiera detenido en la corte española. El salón de recepciones, iluminado por los enormes candiles, hacía juego con la gala que mostraban los invitados. Caballeros de frac y damas luciendo vestidos elegantes, envueltas en pieles y portando costosas joyas. Una orquesta amenizaba la reunión, mientras los meseros pasaban ofreciendo bocadillos y copas con champaña.

En un salón contiguo se había adaptado el escenario. A los artistas nos designaron unas habitaciones donde esperamos a que comenzara la función. Para la ocasión, usé el traje negro de charro, con botonadura de plata y el sombrero de paño oscuro. Teresita estaba encantadora. Traía la falda de china poblana, bordada con lentejuelas verdes, blancas y rojas. Su cabello lo peinó con dos gruesas trenzas que remataban con moños tricolores.

No vimos a la concurrencia, los reflectores nos lo impedían, pero sentíamos la presencia de un público diferente al acostumbrado. Al escuchar la música conocida comenzamos a bailar el Jarabe tapatío. ¡Qué momento! Si la Portnoy me hubiera visto, se habría sentido orgullosa: Pedro Valdez bailando ante un soberano europeo. Te juro que no danzaba, estaba flotando en la gloria. A veces pienso que fue un sueño y que mi cuerpo se movía, mientras mi conciencia observaba desde un rincón… Otra vez las méndigas lágrimas, pero esta vez son de emoción. Fue un acto que significó mucho en mi vida, la realización de un sueño largamente esperado… Cuando terminamos el acto, don Alfonso se acercó a felicitarnos y nos animó a compartir su mesa durante la cena.

Las invitaciones al palacio continuaron. Alonso, Teresita y yo nos convertimos en un adorno de las reuniones del rey. Los rumores que giraban en torno a los tres bailarines nos hacían interesantes, exóticos. Se decía que vivíamos un pasional triángulo amoroso y yo era el personaje en discordia entre Teresita y Alonso. Algunos hombres y mujeres se nos acercaron con el fin de seducirnos, de formar parte del mito.

¿La verdad? No, mi niña. Habladurías que giran alrededor de los artistas. Nunca creas todo lo que te digan, ni tampoco dudes del contenido de las palabras, porque pueden ser ciertas.

Nos importó poco la reputación, estábamos divertidísimos. Doña Elvira, la esposa de un conde, se volvió obsesiva. Me persiguió día y noche por todo Madrid. Una cuarentona casquivana, con la provocación en los senos. Una vez satisfecha su necesidad, el marido, curioso, me acosó.

¿El rey? Don Alfonso era diferente a muchos nobles. Un hombre educado, culto, con la sonrisa cordial en los labios. La verdadera imagen del monarca moderno que supo adaptarse a los cambios. ¿La reina? Victoria Eugenia se portó amable. Con ejemplar paciencia aceptaba su destino en una corte extraña. Creo que en el fondo nunca dejó de ser Ane, la protestante alemana.

La temporada en Madrid se prolongó hasta mediados de abril. Después, iniciamos la gira por la provincia. Allí comenzaron las primeras caravanas artísticas, viajes que al final se convierten en tu modo de vida. Nosotros éramos los novatos del grupo, pero, con el tiempo, te acostumbras a vivir unos días en un pueblo, al otro en una ciudad o en el tren, entonces comienzas a viajar ligero y atesorar lo que en verdad necesitas. Descubres la importancia de los conocimientos adquiridos en casa: lavar ropa, remendar prendas, cocinar alimentos simples y lo principal: a guardar una buena relación con los compañeros. Tienes razón, armonía difícil de lograr; sin embargo, es necesario aprender la regla de oro donde se encuentran el respeto y la empatía. Al final, los compañeros se van convirtiendo en tu familia. Compartes más con ellos que con tus hermanos.

La mayoría de los integrantes del grupo pertenecía a Latinoamérica, lo cual nos unió. Estábamos en un país parecido a los nuestros, pero con ideología diferente. En varias ocasiones, me encontré con personas que se creían superiores, o gente cerrada de la cabeza que pensaba que en México vivíamos en estado salvaje. Nos consideraban herederos de Moctezuma, vestidos como bandoleros de la insurgencia, con influencia yanqui. En una ciudad tuvimos que suspender los números musicales de origen indígena o pagano por petición de las autoridades civiles y eclesiásticas. Los más afectados fueron los brasileños.

Regresamos en julio a Madrid, con muchas experiencias a cuestas y con una proposición en el bolsillo.

Estimado profesor:

Espero que al recibir mi carta se encuentre en buenas condiciones de salud, al igual que su señora esposa. Pasé días maravillosos durante el recorrido por la provincia. Anteanoche terminamos la gira con la presentación en Barcelona.

Me es grato informarle que los integrantes del grupo mexicano nos vamos a París. Por recomendación de don Alfonso y de los empresarios, hemos sido contratados por Varietés de France, para los próximos tres meses. Ya envié un telegrama al Colón informando las condiciones del contrato y la extensión de la gira artística por Francia.

Asimismo, me permito informarle que mi amiga Ana Pavlova ha hecho los arreglos necesarios para presentar varios números juntos. Necesito haga el favor de enviarme a Marsella el viejo traje de pavo real que usé en la Alegoría de la primavera. Esperamos obtener éxito al reponer la danza.

Le envío varias cajas que contienen muebles desarmados y objetos personales. Ojalá pueda usted recibirlos en Veracruz. En un paquete hay un mantón de Manila madre, una mantilla para su esposa y varias antigüedades que adornarán su despacho. En otro, fotografías y recortes para la prensa mexicana…

Toma, es parte de la carta que le mandé a Quintanilla. Si quieres leer algunas, se encuentran dobladas dentro de un sobre amarillento, en la caja de los recuerdos. Sácalas con cuidado. El papel se puede romper en cualquier momento.

Mi estrella continuó en ascenso. El reto de conquistar al público francés me atraía, así que el despedirme de la vida palaciega no fue un sacrificio. El rey nos ofreció una comida. Aún recuerdo el fuerte abrazo que nos dimos con un *hasta luego*. A pesar de las palabras, sabíamos que sería un *hasta nunca*. No lo volví a ver. Años después, las noticias de su abdicación y exilio me causaron tristeza. A mí me pareció un gran hombre. No obstante, los cambios mueven la historia y nadie puede detenerlos.

Alonso se quedó en España. Me prometió ir al debut en París, pero nunca llegó. Por unas amistades, me enteré de que se había reconciliado con Manolo. Infeliz, no quiso decirme la verdad en persona. En fin, algún día debíamos separarnos, sin culpabilidades ni resentimientos. Lo recordé un tiempo, pero el viaje y los miles de proyectos que llevaba en la cabeza no me permitieron extrañarlo. Mi camino debía continuar sin él y sin los fantasmas de amores perdidos. Una voz interior me gritaba que debía esperar un amor verdadero. Por desgracia, tardó muchos años en llegar.

Me encantó la campiña francesa y más París. Mi fantasía no me traicionó. La ciudad se parecía a la que forjé en la imaginación con los comentarios que escuché de *madame* Sabine y de la Portnoy. Por esos días, el gobierno continuaba con la reconstrucción del país. La Gran Guerra dejó su huella en muchos hogares. Sin embargo, el espíritu de la gente continuaba manifestándose en las calles y le daba a la ciudad un toque elegante, intelectual, con aroma de perfume fino sobre el Sena.

A diferencia de Madrid, la empresa que nos contrató hizo poca propaganda sobre nuestro espectáculo. En realidad, fue Ana, junto con su equipo, quienes nos presentaron a la prensa. Mi amiga ofreció un brindis en nuestro honor en el hotel du Palais-Royal. Invitó a escritores, artistas, funcionarios del gobierno y algunos nobles. También nos ofreció los servicios de Flora, una amiga, para mostrarnos la ciudad. ¡Delicioso! La mujer nos llevó a los lugares más bohemios de París y, por supuesto, a los frecuentados por los turistas. Todo me impresionó, pero lo que más disfruté fue un circo ambulante que daba funciones en el bosque de Bolonia.

¿Te extraña? ¿Ir a París para meterme en un circo? No me creas tan ingenuo ni tonto. Bajo esa carpa vi actuar a unos malabaristas y bailarines chinos. ¡Qué arte! Varias tardes acudí a la función con una libreta escondida bajo el abrigo. Ahí dibujé con trazos descuidados las evoluciones, la escenografía, el vestuario y el maquillaje. Créeme que hasta memoricé la música. Lástima, en aquel tiempo no existían las grabadoras ni las cámaras portátiles para uso personal. ¡Claro que traté de platicar con ellos! Imposible. No entiendo cómo sobrevivían en Europa, pues no hablaban ningún otro idioma y a señas era imposible que me transmitieran sus conocimientos. Sus actos significaron una enseñanza completa. Otra filosofía del baile, con movimientos pausados, gesticulaciones estudiadas y un maquillaje psicológico que mostraba el carácter del personaje. Al finalizar el acto, los buscaba en el carromato para tocar las sedas estampadas y los bordados con hilo dorado. Una verdadera caricia al tacto.

Otro encuentro interesante del cual aprendí fue con los gitanos. Ellos deambulaban por las plazas de la ciudad ofreciendo su espectáculo. Yo seguía sus pasos. Las mujeres envolvían mis sueños con la sensualidad de sus bailes, y su música a veces alegre, a veces melancólica, invitaba a danzar.

¿Qué sucedió conmigo? Traes prisa, no me dejas inspirarme. A mediados del verano debutamos en París. Por desgracia, nuestros bailables no fueron aceptados con el entusiasmo que esperábamos. Contenían demasiado ruido y color para el gusto del público que tenía predilección por el arte de la Europa oriental. La verdadera oportunidad llegó en la presentación con Ana. Volvimos a bailar el *Jarabe tapatío* y *La danza de los amantes en primavera*.

¿El traje? Llegó a París ligeramente maltratado. Tuve que repararlo y soltarle algunas costuras, mi cuerpo había cambiado. El vestido de Ana lo confeccionó su modisto, similar al que usaba en *La muerte de un cisne*. Por supuesto, no ocurrió lo mismo. Aquel momento mágico que viví con Yelizaveta nunca se repitió. El profesionalismo bloqueó los recuerdos y bailé con Ana una danza de amor, fingiendo el sentimiento.

Los espectadores quedaron encantados. Una ovación se escuchó cuando abrí el plumaje del pavo real. Al otro día, los comentaristas especulaban sobre el origen del traje. Un diseñador se atrevió a declarar que era su creación. En una entrevista tuve la oportunidad de aclarar la procedencia de la prenda. Los infelices no me creyeron cuando les dije que el diseño y la confección pertenecían a unas anónimas y humildes costureras mexicanas. En fin, un tema sin trascendencia. Lo verdaderamente importante eran los resultados.

A finales del mes de julio tomamos una semana de vacaciones. El calor se apoderó de París y la gente buscaba lugares frescos donde resguardarse. Flora nos organizó un viaje a la playa. Una grandiosa idea. Alquilamos una camioneta y partimos rumbo a Marsella, para continuar a Niza. El agua fría del Mediterráneo calmó nuestro bochorno. Recuerdo que rentamos unos cuartos junto a la playa. ¡Ah… días de descanso y noches de alegría! Momentos que se convirtieron en un oasis, dentro de la rutina del teatro.

Luego regresamos a cumplir con el contrato, además de otras presentaciones en Reims, Orleans y Estrasburgo.

Una vez terminada la temporada, el grupo se deshizo. Teresita volvió a Madrid, donde tenía un pretendiente, con el cual se casó. Algunos bailarines y músicos regresaron a México; otros decidieron probar suerte en Europa, y yo tomé unas semanas de vacaciones. Viajé a Italia. Necesitaba ir a la Basílica de San Pedro. Comprendí que debía aceptar mi naturaleza bisexual, reconciliarme con el pasado, con la abuela y perdonar lo que hizo de mí. A pesar de mis defectos y "rarezas", había salido adelante y amaba mi profesión. Ahora era mi turno. Tenía una deuda con Dios.

CONCEPCIÓN

SUPONGO QUE EL DOCTOR GUTIÉRREZ te informó que recaí. No lo niegues, no es tu hora de visita. Estoy seguro de que te llamó. No entienden, odio causar lástima. Un viejo inútil, una piltrafa, eso queda de mí.

Los asusté. Hacía mucho que no les daba esta clase de sorpresas… ¡Ah, maldita enfermedad! Es irónico. Por unos momentos te consideran el centro del universo, entonces las cuidadoras y los doctores se desviven por atenderte. Les dan miedo las irresponsabilidades médicas. Cuando recuperas la normalidad, otra vez te conviertes en el estorbo. Lo bueno del asunto es que fui feliz por unas horas. Con prisas, me llevaron a una clínica. Un breve paseo por la ciudad que, por desgracia, no pude disfrutar. Mis ojos se niegan a ver con claridad y el dolor de la espalda me estaba torturando. A pesar del sufrimiento, olí y escuché el exterior. ¡Bendito Dios! Un aire diferente penetró en mis pulmones. Por un momento, olvidé mi putrefacción.

Mira mis brazos, las agujas los perforaron. Sacaron mi dulce sangre y, a cambio, me introdujeron venenos que me prolongan la vida… ¡Quiero que me dejen en paz! Más bien, lo suplico. Mi cuerpo no quiere recibir medicinas, no deseo ser un sobreviviente cuando los míos ya partieron. Tenía razón mi madre, en esta vida se pagan los pecados…

El barco ancló en Veracruz en abril de 1926. Agradecí el calor de las playas mexicanas, ya que el invierno europeo había afectado mis vías respiratorias. En el muelle encontré al profesor Quintanilla y a su esposa. Un buen detalle de su parte, ir a recibirme.

—Ven acá, muchacho. Déjame darte un fuerte abrazo. —Emocionados, sonreímos—. Cambiaste, Pedro, te noto diferente. Creo que ya no debo decirte "muchacho", vienes hecho todo un hombre.

El comentario me pareció ingenuo. Sin duda, me notaba joven, pero pronto cumpliría veintiséis años.

El camino hacia la capital me pareció eterno. Deseaba ver a Herminio, a los empresarios y amigos del teatro, contarles mis experiencias, los éxitos, los fracasos. Gracias a la perseverancia del profesor, mi nombre no se perdió. Él se encargó de que cada mes los periódicos publicaran una nota hablando de mis logros, y como artista reconocido, tendría una nueva temporada para refrendar los triunfos. Soñé despierto con las proposiciones que me esperaban.

La realidad me golpeó cuando entré al departamento. Encontré el lugar en completo abandono: ropas tiradas por el piso, muebles y loza rotos, lámparas sin focos, basura en descomposición. Una capa fina de polvo cubría los objetos. Herminio abandonó la casa; se fue a vivir con una cantante. Por supuesto, no me extrañó que la casera me cobrara las rentas atrasadas. Así era tu tío Herminio. Nunca cambió.

Al mes de mi regreso, volví a los escenarios. Por desgracia, el teatro Colón, con la gloriosa historia de la comedia y la revista mexicana, había desaparecido, así que debuté en el Principal. La propaganda me anunció como el "Conquistador de España", "el mexicano que bailó con la Pavlova" y varios adjetivos halagadores que alimentaron mi vanidad. Por suerte, los boletos para el estreno se agotaron. Trabajé horas extra. A marchas forzadas, formé un nuevo equipo de trabajo. Una de las tiples que viajó conmigo se convirtió en mi nueva pareja, pero en esa ocasión nos acompañó un mariachi, además de la orquesta del teatro. Otra vez me sentí grande, mas no feliz. No tuve con quién festejar y eso me entristeció el alma.

La temporada finalizó en agosto. Descansé unas semanas para reaparecer el 15 de septiembre. No, no desfilé, ni participé en demostraciones populacheras. A veces tus comentarios me parecen estúpidos. Era un bailarín profesional, no un actorcillo de segunda. Por aquellos tiempos, los mejores teatros de la capital presentaban una fiesta mexicana. Cancelaban las puestas teatrales y programaban cantantes y bailarines folclóricos. Era un verdadero honor encabezar dichas funciones. A las once de la noche se interrumpía la función y todo el cuadro artístico ocupaba el escenario para entonar el himno nacional.

La agitada rutina y la falta de descanso bajaron de nuevo mis defensas. Varias infecciones se apoderaron de mi salud, por lo que decidí darme unos meses de vacaciones. No tenía deudas y había ahorrado suficiente dinero. En el plan, aprovecharía el tiempo para ensayar nuevos bailables. Sin embargo, en una noche de soledad la nostalgia me invadió. Quise regresar al origen, reencontrarme con mi madre. ¡En verdad la había disfrutado muy poco!

Llegué a Guadalajara el 8 de diciembre, el día del santo de mi mamá. Esperaba verla, pero estaba en el rancho con su familia. En la vieja casona, donde pasé los horribles años de mi niñez, vivía mi tía Rufina, la madre de Miguel. ¿Te acuerdas de él? La construcción ya no conservaba la elegancia porfiriana. La cantera de la fachada estaba pintada de café oscuro. Las ventanas guardaban pocos vidrios biselados. Los espacios vacíos fueron sustituidos por trozos de madera y los hermosos jardines desaparecieron bajo una serie de tendederos, llenos de pañales percudidos. En vez de pasto, la tierra lodosa enmarcaba las huellas de los perros que ladraban hacia la calle. La residencia se había convertido en una vecindad donde vivían mis primos casados con sus familias.

¿La abuela? ¡Ah!, la pinche vieja se encontraba en Los Robles. Nadie quería vivir con la maldita bruja, sólo mi madre aceptó su compañía. Tal vez como martirio o penitencia.

No me quejo, la familia materna me dio un cariñoso recibimiento. Ese sábado prepararon una comida en mi honor o al menos fue el pretexto para la reunión. Asistió la otra hermana de mi madre con sus hijos, conocidos de antaño, y el padre Benigno. El anciano ya no oficiaba servicios religiosos, vivía en el seminario de Analco, pero continuaba ofreciendo su consejo a las familias de la zona. Por el cura me enteré de que el panteón en donde se encontraban los restos de Agustina había desaparecido. En su lugar habían construido un moderno fraccionamiento. Catorce años habían pasado... La vida te cambia, y lo que antes te causaba temor, ahora parecía una comedia. ¡Cuántos insultos recibí de parte de ellos! El marica se convirtió en un personaje famoso, entonces había que tratarlo bien. No obstante, en el fondo los sentimientos eran los mismos.

—Siento envidia al verte, primo. El tiempo no pasa por ti. ¿Acaso encontraste la fórmula de la eterna juventud?

Las palabras de José contenían el sarcasmo acostumbrado. El coraje me invadió y lo observé con detenimiento, como si revisara cada parte de su cuerpo.

—La buena vida, mi querido José. Tú también tienes lo tuyo..., digamos que embarneciste. Tal vez esos treinta kilos de panza, el cabello ralo o tu baja estatura son los que te dan esa personalidad tan distinguida. —Su cara adquirió un color rojizo. Nervioso, volteó a ver a los que lo rodeaban.

—No te burles, Pedro. Luego terminas llorando.

—¿Quieres probar? —Le contesté mostrando los músculos tensos de mi pecho. Él dio varios pasos para atrás y, como sucedía en la infancia, Miguel salió en defensa de su aliado.

—Ay, Pedro, ¡qué pena! A José se le olvidó que eres un puto. Pensé que en Europa te habían quitado lo rarito. Lástima, ni los estudios ni los aplausos te disfrazan lo joto.

Pobres diablos. En esa ocasión sus comentarios no me lastimaron. ¿Qué más daba si decían que era homosexual o no? Yo conocía mi realidad y la aceptaba. En cambio, ellos debían cumplir su función de machos.

¿Otra vez la misma pregunta? A veces tu necedad me irrita. ¿Te interesa saber acerca de ellos? Te doy la razón, también eran tus familiares. Tocaban el violín en una orquesta. Músicos mediocres. La esposa de José elaboraba zapatos en un taller casero, localizado en lo que fueron los cuartos de los sirvientes. Él la ayudaba. Miguel había tenido varias mujeres. En sus ratos libres, trabajaba en la cervecería. El dinero no le alcanzaba para mantener a tantos hijos.

Ayúdame a cambiar de posición. El ciático atormenta mi cadera. Con cuidado, no te vayas a mojar. Me da pena aceptarlo, estoy orinado... No te enojes, las viejas me cambiaron el pañal antes de la comida. Mi vejiga ya no se controla. No importa, en la noche me lavarán ¿Que tú podrías? Ni se te ocurra. Déjame guardar un poco de dignidad.

"¡Viva Cristo Rey!" era el grito que se escuchaba en las rancherías de los Altos. En el trayecto, me preocupó encontrar pueblos de mujeres solas, niños desamparados pidiendo limosna, cosechas olvidadas y campanarios en silencio. Conforme la carreta se acercó a Los Robles, las inquietudes aumentaron. ¿Qué encontraría en el lugar? ¿Estarían bien? Por fortuna, vi movimiento. Mi madre y sus hijas, junto con las esposas de los peones, cavaban un hoyo en el granero. Atareadas, no se dieron cuenta de mi presencia hasta que les grité. Anita me reconoció y avisó a las demás. Mi madre corrió a mi encuentro. Unas lágrimas aparecieron en sus ojos negros.

—¡Bendito Dios! Regresó mi hijo.

La mujer me estrechó con fuerza. Yo también la tomé entre mis brazos, la cargué. Ansiosa, besó mi frente, las mejillas y me acarició el cabello. Un momento emotivo.

¿Sabes? En esos instantes nació el verdadero amor entre nosotros. Recuperé a la familia que creía en el olvido. Mis hermanastras se unieron a las demostraciones cariñosas. Las niñas se habían convertido en bellas jovencitas.

Abandonaron sus actividades y nos dirigimos a la finca. Rodeado por la alegría del momento, entré a la vieja casa de lo que fue la hacienda del abuelo. La impresión me hizo callar. No había vuelto desde que la abuela me recogió a los seis años. ¿Te acuerdas? Sin duda, el tiempo y los saqueos cobraron sus partes. Algunos muros todavía mostraban las huellas del fuego revolucionario. Sentí pena al ver las maderas apolilladas, los sillones parchados con telas descoloridas. El esplendor nada más vivía en el recuerdo. Mi madre también lucía diferente, cansada. Su rostro mostraba varias arrugas y las ojeras se acentuaron bajo los ojos tristes. Según recordaba, no tenía la edad que representaba. Sólo me llevaba diecisiete años. Pensé que los partos, las muertes de sus hijos y las labores domésticas habían marcado su paso. Dejé mis reflexiones a un lado y acepté la invitación de las mujeres de sentarnos en el pórtico a beber tejuino. Ahí me enteré de la situación.

—El mal se apoderó de las tierras. Los hombres fueron a combatir al demonio. —Dijo en voz baja con tono de misterio. Luego se persignó.

—Explíquese, madre.

Me hizo la seña de que guardara silencio. Se acercó a mi oído, temerosa de que las paredes pudieran escuchar.

—Los federales, hijo. Luis y tus hermanos están escondidos. ¡Sabe Dios dónde!

Otra vez el destino y sus pruebas. Mi padrastro pertenecía a la Unión Popular. Se convirtió en guerrillero de Cristo, defensor de la fe católica, y con él acarreó a mis hermanastros y a los peones del rancho.

El ambiente tenso no impidió que disfrutara los días. Se convirtió en un placer la compañía de mi madre. Crecí en la orfandad a cargo de una buena mujer, pero en el fondo fui desgraciado por el abandono. Ahora deseaba guardar la imagen de la dama que me parió, estrechar su cuerpo, disfrutar su olor, agradecer las caricias. Pasé horas conversando con ella, quería conocer su manera de pensar, aprender las costumbres, integrarme a su vida. Ella también parecía contenta; sin embargo, una sombra invadía su bienestar.

Un vecino nos prestó su carreta y juntos recorrimos los felices caminos que me enseñó Agustina. Mi madre ignoraba partes de mi infancia. Fuimos a los cuarteles, le enseñé el llano donde aprendí a caminar, buscamos los arroyuelos que ya no existían y los restos de los magueyes de donde sacaban el pulque. El paraíso estaba en agonía.

Acostumbrado a crear situaciones, traté de darles diversión a las mujeres del rancho. Por las tardes, organizábamos tertulias, sentados en el pórtico de la casa. Leía un capítulo de una novela, les contaba anécdotas del viaje, improvisábamos bailes o cantábamos canciones de amor.

En varias ocasiones, acompañé a mi madre al pueblo por provisiones. Comprendía su angustia cada vez que pasaba por el telégrafo en busca de noticias. Dos veces la escolté a la iglesia para escuchar una misa clandestina… ¡Ay, Concepción! Cuando te casaste eras una mujer débil, atenida a tu marido. La revuelta te convirtió. Tuviste que cuidar las tierras y la doncellez de tus hijas. Todavía recuerdo cuando, fatigada, acudías a mi lado en busca de consuelo.

¿La vieja? Por lo visto, te interesa demasiado la abuela. Mil veces maldita. Fingió no conocerme. Decían que se encontraba enferma, aunque lo dudé. Sí, estaba delgada, más bien consumida, pero la conocía muy bien. Le gustaba manipular por medio del dolor. Pasaba el tiempo encerrada en su habitación, ordenando desde su trono. Sus gritos roncos traspasaban las paredes. El carácter se le agrió más de la cuenta.

En ese mundo caótico, mis noches fueron inquietas. Despertaba con el sonido del viento al colarse por las vigas; con los ladridos de los perros. Mi mente inventó mil historias que convertiría en danza. Los dedos de la mano ensayaban pasos desconocidos, acompañados por la música que tarareaba. Me soñaba vestido de conchero, de andaluz o gitano. Las sedas chinas se mezclaron con lentejuelas, con encajes negros como los que usaban las bailarinas del Moulin Rouge, presentaciones y giras. ¿Cuándo? No podía dejar a mi familia en esas circunstancias. ¿Y mi padrastro? Tenía el deber moral de buscarlo.

Las respuestas no tardaron en llegar. A finales de febrero de 1927, el general Joaquín Amaro y sus tropas iniciaron la campaña contra la cristiada en Jalisco. Tuvo razón mi madre: el lugar se convirtió en infierno. Hubo muchos muertos. Una semana el pueblo pertenecía a los cristeros y mataban a los que consideraban traidores. A la otra, los federales ajusticiaban a los enemigos.

Nunca había tomado una pistola, no tenía idea de cómo usarla. Anita me enseñó a disparar. He de confesarte que tiraba bastante mal. Las ingenuas damas confiaban en mi pericia. Sin embargo, ensayamos varios planes en los que incluíamos todas las armas que teníamos.

Cuando los federales ganaron la plaza, olvidamos toda labor y nos resguardamos en el granero. Una tarde, ya cerca del anochecer, llegaron los soldados con su destrucción. Las mujeres se escondieron en el hoyo, cubierto por varios kilos de paja húmeda. Envuelto con unos costales, yo los observaba desde un orificio. Los hombres, envalentonados por el alcohol, saquearon la casa, robaron objetos de valor, gallinas, cerdos y a los animales que no pudieron cargar los mataron. Por desgracia, no se llevaron a la abuela, solamente se burlaron de los insultos y golpes que la vieja les daba. Al final, la amordazaron y amarraron a una columna… No, la estúpida no quiso esconderse. Decía que sus espíritus la protegían. Cierto, la infeliz se libró de la muerte. Claro, los federales entraron en el granero. Se apropiaron de las herramientas de trabajo y de unas bolsas con granos. Imagínate mi sufrimiento cuando intentaron quemar la paja. Un milagro nos salvó, pues el combustible nunca prendió.

Durante tres días vivimos escondidos en el hoyo... ¡Por supuesto que rescaté a doña Engracia! Por mí, la hubiera dejado a su suerte. Mis sentimientos de venganza salieron a flote y deseaba encontrarla agonizante, con varias heridas, o tal vez violada por un ejército, o castrada de la misma manera que ella quiso caparme. Pura imaginación. Las súplicas de mi madre y de mis hermanas me obligaron a dejar el escondite e ir por la bruja. Hubieras visto la cara de alivio que puso cuando me vio acercarme a ella. Estoy seguro de que me reconoció, pues sus ojos brillaron, y luego dejó escapar algunas palabras de agradecimiento. Con un pequeño cuchillo corté los lazos y luego la cargué hasta el granero. Sé lo que estás pensando, pero te equivocas. La odiaba, pero no me consideraba capaz de torturarla.

La voz del padre Nacho nos sacó del encierro. El ejército de Cristo derrotó a los federales, liberando San Julián. También traía buenas noticias: el campamento del esposo de mi madre se localizaba en un pueblo cercano con sus seguidores.

La alegría volvió a su rostro, pensaba que la guerra había terminado. A los pocos días, con la certeza de que los hombres regresarían a casa, alquilamos una carreta y nos unimos a la caravana de bienvenida. El punto de encuentro sería en El Riego. Temprano, emprendimos la peregrinación. El padre Nacho, al frente, dirigía las oraciones, seguido por los niños que vestían de blanco. Una banda musical acompañó los cantos religiosos y cerraban el grupo varios jóvenes con fusil, montados sobre sus caballos.

¡Ah, otra vez la maldita ironía del destino! Conforme nos acercábamos a la zona llamada Los Ocotes, la música se convirtió en llanto. No hubo gente, sino cadáveres regados por el campo. Dejé a las mujeres en la carreta y, junto con otros voluntarios, fui a identificar a nuestros muertos. Vimos escenas horribles. Sobre la tierra había regadas manos, piernas, vísceras, y en el aire, un olor nauseabundo que atrajo a los zopilotes.

¿Cómo explicarle a mi madre? Me era difícil encontrar las palabras. Le dije que habían sido víctimas de una emboscada, que regresaran a casa, pero ella se negó, seguramente el presentimiento la empujó a bajar de la carreta y correr hacia el lugar. La impresión fue devastadora. Su rostro palideció y el sacerdote que se encontraba junto a ella logró tomarla entre sus brazos. Aproveché el desmayo para mandarla junto con mis hermanas de regreso a casa.

Sí, tal y como dices, localicé a mi padrastro tirado junto a su caballo, aún estaba abrazado al estandarte de la San Juanita. Más allá, el padre Nacho reconoció los cuerpos mutilados de mis hermanastros.

Me dolió ver a Luis Valdez muerto. Me demostró cariño a su manera, aunque nunca actuó como mi padre; sin embargo, él me mantuvo durante los años de estudiante y entendió mi vocación. Ironías de la vida. Había ido hasta Los Robles a reencontrarme con mi familia, y ya que lo había logrado, perdía una parte. Con cuidado, le quité la argolla de matrimonio, el reloj, el dinero y los escapularios que colgaban de su cuello. Estos últimos los guardé. Están envueltos en un trapo dentro de la caja de recuerdos.

Acompañé a mi madre en su pena. De golpe, perdió cuatro seres queridos en una lucha estúpida. ¿Estaría satisfecho el presidente Elías Calles con la sangre derramada?

Esa noche el pueblo se llenó de luto. En cada hogar se velaba un muerto. En Los Robles se rezaba por más de una docena. En la sala principal de la casa se montó un altar con una imagen de Cristo que guardaba a los ataúdes, consolaba a las viudas. Y entre sollozos, oraciones y el olor a los cirios quemados terminó la esperanza de mi madre:

—¡Ay, Pedrito, ¡es un castigo de Dios! No termino de pagar mis pecados. —Tomó parte de su mantilla negra que colgaba de la cabeza y limpió sus lágrimas. Conmovido, apreté su mano para sintiera mi apoyo—. ¿Qué va a ser de nosotras?

—Me tienen a mí. Te juro por estos santos que jamás las abandonaré. —Del bolso de mi saco extraje los escapularios y los besé.

No hubo nada que hacer. Después del entierro, empacamos las pocas pertenencias que les quedaban. A las viudas de los peones les regalé un terreno cerca del río. Los maltratados muebles que quedaron no valían la pena. Seguramente alguien se los llevó. Por último, como un ritual de despedida, tomé un pañuelo, formé una bolsita y la llené con tierra del lugar. Ahí nací, pasé mi primera infancia y, de alguna manera, la forma de vida de la hacienda me influyó. No podía negar mi origen ranchero, ni lo que Agustina me enseñó.

En abril de 1927, tomamos el tren rumbo a Guadalajara, donde contraté los servicios de un licenciado que se encargó de vender lo que quedaba de la hacienda Los Robles.

TONY LÓPEZ

GRACIAS, TU COMPAÑÍA ME ALEGRA. Sabía que estarías presente en la comida. Es un acto importante que los internos comparten con los parientes y con los artistas voluntarios que cumplen con la obra social. Escuché que el Día del actor ya pasó y que nos festejarán hoy por ser domingo. También comentaron acerca del maestro de ceremonias. Parece que se trata de Manolo Fábregas. Ojalá. Me gustaría conocerlo en persona. Cuando me inicié en la danza, doña Virginia me alentó a seguir y luego le enseñé algunos bailes a la pequeña Fanny… Probablemente la familia ya no me recuerda.

¿Me ves guapo? Claro, pedí que me arreglaran en tu honor. Las adorables enfermeras cambiaron los trapos orinados, me bañaron y me pusieron un traje usado. No sé a quién pertenece la prenda, con seguridad a un muertito. ¿Mío? No me parece conocido. ¿Tú lo trajiste? Te equivocaste de talla. Ve lo grande que me queda. Me prestaron un cinturón más chico con el fin de detener el pantalón en su lugar. ¿Lo sacaste del armario de mi casa? ¡Válgame, Dios, ¡vivo en un cuerpo desconocido!

El doctor Gutiérrez me dijo que en un mes había adelgazado cerca de diez kilos. Creí que se trataba de una broma. Él insistió, me enseñó el reporte. No entendí nada, sólo vi un papel lleno de borrones. Mis ojos no distinguieron ninguna letra… ¡Maldición! Así le sucedió a la abuela miserable. ¿Es posible que el odio nos depare un final tan parecido?

Los días pasados recordé lo que platicamos la última vez. La verdad, a pesar del tiempo transcurrido y de la edad, extraño a mi madre. Si no hubiera marchado a todas esas giras en el extranjero, habríamos compartido más tiempo.

Ven, acércate. Necesito que me prometas una cosa. Júralo ante la cruz. No juegues, va en serio. Quiero que, al morir, me entierres junto a ella. Mentiras, no trates de convencerme de lo contrario, tú mejor que nadie sabe que estoy muriendo. Prométělo, por favor. ¿En qué panteón? No recuerdo. Tal vez Cata… El departamento resultó demasiado pequeño para albergar a seis personas. Cedí la habitación con las dos camas a las mujeres. Preferí el suelo de la cocina que compartir la sala con mi abuela. La ingrata apestaba a lo que ahora huelo yo. Sí, también tuve que hacerme cargo de ella. Sus otras hijas le cerraron las puertas de sus casas. Conocían bien la clase de persona que era y, por supuesto, el buen Pedro no podía abandonarla.

Considero que fueron semanas difíciles. Además de salir a buscar trabajo con los empresarios, buscaba una casa a precio módico donde poder alojar a la familia. Le pedí ayuda a Herminio, pues él estaba tan comprometido con mi madre como yo, pero me harté de sus respuestas negativas. Por ese tiempo vivía en un departamento de la colonia Juárez, con su amante Amalia de Murcia, una tonadillera española, con la que actuaba en el Salón Rojo.

Después de mucho caminar, encontré una hermosa casita en el pueblo de Azcapotzalco. La vieja mansión porfiriana venida a menos tenía los servicios necesarios; sin embargo, lo que cautivaba era el jardín con el huerto y una zona propia para la cría de animales. Valía quince mil pesos. Di un anticipo, el resto lo pagaría en mensualidades.

A mi madre le agradó el lugar. El barrio le recordaba la comodidad provinciana a la que estaba acostumbrada. En cambio, mis hermanas protestaron. Preferían el ritmo agitado de la ciudad. Para convencerlas, les ofrecí la oportunidad de superarse: Anita y Soledad estudiarían taquigrafía en la reconocida academia Oliver-Pestalozzi, oficio con el que podrían trabajar en una oficina y conocer gente. Eulalia, la menor, aprendería cocina en la escuela de la señora Montoya, en Tacuba.

Por supuesto, gasté mucho dinero en adaptarnos. Dejé el departamento de la colonia Morelos y me fui a vivir con ellas. No podía mantener dos casas; además, el dinero que mi madre recibió por el rancho lo guardamos para la dote de mis hermanas. Como nuestros ahorros se resintieron, me urgía encontrar trabajo. Créeme: recorrí teatros, carpas y salones. Lo poco que me ofrecieron no lo consideré a la altura de mis pretensiones. Querían tratarme como un bailarín de segunda. Parecía increíble que por unos meses de descanso los empresarios te castigaran y el público te olvidara. Así de ingrata es esta profesión.

Cuando ya desesperaba, las oraciones de mi madre a San Judas Tadeo fueron escuchadas. Un amigo me presentó a Tony López, un buscador de talentos que residía en California.

La verdad, el tipo me dio desconfianza. Prometía demasiado y su aspecto físico no le ayudaba. Su baja estatura, la figura rechoncha y el escaso cabello teñido con agua oxigenada le daban una personalidad poco agraciada. Y si a eso le agregabas los millones de palabras que salían por su boca... El hombre hablaba mucho y hablaba en un idioma propio.

—Peter, tú venir *with me*. Yo hacer *famous* en mi *country*. Muchos dólares, *much money*. Ja, ja.

Al terminar las oraciones, soltaba una carcajada molesta para los oídos. Abría tanto la boca que mostraba todo el interior. La necesidad me hizo aceptar la proposición de míster López.

—Yo represento ti en Los Ángeles. Das comisión a mí. Yo buscar contrato. *Is better* dejar *moustache* en cara y pintar *shadows* bajo ojos. Ja, ja.

—Voy a bailar, no a debutar como payaso; además, no me crece el bigote.

—Poner artificial *moustache*. Deber lucir *like mexican* hombre, *because* tú caminar *like a lady*.

Las ideas descabelladas de míster López me desagradaron. ¿Su finalidad?... Ah, me enteré de sus planes al llegar a California. La fiebre latina azotaba Hollywood. Unos meses antes había muerto Rodolfo Valentino, quien tuvo fama del perfecto amante. Los buscadores de talento querían formar artistas al vapor que ocuparan el espacio que dejó Valentino. Era necesario tener una buena figura, bello rostro, con las ojeras acentuadas y el cabello lacio peinado hacia atrás.

Por primera vez fue difícil para mí dejar el hogar. Mi madre, aún con luto, no soportaba la responsabilidad de organizar una casa en una ciudad desconocida. El profesor Quintanilla prometió visitarla seguido, y Pepita, su cuñada, vivía cerca.

La noche antes de partir comenzamos un ritual que seguiríamos efectuando por años. La familia me preparó una merienda especial de despedida. Noté que mi madre trataba de disfrazar su nerviosismo con una falsa alegría. No quiero decir que no estuviera contenta con mi viaje, pero la notaba forzada. Cuando mis hermanas se retiraron a dormir, ella me invitó a dar un paseo por el huerto. La tomé de la mano y la ayudé a salir de la casa.

La luna llena iluminaba el camino que debíamos recorrer hasta el lugar donde se encontraban las plantas que mi madre cultivaba.

—Te voy a dar algunas plantas medicinales

—Por favor, madre, no creo que sean necesarias. En todos lados existen medicinas.

—Sí, pero no de las nuestras. Con unas cuantas hojas puedes prepararte un té.

Al fin y al cabo, todas las madres se preocupan por sus hijos. Sin embargo, ése no era el motivo de nuestro paseo, estaba seguro. En su rostro notaba la tensión. Con cierta cautela comencé el tema.

—Lo presiento, me quieres decir algo.

—No... no. —El titubeo en su respuesta me hizo insistir.

—Es peor guardar los secretos, te pueden quemar el alma.

Sin mirarme y cortando con sus dedos una serie de hojas, me contestó:

—Tienes razón. Tal vez llegó el momento de hablar con la verdad.

Jalé unos huacales de madera que había cerca y la invité a sentarse.

—Hijo, tú tienes algunos parientes en California.

—La tía Antonia y sus hijos.

—No, Pedro. Se trata de la familia de tu padre.

Un torrente de ideas llenó mi cabeza. ¿De qué hablaba? ¿Mi padre? Un viejo tema que debí olvidar porque se me obligó a no mencionarlo. Al notar mi turbación, mi madre apoyó su mano sobre la mía.

—Conozco todas las mentiras que te contaron. El mundo es pequeño y ahora que estarás donde vivía, es necesario que me dejes explicarte.

No veía el caso de que en esos momentos un fantasma del pasado viniera a perturbar mi tranquilidad.

—La verdad, no me interesa. —Traté de levantarme. Ella me lo impidió.

—Por favor, Pedro, escucha.

—¿Para qué perder el tiempo?

—Es necesario. Tú lo dijiste: los secretos queman el alma. —Ella había ganado, así que callé y escuché su relato—. Sucedió durante los meses que viví con mi tía Toña en San Bernardino. Tenía dieciséis años y muchos problemas con tu abuela. Pensamos que tal vez el alejamiento nos ayudaría a comprendernos. Allá conocí a Henry, mi gran amor. —Sus ojos se iluminaron con un brillo muy especial—. Nos identificamos desde el primer encuentro, pero, por desgracia, él me doblaba la edad, además… además, estaba casado.

La confesión me sorprendió.

—Sí, como lo escuchaste, tuvimos una relación a escondidas. Él me dijo que me amaba; sin embargo, tenía un compromiso con sus hijos.

—¿Por qué te involucraste si sabías su situación?

Su cara se ruborizó y su voz se quebró por el llanto.

—Me enamoré.

¡Qué estúpida pregunta! Conocía la historia a la perfección. O ¿acaso no había cometido el mismo error al enamorarme de Yelizaveta? Definitivamente no tenía ningún derecho a juzgarla. Intrigado, le pregunté:

—¿Supo de mi existencia?

—Mi prima Clara se lo contó. Pero eso ya no importa. Por ella misma me enteré de que Henry murió a los pocos meses de tu nacimiento. Quiero que sepas que él tuvo la intención de ayudarme. Me propuso ponerme una casa cerca de la de su familia; me dio dinero, estuvo pendiente de los primeros meses de mi embarazo. No hubo tiempo. La tía Toña me devolvió a Guadalajara. No quiso responsabilidades.

Te juro que no me esperaba semejante noticia. Para finalizar, mi madre también me comentó que mis otros medios hermanos vivían en San Bernardino.

—Si quieres conocerlos, búscalos, ellos saben de ti.

Esa noche no dormí. Coraje, desesperación, impotencia. Creces en una realidad falsa y de pronto la verdad te cambia el panorama. ¿Por qué me habían ocultado los hechos? ¿Mi verdadero padre habrá pensado en mí? ¿Me parecería a mis parientes recién descubiertos? La curiosidad me aconsejaba buscar a los nuevos hermanos, la conciencia me decía que no. Para qué abrir heridas cerradas. Nunca les interesé, ni trataron de localizarme, ni ayudaron a mi madre. Henry fue mi padre biológico, pero en mi vida existieron dos hombres que tomaron su lugar y lo hicieron muy bien: Luis Valdez y Martín Quintanilla.

Por suerte, al otro día debía estar en la estación temprano. No quería más explicaciones, sino tiempo para razonarlas. Entré al cuarto de mi madre, le di un beso en la frente. Ella, adormilada, me dio su bendición.

El viaje hasta la frontera fue un tormento. La compañía de Tony me molestaba, el tipo insistía en platicar en sus dos idiomas incompletos. Nunca en mi vida dormí tanto. Era la única manera de que Tony cerrara la boca.

El tren nos dejó en Tijuana. Atravesamos la línea caminando hasta San Isidro, ahí tomamos el autobús. ¡Ah, qué maravilla! Un camión de lujo. Por dentro tenía todas las comodidades: sillones reclinables, ventanas corredizas, pasillo iluminado y, lo mejor, la velocidad que alcanzaba.

Llegamos a Los Ángeles en la madrugada. La esposa de Tony nos recibió y luego me llevaron a una casa de huéspedes. ¡Dios mío, dónde diablos fui a caer! Una mujer malencarada me guio hasta mi nueva habitación: un cuarto demasiado grande para unos cuantos muebles. En el fondo había un calefactor y en la silla, la ropa de cama limpia. La luz amarillenta le daba un aspecto más deprimente. Por desgracia, el baño se encontraba a la mitad del pasillo, lo compartían todos los huéspedes. La desolación aumentó cuando abrí la ventana. Mi vista topó con un lúgubre pasillo donde colocaban los botes de basura. ¿Suena espantoso? Más trágico fue la hora del desayuno, cuando la misma mujer, con cara de agrura y el cigarro en la boca, aventó sobre la mesa una taza con café y un plato con dos donas espolvoreadas con azúcar.

La ciudad de Los Ángeles me fascinó. Grandes edificios, amplias avenidas, palmeras, anuncios luminosos, en fin, cosmopolita. Latinos trabajaban junto a chinos, canadienses y americanos de otras regiones. Mi humilde "mansión" fue el punto negro porque lo demás me pareció agradable. Tony me llevó en su auto a conocer la zona, me presentó a sus amigos e iniciamos el proyecto de introducción. La primera etapa consistió en un cambio en el corte de cabello, un poco de maquillaje, la compra de un traje a la moda y la toma de fotografías: unas de vestido de charro y otras de *latin lover.*

—Tus *photos* en California. Tú tener éxito.

En efecto, las fotografías circularon entre los productores de teatro y cine. Hollywood se había convertido en el centro de los espectáculos. Por desgracia, muchos teatros de revista fueron modificados para la exhibición de películas.

¿Cómo era el cine? Divertido. Pasaba una serie de escenas con fondo musical, luego aparecían letreros que ayudaban a seguir la trama.

Tony también concertó citas con hombres de negocios, patrocinadores de las artes.

—No triste, tú *lucky. I know, believe me.*

Él insistía en la buena suerte, pero mi bolsillo se vaciaba con rapidez. Por fortuna, las vacaciones forzadas terminaron un viernes. Tony López cumplió su promesa y me consiguió trabajo. La compañía musical Fanchon and Marco necesitaba un bailarín español o mexicano para su nueva producción, *Lace Idea*. Los empresarios pensaban llevar la revista a varias ciudades de California y Oregon. Una temporada de ocho meses en la que podría mostrar mi versatilidad, pues no sólo bailaría sones tapatíos, sino también danzas españolas y argentinas. Además, me dieron la oportunidad de dirigir al cuadro de bailarines. Sin proponérmelo, comencé una nueva etapa, me convertí en maestro de evoluciones.

Cuando Fanchon y Marco reunieron al grupo participante, míster James Simpson ofreció un brindis en nuestro honor en su residencia de Beverly. Créeme, nunca había visto tanto lujo en una casa. La fachada simulaba el pórtico de un templo griego, elaborado con mármol, jardines bien cuidados, y en el interior, muebles finos rodeados de antigüedades. Se notaban habitaciones fastuosas a través de las ventanas.

¿Quién era míster Simpson? Un desgraciado viejo estúpido que tenía inversiones en el teatro y el cine. Bueno, la verdadera fortuna del infeliz provenía de la explotación de carbón.

Esa noche de fiesta, Tony López me acompañó. Aunque lo dudes, agradecí su presencia. ¡Imagínate! Yo era el único extraño en la reunión. Atraía las miradas y los comentarios. Llegó el momento en que me sentí incómodo. Salí a dar una vuelta por el jardín disfrutando la noche cálida de julio. Unas risas llamaron mi atención. Discreto, caminé hacia el lugar de donde provenían. Dentro de una rotonda vi a una pareja. ¡Oh, maravilla de la creación! La dama parecía un ángel bajado del cielo. Lucía un vestido corto bordado con perlas blancas y chaquira. Su cabello rizado, de un rubio pálido, enmarcaba sus finas facciones. Los ojos azules contrastaban con los labios rojos. Sentí envidia del hombre que la abrazaba. La princesa que me había cautivado se llamaba Jenny. Sí, Jenny Simpson.

LACE

Mis manos tiemblan: estoy desesperado. Hace más de un mes le avisé al doctor Gutiérrez la imposibilidad de sostener la cuchara. Un ligero temblor me ataca en el momento de tomar los alimentos. No me creyeron, pero la ropa sucia por la comida les demostró mi verdad.

Me dieron otra medicina, una más en la colección. No resultó. Los movimientos se han convertido en una molestia. Traté de hacer los ejercicios que efectuaba para tocar las castañuelas. ¡Imposible! Un poder superior a la razón mueve los dedos e impide la coordinación.

¡Qué dolorosa es la vejez! Me causa angustia notar cómo mis capacidades se acaban. Es humillante depender de los extraños. En la juventud tienes el poder, conquistas el mundo y te conviertes en héroe. Luego pasan los años, los aceptas con optimismo porque ves la ancianidad como algo lejano, ajeno. De repente, te das cuenta de que el tiempo te ha derrotado: estás indefenso ante las enfermedades.

¿Dónde quedó la vitalidad, el arte que desarrollaste? Aquí, en unos amarillentos recortes de papel. La familia se acaba, el público te olvida. O tal vez aquellos que me aplaudieron ya se convirtieron en polvo. Mi lugar no está en el maldito asilo. El sitio que me corresponde se encuentra entre los muertos, con los que me disfrutaron.

La descendencia desapareció, conmigo el futuro se acaba. Ni modo. Así lo dispuso Dios. Las súplicas, el llanto no fueron suficientes, como tampoco las veces que intenté conservar una familia. El resultado de todos mis esfuerzos se reduce a terminar abandonado en el maldito encierro.

Desde su nacimiento, *Lace Idea* fue una producción ambiciosa. El glamour que habían impuesto las Chicas de Ziegfield, en Broadway, se imitaría en un escenario angelino. Un teatro de revista diferente a lo que se acostumbraba en México. El tema central sería los encajes, que seducen al transparentar las formas femeninas.

En el primer ensayo dudé acerca de mi presencia en la revista. No encontré la necesidad de mis bailes en los que lo principal eran las mujeres con escasa ropa. Después de una entrevista con míster Fanchon, entendí mi papel. No habría charros ni mariachis ni un grupo musical propio, sino un primer bailarín capaz de transformarse según el ritmo y las necesidades de los cuadros a representar.

Lace Idea llevaba meses de preparación en teoría. El espectáculo sería montado con todo el lujo, aprovechando la tecnología desarrollada por el cine. Los ensayos duraron casi tres meses. Costureras, escenógrafos, músicos, asistentes y, por supuesto, los artistas trabajábamos muchas horas al día para debutar en el otoño. ¡Cuánto esfuerzo! Sin darme cuenta, bajé cinco kilos, situación que molestó al sastre.

Practicábamos en un teatro pequeño, propiedad de la compañía, bien adaptado, con la orquesta en vivo, luces, sonidos, efectos, tal como sería la presentación. Leo Stuart, el director artístico, había trabajado en los grandes musicales neoyorquinos. Él me enseñó lo que era una verdadera producción al estilo estadounidense.

Como yo no dominaba el inglés, Tony me contrató un profesor. Diario tomaba las clases antes del ensayo, luego me asignaron una chica del coro para practicar las letras de las canciones. Al principio y al final cantaríamos el tema, además de que en cada ciudad incluida en la gira estrenaríamos una melodía que hablaba sobre la región.

Ya lo sabías, te lo he repetido mil veces. Yo cantaba, era tenor, tenía una voz excelente, pero, por desgracia, nunca tuve tiempo de educarla. El canto se lo dejé a Herminio. Por supuesto, ahora entiendo que cometí un error. Entero o mutilado, todavía interpretaría melodías por la radio. En fin, tampoco a mi hermano le sirvió de mucho.

Leo ensayó conmigo todo tipo de bailes: charlestón, fox trot, valses, cumbia, tap. Pasé mucho tiempo encerrado en un estudio frente a la barra y los espejos, aligerando mis movimientos; sin embargo, me costó trabajo adaptarme. ¿Por qué? Un cambio radical a lo acostumbrado. Conocía los bailes, los pasos que debía dar, pero allí importaba la interpretación al estilo Hollywood. El director, con paciencia de santo, subía constantemente al escenario para corregirme.

—Por un momento olvida la rigidez de la escuela. Esto es un show y la estrella principal debe lucir, ocupar con personalidad toda la pista. Sonríe, el público debe ver la alegría en tu cara. —El hombre, de baja estatura y figura ágil, me ponía el ejemplo.

—La sonrisa me hace perder la concentración. —Le contesté molesto, cansado por las repeticiones. El instructor sin perder el ánimo insistió.

—Inténtalo otra vez. Baila… Sí, vas bien. Mueve la cara, ahora muestra tu sonrisa. Voltea hacia el público sin perder la expresión. Aligera el paso. Flota, flota sin olvidar la risa.

Aprendí con la Portnoy a demostrar los sentimientos que me provocaban los personajes. Con las danzas mexicanas guardaba la seriedad necesaria y de vez en cuando escapaba una sonrisita, pero al estilo de Leo Stuart, me sentía como un verdadero idiota, un Tony López danzarín.

También tuve conflictos con la música. La orquesta estaba influida por los acompañamientos de moda. Créeme, fue difícil concebir un pasodoble o la pasión del baile flamenco a ritmo de charlestón. ¡Y qué decir de mis compañeros! Se convirtieron en otro problema. Debí acoplarme a las ocho integrantes de las Tamon Girls y a Mona Lee.

La Tamon School of Dance eligió a sus mejores alumnas para el debut. Simpáticas muchachas, parecía que las habían hecho con un molde: la misma estatura, cuerpos similares, el cabello teñido de negro, ojos azules, labios rojos, hermosas voces. Para la ocasión, se especializaron en el uso del pandero y las castañuelas.

En las temporadas anteriores, Mona había sido una principiante. Su capacidad y dedicación habían logrado que Fanchon y Marco le dieran la oportunidad de ser la primera bailarina. Sus danzas acrobáticas me recordaban a las hermanas Duval, sólo que aquéllas se notaban vulgares en comparación con el arte fino de la Lee. Su interpretación romántica del Danubio azul era una maravilla, parecía que bailaba entre las nubes.

¿Que si me gustaba? Mona atraía a todas las personas. Su figura menuda, vestida con telas vaporosas, me recordaba al hada buena del cuento. ¿Bonita? No. Sus ojos pequeños y la nariz grande desentonaban en su rostro, pero, en conjunto, la muchacha gustaba. Tal vez se debió a su alegría o la buena disposición que siempre mostró. Por desgracia, la niña se enamoró de Leo. Un amor platónico. Él le llevaba demasiados años, además, estaba casado con la hermana de míster Fanchon. Bueno, se puede decir que existió un discreto romance entre ellos, pero finalizó junto con la temporada.

Poco a poco me integré al grupo. Leo fue la pieza importante, el promotor de las buenas relaciones entre los participantes. A veces, al terminar los ensayos, nos invitaba a un restaurante cercano a platicar de todo menos del trabajo.

En verdad, diario aprendí algo nuevo. Los tres meses previos al estreno se convirtieron en una enseñanza continua. Una tarde apareció Leo con un equipo de cosmetólogas y a todos nos modificó la imagen. Aunque detestaba el estilo Valentino, mi corte de cabello cambió, y para las presentaciones nos obligó el uso de maquillaje, el rizado de pestañas y el odioso colorete en las mejillas.

¿Amistades? Imposible. Dedicaba la mayoría del tiempo al teatro. Por lo general, los domingos iba a comer a casa de Tony López, localizada en un barrio latino. Me presentó a sus amigos y a su cuñada soltera, con la cual salí en varias ocasiones. No, tampoco con ella existió alguna relación. ¡Dios me libre de semejante castigo! Diana estaba fea, gorda y deseosa de casarse. Créeme, aborrecí los momentos que pasé con ella, pues la mujer se hizo ilusiones falsas. Al contrario, yo vivía de mis sueños. No podía quitarme del cerebro la figura de Jenny. Ansiaba volver a encontrarla, que alguien conocido nos presentara. No, no debía ilusionarme, tenía que volver a la realidad. Ella se encontraba demasiado lejos. La niña bonita, bien educada, la hija de un millonario no se relaciona con un bailarín de revista.

En la segunda semana de septiembre, realizamos los ensayos en el teatro Broadway de Los Ángeles. En la marquesina se anunciaba *Lace Idea* con letras luminosas. Más abajo se encontraban los nombres de los artistas principales. Al lado derecho, en letras negras, aparecía el mío. Emocionado, le pedí a Tony López que me tomara una fotografía.

—Eres loco. *Much money* por *photo.*

¿Cámaras fotográficas? Claro que existían, pero costaban mucho. Venía el fotógrafo al lugar con su gran equipo y ayudantes. No me importó el precio. Compré dos copias, una para mi madre y otra para el profesor Quintanilla. Recuerdo que para la toma me paré afuera del teatro, con un traje nuevo, peinado engomado, y arriba de mí, mi nombre en el anuncio.

No, no sé dónde quedó. Hace años la tenía en el álbum. Yo creo que Cata la tomó, le gustaba presumirme con sus amigas.

Debutamos el primer día de octubre de 1927, una tarde muy cálida para ser otoño. No olvido que, a pesar de las duchas, sudaba demasiado. Los nervios me traicionaban. ¿Inseguridad? Más bien inquietud. No importa cuántas veces te subas al escenario, cada vez parece la primera, nunca sabes de qué manera te va a recibir el público. En mis años de bailarín, de coreógrafo, vi artistas de una sola temporada, ya que el rechazo puede acabar en una noche con la profesión. Cuando escuchas los primeros aplausos, una sensación de bienestar te invade, pero tu conciencia descansa hasta el otro día, después de leer los comentarios de los críticos en la prensa. Además, el éxito también depende del estado de ánimo en que te encuentres. Por muy profesional que seas, hay sentimientos que no se pueden ocultar detrás de una sonrisa.

¿Qué pasó con el estreno? Muchacha desesperada. Empiezo a platicar y pronto quieres saber el final. Me quitas la inspiración. No estoy enojado contigo. Me ponen de mal humor los desgraciados temblores.

Esa tarde la tengo en la memoria como si hubiera sido ayer. La variedad comenzó a las seis, ya que primero exhibieron una cinta. La Paramount estrenaba *Beau Sabreur* con Gary Cooper. Una enorme pantalla ocupó el escenario, y mientras pasaban el filme, los tramoyistas trabajaron en la parte trasera. Cuando finalizó la función, hubo un intermedio. En un descuido de Leo, me asomé para ver al público. Me asombraron. Parecía que la gente estaba en una fiesta de lujo.

A la tercera llamada, las luces se apagaron. Dave Good y la Broadway Orchestra Band comenzaron a tocar el tema musical de *Lace Idea: Waiting for Springtime.* Después de varios acordes apareció el ballet femenino. Todas las integrantes lucían vestidos cortos hechos a base de encajes de colores y tocados con plumas. Por una pasarela colocada a un lado del escenario bajó cantando Wilf Cushing. Traía puesto el smoking de terciopelo azul claro. Las muchachas giraron alrededor de él tres veces, luego formaron una escolta para recibir a Aileen Hutton. Ella hizo juego con la voz de su compañero y, para no desentonar en nada, su falda larga tenía el mismo tono de azul.

Las bailarinas se retiraron, los cantantes se colocaron en la pasarela y las Tamon Girls los acompañaron formando un coro. Sus trajes de hechura fantasiosa también tenían encajes. En la salida de la derecha, Mona y yo esperábamos nuestro turno. Polito, mi asistente, me puso un poco de talco en las manos húmedas y me acomodó la corbata. Con un silbato, Leo nos dio la señal, tomé a Mona de la cintura y salimos al escenario bailando. Por ser el número inicial, yo vestía un smoking negro; Mona, un vestido vaporoso con sus respectivos encajes.

Al cambio del ritmo solté a mi pareja y ambos hicimos una serie de pasos de tap. Un, dos, tres, cuatro, cinco. Vuelta a la derecha, movimiento de cadera. Tres pasos adelante, dos atrás. Un, dos, tres, cuatro, cinco. Vuelta a la izquierda, movimiento de cadera… Para finalizar, volvieron a salir las bailarinas, se integraron a nuestra danza y todos juntos en el escenario terminamos de cantar el tema de *Lace*.

Waiting for the springtime,
waiting for the flowers it's time for love.
Waiting for the birds, waiting for colors
it's time to begin a new life…

Los aplausos reanimaron el espíritu. El telón cayó, pero Wilf tomó el micrófono, se paró junto al piano y, en compañía de Aileen, cantó dos canciones.

Mientras eso sucedía en el escenario, los demás corrimos a nuestros camerinos a cambiarnos. Por suerte, yo no compartía el lugar con nadie, y aunque era pequeño, fue suficiente para que Polito lo mantuviera en orden. Deprisa dejé el smoking y mi asistente me ayudó a ponerme los pantalones. Todavía me estaba abrochando la camisa cuando entró la maquillista a untarme sus polvos.

En el tercer número, las Tamon Girls, con sus panderos y castañuelas, acompañaron el pasodoble que tocaba la orquesta. Según Leo, vestían como auténticas andaluzas. Se notaba la influencia de los años veinte, pues las ropas eran una pésima copia. Lo único original: las mantillas de encaje blanco, rematadas en las orillas con lentejuelas, sobre peinetas de carey.

Una por una, salían las niñas dando varios giros. Al final quedó Jane, quien se negó a seguir a sus compañeras. La tensión la afectó a tal grado que estalló en llanto histérico. La infeliz temblaba y en un intento de limpiar sus ojos corrió el maquillaje por sus mejillas. Leo le gritó desde el otro extremo, pero la joven no reaccionó, al contrario, comenzó a gritar, desesperada, al tiempo que jalaba su cabello. No dudo que los espectadores hayan escuchado los lamentos. Me acerqué a ella, quise trasmitirle un poco de calma y tal vez lo hubiera logrado de no ser por la señal que Leo me envió. Mi turno había llegado.

El público lanzó una exclamación cuando salí a escena con un zapateado flamenco, tal y como me había enseñado Alonso. ¿Que si usé ropa llena de encajes? No te burles, soy afeminado, pero tengo buen gusto. No, por suerte pude opinar sobre el diseño del traje. El pantalón negro ajustaba bien en las piernas, las caderas y parte del tórax. El saco de satín oscuro sólo tenía adornos de articela en las mangas. A la camisa blanca le permití unos cuantos encajes discretos, que más bien imitaban un delicado dibujo, y el sombrero de fieltro parecía auténtico. Lo elaboró un artesano sevillano residente en Nuevo México.

Después de unos minutos de baile, tomé un capote, ricamente bordado con colores alegres e hice unos pases de torero. Las chicas gritaron *olé,* los observadores las secundaron. De entre las muchachas salió Marylin, quien, graciosa, caminó hacia mí y me acompañó en la danza.

Esta parte me causaba risa. Trae el álbum. Si no lo encuentras en su escondite del ropero, mira abajo del colchón.

¿No está? Déjame acordarme dónde lo puse. Ah, creo que lo guardé atrás de la cómoda. Ahora busca un recorte de periódico donde presentan una pareja… No, ése no es… Revisa en medio… Sí, creo que lo tienes en la mano. Observa, ahí te puedes dar cuenta del vestido de la muchacha. La parte baja estaba elaborada con seda color crema, con líneas doradas verticales, y el talle ¿adivina de qué material? Por supuesto, de encaje amarillo. Lo más hermoso era la fantasía del tocado que cubría la cabeza. Simulaba una flor de oro. ¡De español no tenía nada! Detalle sin importancia, a la gente le gustó.

El matrimonio en el año 2000. Así se llamó la sátira que presentaron Wilf y Aileen. En su actuación planteaban situaciones tan absurdas como la mujer que trabaja de presidenta en un país imaginario, mientras que el pobre marido efectuaba las labores domésticas. ¿Dices que ya existen damas que gobiernan? Lo sé, estamos en los sesenta, pero en los años veinte parecía una locura, cuento de ciencia ficción.

Los imprevistos que nunca surgieron en los ensayos sucedieron en el estreno. Casi al final de la comedia, comenzó a oler a quemado. Varios cables que descansaban en el suelo echaron chispas. Alguien colocó unas cajas encima de las terminales sobrecalentando las líneas, lo que provocó un cortocircuito. Un tramoyista logró desconectar la corriente y varios hombres rodearon el lugar. Leo dejó escapar todas las maldiciones que se sabía, además de amenazar con el despido al responsable; sin embargo, el daño se reparó en forma provisional. Las luces de la parte delantera del escenario quedaron sin servicio. Por suerte, el número que continuaba pudo prescindir de los focos y utilizó los reflectores colocados junto a la orquesta. Al otro día, el equipo de mantenimiento tuvo que cambiar la mitad de la instalación eléctrica del teatro.

Los miembros de la orquesta tomaron su lugar. Mona, con un compañero imaginario, bailó el *Danubio azul*. La pista se cubrió con humo, producido por hielo seco, que con el juego de luces cambiaba de color. Se interpretaba como un sueño que al final se convertía en realidad. Aparecí otra vez con el smoking puesto, tomé a la mujer entre mis brazos, dimos varias vueltas abarcando todos los puntos del escenario. Ambos sonreíamos sin perder el hechizo del momento. Al final, la abracé y le di un beso en la mejilla.

Regresé corriendo al vestidor, apenas pude detener a Mona, que tropezó con unas cuerdas. Polito, ya tenía el traje de gaucho listo. Otra maquillista retocó, de nuevo, mi cara con sus polvos que me hacían estornudar. Las Tamon Girls me esperaban en el escenario, con una música que recordaba las pampas argentinas. Salí moviendo las boleadoras. Su ruido iba al compás de los panderos. Al rato dejé a un lado las boleadoras, el sarape y con cada una de las niñas bailé tango. La mejor imitación del estilo valentino. Ellas ponían cara de pasión, yo asumía el papel de conquistador.

Otros dos números a cargo de los cantantes y Mona completaron la variedad; sin embargo, el gran final fue espectacular. Los artistas regresamos a la pista para cantar la despedida. Del techo, amarradas por unos alambres casi invisibles, bajaron las bailarinas vestidas como flores. Algo poco visto en el teatro. Un truco del cine, en vivo.

Aplausos y más aplausos, el triunfo total. Salimos varias veces a recibir las ovaciones. Había cumplido la cita con el destino en un país extraño. Los elogios que recibí por parte de los críticos resultaron excelentes. El único error, mi origen. Unos periódicos me calificaban de español; otros, de argentino. El mito comenzó a envolverme dentro del ambiente artístico de Los Ángeles.

Volví al camerino agotado, pero satisfecho. Alguien me aventó una toalla con la que me limpié el sudor, la dejé sobre mi cuello. Desesperado, me quité el saco y desabroché la camisa. Necesitaba sentir el aire fresco, así que me fui desvistiendo por el camino. Tiré la faja del smoking, bajé el cierre, pero al entrar al cuarto me llevé la sorpresa de mi vida. En el interior me esperaba míster Simpson, acompañado por su hija Jenny. Querían ser los primeros en felicitarme... ¿Sorprendido? No, pasmado. El viejo se levantó de la silla ayudado por la muchacha, mientras yo, apenado, trataba de cubrir mi torso desnudo y subir la bragueta del pantalón.

—Oh, míster Valdez, excelentes interpretaciones. Un verdadero acierto contratarlo.

Le agradecí su comentario y le estreché la mano; luego, mis ojos se posaron en Jenny, esperaba la presentación oficial. Simpson entendió la indirecta con desagrado.

—Mi hija Jenny.

—Encantado de conocerla. —Tomé la mano de la mujer y la besé.

—Gracias.

No puse atención a lo que dijo el viejo, estaba hipnotizado. Era increíble la manera como me atraía el ángel. Su piel sedosa, el cuerpo delgado cubierto con la tela roja, los rizos sobre los hombros, los labios sensuales, labios que deseaba saborear.

—Mi chofer lo esperará a la salida.

Polito me regresó a la realidad. Simpson me había invitado a cenar a un restaurante, junto con Marco y Fanchon. Estaba feliz. Pensé en la buena oportunidad que me daba la vida para conocer a Jenny.

¿Que si lo logré? ¡Mugre suerte! Me sentaron en la mesa de honor, junto a los magnates de la industria teatral. No pude elegir mi cena, pues míster Simpson había ordenado los alimentos. Para brindar, nos sirvieron champaña, un artículo de lujo para la época de prohibición que se estaba viviendo en Estados Unidos.

Jenny llegó acompañada de un hombre. No pude evitar voltear a verla. Sin darme cuenta, con el codo tiré las bebidas que se encontraban a mi lado. Las desgraciadas copas se estrellaron en el piso causando un gran estruendo. Sentí la cara hirviendo, pues atraje todas las miradas y los comentarios. Un mesero, con un trapo húmedo en la mano, corrió a limpiarme el pantalón; sin embargo, no pude sacar el líquido que quedó atrapado en los calcetines. ¡Qué vergüenza! Cada vez que movía los pies, los zapatos rechinaban.

Un cuarteto tocaba una melodía alegre. Varias parejas bailaban. Con la mirada, busqué a Jenny; no la encontré. Me mortificaba su reacción ante mi torpeza.

Trajeron la langosta, la cual acostumbraba a comer con los dedos, pero en esa ocasión preferí, primero, observar el modo de comerla de mis compañeros de mesa. No te miento: el animal ganó la batalla, parecía un reto partirla con los cubiertos. Iba a servir un poco de aderezo cuando Simpson distrajo mi atención.

—Míster Valdez, me interesa su opinión ¿Cree que las acciones de la Transcontinental Railways bajen?

¡Carajo! En mi vida jamás había escuchado de la Trans… no sé qué. Mientras pensaba en la respuesta, volteé la mano sin reparar en la salsera que sostenía. La espesa salsa blanca resbaló con lentitud sobre mi camisa y el saco.

—Disculpe, no puedo opinar. Llevo poco tiempo en el país.

Los millonarios no contestaron. Todos miraban sorprendidos el aderezo derramado. Con discreción, agarré la servilleta, quité el exceso de la mezcla y me encaminé al baño pisando con cuidado. Ya no deseaba llamar la atención con el maldito rechinido del zapato.

Regresé a mi lugar más limpio, pero bastante desanimado, con deseos de marcharme. Míster Fanchon no lo permitió, insistió en llevarme a mi casa. ¡Qué horror! Aguanté con estoicismo a los hombres, quienes, entre copas y cigarros, platicaron horas sobre negocios desconocidos para mí, temas aburridos que me hacían bostezar. Lo único que hizo soportable la velada fue el rostro divertido de Jenny, observándome desde otra mesa.

JENNY

Sentí tu presencia. Escuché cuando llegaste, pero no quise cambiar de posición. No puedo dejar de llorar, me siento tan infeliz. Traigo el sueño atrasado. A momentos dormito, luego despierto con el grito atorado en la garganta.

¡Maldita vieja! La perra viene a atormentarme con el cuchillo en la mano. Oigo sus carcajadas a pesar de la almohada. Se burla de mi dolor. ¿Por qué? Doña Engracia olvidó los cuidados que al final le brindé… Me maldijo. Una y mil veces repitió mi nombre. En el eco del tiempo todavía dan vuelta los sonidos de su boca amarga.

¡Desgraciado dolor! Las punzadas me atacan por donde no las espero. Son puñales invisibles que atraviesan los miembros. Los castigan hasta dejarlos exhaustos. Pastillas, inyecciones, tratamientos. ¿Qué demonios saben de la venganza? La curación nunca llega, el único alivio es el llanto.

¿Las enfermeras se quejaron? Viejas chismosas ¿Acaso las dolencias abren el apetito? No, entonces diles que no frieguen. Pobres idiotas, estamos atrapados en un juego estúpido. Ellos insisten en que sobreviva a como dé lugar. En cambio, yo reclamo la muerte, la salvación. ¿Quién ganará?

Ven, siéntate frente a mí, obsérvame ¿Qué ves? Un viejo decrépito, acabado por la enfermedad. Mira el pellejo marchito que cuelga de mis huesos secos. Fíjate en mis ojos casi ciegos, en las encías desdentadas, los temblores, la maldita gangrena que me consume el cuerpo, en la pestilencia. ¿Crees que vale la pena seguir adelante?

Lace Idea fue el gran estreno del otoño. Los boletos se vendieron con anticipación, asegurando llenos las tres primeras semanas. Un portero del teatro me confió que, en la reventa, los mejores lugares triplicaban su valor.

Sí, bastante satisfecho, pues la gente hablaba de mí, y tal como sucedió en España, la agenda se comenzó a llenar de invitaciones. Productores, artistas y millonarios nos recibieron en sus residencias en Hollywood. Tony López me acompañó la mayoría de las veces. Ni modo, aunque me fastidiaba, había que reconocerle el excelente manejo de las relaciones públicas, además, era mi agente, la persona con quien compartía las ganancias.

¿Millonario? De ninguna manera. Entraron buenos dólares a mi cartera; no obstante, desaparecían como por arte de magia. Tony insistió en mejorar mi aspecto con ropa de buena calidad, a la moda. Por otro lado, debía enviarle dinero a la familia. No pude mudarme de casa. Imposible. Debí resignarme al cuarto de la pensión. Bueno, le hice algunos cambios, necesitaba darle un poquito de mi personalidad. Tapicé una pared, las otras las pinté. Deslumbrado por el auge de los aparatos eléctricos, compré un radio, una parrilla y un pequeño refrigerador. ¡Mis grandes adquisiciones! Aunque no me agradaba la cantidad de cables que salían del socket del foco. Claro, los consideraba importantes. La radio popular marcó un cambio de época, similar al que provocó la televisión.

Te seré franco, vivía el sueño americano. Me divertían las fiestas de los famosos, donde la gente te trataba como a un conocido de toda la vida. Te daban besos en las mejillas, mientras que en silencio se preguntaban a quién demonios habían besado. Para ellos no existían los horarios, las fiestas se prolongaban hasta el amanecer. Los automóviles también me enloquecieron. Por los grandes bulevares circulaban los últimos modelos conducidos por mujeres. ¡Imagínate qué locura!

Por supuesto que volví a ver a Jenny, la encontré en varias reuniones. ¡Una diosa entre mortales! Todo en ella combinaba para hacerla agradable a los ojos de los hombres. La observaba con disimulo, pues no me atrevía a entablar una conversación. Temía el rechazo. La mujer siempre aparecía rodeada por sus pretendientes, capaces de cualquier cosa con tal de satisfacer los caprichos de la reina.

Me animé a platicar con ella durante una comida que ofreció el director de cine King Vidor. La reunión se efectuó en el jardín de su casa, junto a la alberca. En esa ocasión, Jenny se encontraba sentada bajo una sombrilla que la protegía del sol. Por alguna razón desconocida, estaba sola, pensativa, revolviendo su bebida con el popote, así que me acerqué a hablarle.

—¿Puedo acompañarla?

Ella volteó sobresaltada al escuchar mi voz. Su rostro se iluminó con una sonrisa.

—Te llamé con el pensamiento. —Ahora el sorprendido fui yo. ¿Para qué deseaba llamarme?

—Usted dirá…

—Deseo tu compañía, la esperaba desde que te conocí.

Sí, prácticamente puse cara de interrogación. ¿Realidad o sueño? ¿Qué demonios importaba? La oportunidad había llegado.

—¿Esperaba que viniera hacia usted para pedírmelo?

Sin dejar de mirarme, sacó un cigarro de la cajetilla y me aventó los cerillos. Con torpeza, prendí el fósforo y lo acerqué al cigarro que esperaba en su boca. ¡Por Dios, actuaba como un puritano de rancho! Su actitud me descontrolaba.

—Así lo acostumbro.

De nuevo su sonrisa llenó el momento ¡Qué mujer! Todos sus movimientos estaban cargados de sensualidad y la muchacha sabía manejar ese arte a la perfección. La vestían los diseñadores más famosos, el maquillaje y el peinado eran obra de su peluquero personal.

Platicamos buen rato sin interrupciones, su séquito de adoradores no apareció. Estaba tan animado que el tiempo se me pasó volando, pues, aunque Jenny platicaba simplezas, yo disfrutaba su compañía. De repente, cuando miré hacia la puerta, me encontré a un desesperado Tony López que me hacía señas. Miré mi reloj, debía marcharme, pues me esperaban en el teatro a las tres de la tarde.

—Enséñame a bailar. Quiero superar a Mona, ser la atracción de la fiesta navideña del Berverly Raquet Club. Di que sí. Tú no dejarías que hiciera el ridículo.

Reflexioné unos segundos. Por supuesto que aceptaría su invitación, pero ¿a qué hora? En realidad, contaba con poca libertad.

—¿Le parece el lunes por la tarde? —De su bolso sacó una agenda y la revisó.

—Prefiero al mediodía, antes de la comida. —Tendría que hacer milagros en mi día de descanso.

—Bien, nos vemos el próximo lunes. Tal vez sería conveniente encontrarnos en…

—No hay problema, Pedro. El chofer pasará por ti, en casa tenemos un salón de baile.

Me acerqué a su silla. Ella se levantó, pero no me permitió estrechar su mano, sino que me dio un beso.

¿Cómo crees que me sentí? En el paraíso. En cuatro horas alcancé el cielo y la prueba la llevaba marcada en la mejilla derecha. Tony y yo nos retiramos deprisa, debíamos atravesar parte de la ciudad antes de que comenzaran los problemas vehiculares en el centro. Los primeros kilómetros del camino estuve silencioso, pensativo; sin embargo, Tony no podía ocultar su satisfacción.

—Amigo, *good, good.* Tú tienes *woman* bonita *and rich. She loves you.*

—Exageras. Nada más le interesan unas clases de baile.

—*Believe me*, es verdad. Buen camino, Peter.

Por Tony me enteré de la estrategia que utilizó la muchacha. La esposa de King Vidor, la modelo Eleonor Boardman, era amiga de Jenny. En la lista de invitados a la reunión incluyeron mi nombre y descartaron a los posibles estorbos. No había duda, mi "ángel" preparó nuestro encuentro. Le interesaba.

Abre la puerta. Permite que las desgraciadas enfermeras entren, es hora de la inyección. ¡Bendito Dios por el alivio, aunque sea momentáneo! No te salgas. Si no quieres ser cómplice del tormento, asómate a la ventana. A ver qué tarde salimos al jardín. Tienes razón, el frío no es bueno para quitar el dolor.

El fin de semana se hizo eterno, mi cabeza se llenó de sueños donde ella y yo éramos los protagonistas de una bella historia de amor. Locuras de mi mente. Ella sólo me buscaba en el plano profesional. Las muchachas como Jenny eran tesoros exclusivos para millonarios. El lunes me desperté de madrugada. Planché la ropa limpia, la sucia la coloqué en un canasto y fui el primero en ocupar el lavadero. Hice cuentas, le escribí a mi madre, desayuné, me cambié cuatro veces de traje. Al final, opté por uno de color claro que combinaba de maravilla con el sombrero nuevo. A las once y media estaba listo, esperando al chofer en la puerta de la pensión.

La residencia Simpson se localizaba sobre una colina. Se notaba diferente a la que conocí aquella noche de la reunión. Una vez que entré, el mayordomo me condujo hasta un salón ubicado cerca de una fuente. Me indicó que esperara. Me senté en un sillón y observé el decorado. Una de las paredes estaba cubierta con espejos. En un extremo se encontraba un armario con pesas, ligas y mancuernas. Otro mueble servía de base para un moderno tocadiscos. Jenny entró al cuarto portando una charola con dos bebidas. Rápido, me ofrecí a ayudarla. Tomó un vaso, me lo dio.

—Muero de sed, necesito mi tónico. He tenido una mañana agitada, estuve jugando tenis. —De un solo trago vació el contenido del vaso. Con un ademán me invitó a imitarla.

¡Qué horror! Apenas sorbí la bebida, el líquido quemó mi lengua. La ginebra al mediodía me supo a purga.

—¿No la quieres? Entonces, dámela, aún traigo la boca seca… ¡Ah, qué delicia!

Necesitaba esto para continuar.

No entendía cómo podía un ser tan angelical tomar embriagantes en lugar de agua. Vaya, qué complicada me estaba resultando Jenny. Comenzamos la clase con ejercicios de calentamiento, luego le enseñé los pasos básicos del vals. Ella repetía las veces que se requerían, sin perder el buen humor. La verdad, fue un placer tenerla entre mis brazos, estrechar su cintura, sentir sus muslos contra los míos, rozar su busto con mi pecho, disfrutar su voz. ¿Cuánto le cobré? ¿Cómo se te ocurre algo semejante? Los buenos momentos no tienen precio.

Las sesiones de baile continuaron un mes, pero el horario se prolongó. Jenny canceló sus actividades matutinas. No sé de qué manera explicártelo, mi ángel cambió. La sentía sincera, sin la pose seductora que adoptaba en público, ni las presunciones que acostumbraba. Parecía que la combinación de la música y el baile la tranquilizaban. O tal vez mis comentarios, mi compañía. De hecho, las dosis de ginebra disminuyeron. Dos veces me quedé a comer en su casa. Durante la sobremesa platicábamos acerca de mi mundo, de la familia que dejé en México, de mis inicios. Sin embargo, cuando la interrogaba guardaba silencio y cambiaba el tema, ocultando su verdad.

La temporada de *Lace Idea* en Los Ángeles terminó a mediados de noviembre. La última función fue un domingo. A manera de despedida, Jenny asistió al teatro. Al finalizar, me invitó a cenar junto con sus amigos. De inmediato acepté, luego me arrepentí, ya que Jenny acostumbraba a ir a lugares caros, que difícilmente yo podía pagar. ¡Al demonio los ahorros! Así me quedara sin comer algunos días tenía que disfrutar la última noche a su lado. No lo podía negar: estaba enamorado. A la mañana siguiente partiría de gira y tal vez no la volvería a ver.

Cenamos en el Ritz. Por suerte, King Vidor pagó la cuenta, luego nos invitó a su casa a continuar la velada.

De nuevo bailé con Jenny. Olvidamos la relación maestro-alumna, las diferencias, y simplemente nos disfrutamos, una mujer y un hombre que, por caprichos del destino, se atraían. La estreché como nunca, quería que sintiera la pasión que me provocaban sus senos, sus caderas. Deseaba que bajara de su pedestal y viera en mí al enamorado que la buscaba, sin importar los modales afeminados ni lo que se comentaba sobre mis preferencias sexuales. Por desgracia, el encanto no duró mucho y debí retirarme, no sin antes despedirme de mi ángel. Recuerdo que tomé el dorso de su mano para besarla, pero el impulso fue mayor y la jalé hacia mí. Le di el beso en los labios ante la mirada sorpresiva de los que nos rodeaban. Jenny no opuso resistencia, pero tampoco me invitó a continuar. Me separé y le murmuré al oído las palabras que, ansiosas, querían escapar.

—Te adoro.

No hubo contestación. Lo único que me quedaba era llevarme la imagen de Jenny, como recuerdo de los momentos agradables que tuve a su lado.

Lace Idea triunfó en los teatros de California. En San José, Leo Stuart enfermó del hígado y abandonó la gira. Lástima, estábamos acostumbrados a sus correcciones, a la creatividad de sus cuadros, no obstante, su mala salud me ayudó. No aceptó que otro director artístico lo sustituyera, por lo que me propuso para dirigir los ensayos y las nuevas coreografías que estrenaríamos para las fiestas decembrinas. Sí, una buena oportunidad, pero el sueldo no mejoró mucho.

¿El ánimo? Triste, encorajinado. Cometí el error de enamorarme de quien no debía y, para colmo, hice el ridículo al confesárselo. Seguramente, ella se había burlado de mis pretensiones. A Jenny le sobraban pretendientes con buena posición económica que la colmaban de regalos, de frases hermosas. En fin, traté no pensar en ella, aunque a diario esperaba alguna carta o revisaba los periódicos en busca de su nombre. Tal parecía que estaba destinado a los amores imposibles.

La Navidad nos encontró en San Francisco. El 24 de diciembre la función comenzó a las tres de la tarde y terminó a las cinco. La empresa reservó un salón en el hotel donde nos hospedábamos para la cena de Nochebuena.

Entré al vestíbulo con prisa, ya que el ambiente navideño me puso nostálgico y perdí varios minutos caminando por el centro de la ciudad. El botones de guardia me dio una hoja de papel doblada. Curioso, la leí: "Te espero en el bar del hotel. J. S."

¡No lo podía creer! Corrí hacia el local con el corazón acelerado. La vi sentada en la barra disfrutando una bebida. Junto a sus pies había una pequeña maleta, cubierta con un abrigo de piel gris.

—¿Qué haces aquí? —Ella sonrió y rodeó mi cuello con sus brazos.

—Vine a festejar la Navidad contigo.

A pesar de mi alegría, me quedé serio. En el ambiente del espectáculo se acostumbraba que los artistas pasaran las fechas especiales con los compañeros o la amante en turno, pero ¿una niña rica rodeada de parientes y amistades? Jenny no encajaba en ese patrón.

—Si te molesta, me voy.

—No, al contrario, me agrada tu compañía… ¿Tu padre? ¿Dónde te alojas?

—Contigo.

Puedes reírte todo lo que quieras, así sucedieron los hechos. La tomé de la mano y la conduje a mi habitación. La abracé con fuerza, nos besamos dejando salir la necesidad que teníamos el uno del otro. Sin soltarla, desabroché su vestido. No quise separarme de ella, temía que fuera un sueño. Poco a poco retiré la ropa al tiempo que disfrutaba de sus senos, de la piel blanca y delicada, de su ombligo. Bajé las medias de seda, descubrí la suavidad de sus muslos, la calidez de su sexo... ¡Ah, qué mujer! Nadie como ella para hacerme sentir pasión, la amante perfecta, conocedora de las artes del amor. Ni Eloísa ni Yelizaveta se entregaron de esa manera. Nos dimos todo y en varias ocasiones alcanzamos la gloria, nos fundimos para ser uno.

Llegamos tarde a la cena, comimos los alimentos fríos. No importó. Como tampoco importaron la gente, la música, los regalos, en esos momentos sólo existíamos Jenny y yo, los principales actores de nuestra obra. Un brindis siguió al otro, al igual que el reloj continuó su marcha. Pasaban de las tres cuando subimos al cuarto, no teníamos sueño, sólo las ansias de poseernos. Descansamos un rato y las primeras luces del amanecer iluminaron nuestros cuerpos desnudos.

—Mi ángel, te quiero.

El 27 de diciembre, Jenny regresó a Los Ángeles. Nunca me explicó acerca de su huida navideña, ni de las mentiras que le contó a su padre para no pasar la Nochebuena con la familia. Para el Año Nuevo, Jenny se fue con sus amistades a la casa de la playa. No me sentí triste, pues me llamó por teléfono. Comencé 1928 recordando las promesas que nos hicimos.

¡Ay, las jugadas del amor! Cuando murió Yelizaveta pensé que el camino terminaba y ahora me encontraba de nuevo ilusionado.

La gira terminó en febrero. Satisfecho con los resultados, regresé a Los Ángeles. Mi nombre era conocido entre los empresarios. Contaba con comentarios favorables y buenas ganancias, así que tenía dos opciones: regresar a

México, donde tenía algunas propuestas, o quedarme en California en espera de trabajo. Dios lo decidió.

Una tarde me visitó Jenny en mi lujosa *suite*. Me asustó su estado. Se encontraba nerviosa, demacrada, desarreglada, con aliento alcohólico. La recuerdo sentada en el suelo, llorando.

—Mi padre va a matarme... Pedro, estoy embarazada.

Me quedé mudo, inmóvil, asimilando la noticia. ¿Sería posible semejante milagro? En mi afán por abrirme camino no sólo olvidé el amor, sino también la posibilidad de los hijos. Me senté junto a ella y la abracé.

—Es increíble. Creo que tu padre se sentirá tan feliz como lo estoy yo.

—No entiendes. Me hará abortar. Él jamás reconocerá un nieto bastardo.

La tomé por la barbilla. Con mis dedos limpié las lágrimas y le di un beso en la frente.

—Nuestro hijo tendrá padre. Si me aceptas, nos casaremos cuando quieras.

¡Oh sorpresa! En vez de calmarse, su llanto aumentó.

—Él quiere casarme con Bill Evans, hijo de su socio. Necesita un yerno millonario.

—Lo imagino, pero al menos déjame intentarlo por la vía amistosa. Te quiero, Jenny, y no pienso perderlos por el capricho de un hombre.

Realmente no sabía a lo que me estaba enfrentando. Toda la noche ensayé mi discurso. Si quería ganar la partida, debía ser sincero. Apelaría a los sentimientos de Simpson, lo convencería de mis buenas intenciones, de mi amor por Jenny.

Al día siguiente, me presenté en el despacho de James Simpson. Jenny se armó de valor y entró conmigo a la cita.

Él nos esperaba sentado en su sillón fumando un puro, revisando unos documentos. Desde la entrada te imponía el lujo que lo rodeaba. En una pared se encontraban varias cabezas de animales que él mismo había cazado en sus diferentes safaris. La voz gruesa, gruñona, hacía juego con la fiereza que mostraban sus mascotas disecadas. Su estatura, el cabello plateado, la mirada astuta, la postura del dominante. Al principio, la plática se desenvolvió dentro de la etiqueta esperada. El hombre me vio como un enamorado más de su hija, lleno de ilusiones pasajeras. Luego le hablé del matrimonio, él lo negó con amabilidad. Insistí muchas veces hasta que James perdió la compostura. El disgusto enrojeció la cara del magnate.

—Míster Valdez, olvídese de tonterías. Si no quiere meterse en problemas, empaque sus cosas y vuelva a casa. Yo le ayudaré a cruzar la frontera. Entienda, usted es un miserable indio espalda mojada. Mi hija merece más.

Estoico, soporté los insultos y las negativas, pero Jenny, nerviosa, no aguantó la presión. Como loca desquiciada, aventó los papeles que se encontraban sobre el escritorio y saltó sobre su padre, golpeándolo varias veces con los puños.

—¡Déjame casarme! Lo necesito… Estoy embaraza…

Simpson, furioso por la noticia, no le permitió continuar. Con fuerza, tomó las manos de su hija. Los dos cuerpos lucharon por el dominio hasta que el viejo la sometió. Ella, en frases entrecortadas por el llanto y el dolor, le dijo:

—Quiero… tener… a mi hijo… Por favor…

James aventó a Jenny sobre el escritorio, quien, al caer sobre el mueble, tiró varios objetos. Yo quise acercarme a ella, ayudarle, pero de pronto sentí un golpe en el estómago que me dobló.

—¡Maldita basura! Voy a acabar contigo.

Perdí el equilibrio a consecuencia del puñetazo que recibí en la cabeza. Luego no pude levantarme del suelo. Una serie de patadas llovió sobre mi cuerpo, mi cara. De mi boca y de mi nariz comenzó a brotar sangre. No me defendí a propósito. Si quería ganar la batalla, no debía contestar las agresiones, ni golpear a mi futuro suegro. Jenny entró al rescate. Sin dejar de mirarnos, sacó de su bolso una pistola y se la acercó a la cabeza. Con una frialdad que asustaba le gritó:

—Si lo vuelves a tocar, te juro que me mato.

James me dejó. Con gran esfuerzo y todo adolorido, me levanté. El viejo, con las facciones distorsionadas por el coraje, la angustia, se acercó sigiloso a su hija, quien insistía en disparar el arma.

—No te atrevas a tocarme. Un paso más y jalo el gatillo.

La sombra del miedo se reflejó en el rostro del padre. Yo también me encontraba asustado: no conocía esa faceta de Jenny. Ahora el viejo había perdido la soberbia y su voz se volvió suplicante.

—Mi niña, no es necesario. Tú sabes que te adoro, muñequita, que deseo lo mejor para ti.

—¡Cállate! Yo sólo quiero a mi hijo, tener algo propio. No importa que me destierres como a mi hermana o me destruyas como lo hiciste con mamá.

El hombre, en actitud de derrota, se sentó en el sillón, se quitó la corbata y desabrochó la camisa. Jenny caminó hacia donde me encontraba, sin soltar el arma. Un temblor me recorrió cuando me abrazó posando el metal frío sobre mi espalda.

—A ti jamás, cariño. ¿Quieres casarte con ese desgraciado? Está bien. Pero recuerda que él no te ama lo que yo.

Lo único que busca es la residencia americana y el dinero.

—Mientes, papá. No soportas que alguien me acepte por lo que soy.

—Tú ganas, Jenny, pero yo pondré las reglas de tu absurdo matrimonio. Ahora dame la pistola.

—¡No!, te conozco demasiado bien.

La muchacha se negó a entregarla. La guardó entre sus ropas, tomó mi brazo y me jaló hacia la puerta. Lo último que escuché fue a Simpson decir:

—Valdez, mañana le enviaré a mi abogado para definir los términos del contrato.

¿Cómo quedé? Imagínate. Jenny me llevó al doctor. El tabique desviado no le daba un buen aspecto a mi cara, ni el ojo derecho, morado, hinchado, dos costillas fracturadas, el tobillo lastimado y la mano izquierda inmovilizada. Por fortuna, las heridas sanaron pronto.

El abogado de James me visitó varias veces. En la primera ocasión, me ofreció dinero para que desapareciera. La segunda, un cheque en blanco firmado, al cual yo le podría poner la cantidad que deseara. La tercera, recibí amenazas. Una noche, al regresar a mi cuarto en compañía de Jenny, el espectáculo que recibimos nos espantó: cortinas rotas, el colchón despedazado, mis ropas tiradas en los basureros del pasillo, mis recuerdos semidestruidos, los objetos de valor deshechos, y en la pared, varios letreros insultantes escritos con pintura roja. Supongo que Jenny tuvo otra "amable" conversación con su padre, porque en la última entrevista ella acompañó al abogado con un ridículo contrato. Nunca entendí la clase de demonio que moraba en el alma de Simpson. En la mayoría de las cláusulas, yo salía perdiendo. Para comenzar, debía mudarme a la residencia y ocuparía una habitación cercana a la de mi esposa. Tendría que acatar las órdenes y los horarios del jefe y presentarme ante él sólo lo necesario. Te juro que no quería firmar. Prefería huir y casarme con ella en mi país. El hombre no tenía derecho a humillarme así, sin embargo, la mirada suplicante de Jenny me lo pedía. Lo único que no acepté fue la mensualidad que me asignaría para guardar una imagen a la altura de su hija. ¿Lo dudas? Del viejo se podía esperar todo.

La boda se planeó para el 17 de abril. No me permitieron ser parte de la organización. Por consejo de su padre, Jenny contrató los servicios de una compañía que se dedicaba al arreglo de bodas y también, por orden de mi suegro, me limitaron los invitados a veinte personas. Me sugirieron que eligiera como padrinos a unos parientes de mi difunta suegra. A Simpson le molestaba alternar con la gente de mi clase. A pesar de su enojo, envié unos telegramas a mi familia y al profesor Quintanilla. Mi madre no quiso viajar, decían que la noticia la deprimió bastante, tenía miedo de que yo no regresara a mi país o que dejara de enviarle dinero. Para mi sorpresa, vinieron Anita, Herminio, Quintanilla y su esposa.

Jenny los recibió cariñosa. Los llevó de compras, a pasear, les hizo regalos. Parecía una relación perfecta, pero Quintanilla sabía la verdad. No pude engañarlo con mi aparente felicidad.

—No va a resultar, muchacho. Ella es diferente y ningún hijo une en estas circunstancias. El amor te ha cegado. Nunca serás feliz. Su padre la tiene totalmente dominada.

Lo escuchaba, sabía que tenía razón; sin embargo, mi lado idealista ganó. Creí que con el paso del tiempo podríamos independizarnos, hacer nuestras actividades de matrimonio e irnos a vivir a México.

La boda se celebró en el salón de fiestas del Berverly Raquet Club. No te imaginas la cantidad de desconocidos que asistieron. Todos vestían con un lujo impresionante. En realidad, los extraños éramos mi gente y yo. Simpson y su hermana se pararon en la puerta para recibir a sus amistades. Con el fin de ocultar mi origen, el viejo inventó una ridícula historia sobre mí. Convenció a sus invitados de que yo era el heredero de un rico hacendado y que únicamente me dedicaba a la danza por afición, excentricidades de juventud. Con desdén, afirmaba mi próxima incursión en el mundo cinematográfico. Tanta mentira me causó asco, proponían un engaño que no estaba dispuesto a jugar. Fui un tonto. Debí cancelar la ceremonia y alejarme, al final me convertiría en el perdedor. El instinto me gritaba que huyera, la conciencia me repetía mi deber como caballero. Mis dudas desaparecieron cuando apareció en la puerta del salón mi ángel. No te miento, era la novia más hermosa que había visto. Traía un vestido largo de seda blanca con aplicaciones de perlas, su cabello rizado estaba adornado con una coronilla hecha con camelias blancas naturales, y entre sus manos sostenía un ramo elaborado con las mismas flores. James Simpson la recibió fingiendo satisfacción, la tomó del brazo y, al compás de la música, caminaron hacia donde me encontraba parado junto al representante de la ley. Si la hubieras visto, me comprenderías. Jenny estaba radiante, feliz. No lo puedo negar, a pesar de mis cavilaciones, me emocioné. Dios me había premiado: tendría una esposa, un hijo, un hogar y, sobre todo, un amor verdadero para compartir la eternidad.

ELIZABETH

¿16 DE JUNIO? Esta fecha no me dice nada. No recuerdo qué se festeja hoy, ni me interesa. Hace mucho que mi mente se olvidó de vanidades. Me da lo mismo un día que otro, todos los números del calendario son iguales. Dicen que tengo sesenta y tres años. No les creo, mienten. Llevo acumulado demasiado tiempo: el de mi abuela, el de mi madre, el mío. Si lo sumas, representa décadas. Tal vez por eso me siento cansado, sin ánimos de seguir.

Tienes razón. Los medicamentos me hicieron efecto. ¿Me ves mejor? El doctor Gutiérrez empleó un nuevo remedio. Un conocido me comentó que a él también le inyectaban la misma sustancia... Shhh... No le digas a nadie, se trata de una droga potente... ¡Bah! Un engaño momentáneo, porque nada volverá a la normalidad. La pócima hizo el milagro a medias. Los ojos no recuperaron la visión, ni los temblores disminuyeron. Resulta irónico, cada visita me encuentras con un achaque nuevo. Ahora me atormenta el vómito. Mi estómago rabioso no quiere trabajar. Mira la desgraciada tripa que traigo conectada al brazo. Maldito líquido, no tiene fin.

¿Un paseo? ¿En serio quieres sacarme en estas condiciones? Por supuesto, quiero dar la vuelta por el jardín acompañado de una muchacha bonita como tú. Llama a las viejas para que te ayuden a acomodarme en la silla con todo y frasco.

Desconozco el camino. ¿A dónde me llevas? No sabía que existía una capilla. Discúlpame, no quiero entrar, prefiero ir al jardín. Hace mucho que dejé de asistir al templo. ¿Las causas? Cientos de veces imploré la ayuda de Dios. Sólo me escuchó cuando se le dio la gana. Luego, aprendí que contra su voluntad no existe nada, únicamente la resignación.

Entiendo tus razones. Sé que es hora de reconciliarme con el Creador, pero todavía no estoy preparado. Dame más tiempo, lo necesito.

Mejor nos quedamos en el patio, junto a la fuente. El ruido del agua me tranquiliza, me purifica. Aquí podemos ver mi caja y los recortes.

El matrimonio no resultó lo que imaginé. Tenía una idea bastante estúpida de la vida en pareja, tal vez influida por la relación armónica que llevaba el profesor Quintanilla con su esposa, o por lo que Agustina me contaba. En fin, me engañé con mil fantasías, pero, la verdad, no estaba acostumbrado a una unión formal. Si a eso añades las condiciones que debí cumplir, la falta de libertad, la personalidad voluble y alcohólica de Jenny y las interferencias de mi suegro… Desde su inicio resultó un fracaso.

Al regresar del viaje de bodas, la realidad se impuso a los buenos deseos, a mi voluntad por mejorar la relación con James. El patriarca dictó las reglas: mi esposa volvió a su habitación, a sus costumbres de soltera y, por decreto, me acomodé en el cuarto que me designaron, alejado de la familia. Debí obedecer un estricto horario para las comidas, el uso de las instalaciones de la casa y hasta para gozar de la intimidad con mi mujer. El plan lo elaboró el viejo de modo que no nos encontráramos por ninguna circunstancia, y me alejó de su hija, pues Jenny lo siguió acompañando a sus compromisos sociales.

Actué con ingenuidad. Nunca pensé que el hombre cumpliera sus amenazas. Al yerno no deseado lo trató peor que a un sirviente y, tal vez por mi condición de paria, me fui identificando con el personal que atendía a los "amos de la casa". Créeme, ahí encontré mi verdadero lugar, ya que la mayoría procedía de Michoacán y Jalisco. Nany Ross, la mujer que había criado a Jenny, con gestos cariñosos, me animaba a continuar con su niña. Como me fastidiaba el apodo que le había impuesto su patrón, decidí llamarla por su nombre: Rosa. Su hija Rosario odiaba, con justa razón, a mi esposa. La muchacha se sentía desplazada en las predilecciones de su madre. Víctor, el chofer, con el tiempo se convirtió en un buen amigo.

A todos los recuerdo con afecto. En Rosa hallé una confidente. Su aspecto maternal invitaba a refugiarse en ella. Cuando más triste me sentía, ella acompañaba mis ratos con sus historias purépechas, con la nostalgia de Pátzcuaro, con la comida al estilo michoacano. Tienes razón, me recordaba a Agustina, pero aquélla siempre pareció una jovencita, mientras que Rosa contaba con cincuenta y tantos años.

También acertaste, estaba casado en soledad. Disfruté a mi esposa las primeras semanas; luego, evitó los encuentros asegurando que mi olor le producía náuseas y no lo soportaba. Parecía broma. Nada más me acercaba, ella hacía una mueca de asco y corría al baño o a la maceta cercana. Y lo paradójico, yo rechacé su figura. Comprendo, actué como un idiota, pero entiende que siempre alabé la belleza, admiraba los cuerpos perfectos, la armonía en los rostros, exactamente lo que me atrajo de Jenny y que, por desgracia, iba perdiendo. No sólo se le redondeó el vientre, sino los senos, las nalgas, los muslos. La ingrata aumentó varios kilos por mes. Mi delicado ángel se convirtió en una masa deforme.

La culpa la tuvo su padre. Le consintió todos sus caprichos, le compró los antojos más extravagantes que te puedas imaginar, como el día que deseó unas cerezas cubiertas con chocolate suizo que vendían en Zúrich. El hombre le pidió a un conocido que le enviara quince cajas. Además, le siguió surtiendo su despensa personal con las botellas de ginebra que, clandestinamente, los socios de mi suegro introducían al país. Te lo juro, hice lo imposible por convencerla. Muchas veces reñimos por la maldita bebida. Odiaba encontrarla con aliento alcohólico, tropezándose con sus zapatos, con los muebles, pero a su padre le encantaba las "chistosadas" que hacía su hija cuando tomaba algunas copas. Jenny jamás concientizó su estado. El embarazo significó para ella la aceptación en el grupo de las señoras, elogios, adulaciones, regalos. Nunca le pasó por la mente el verdadero significado de esperar un hijo.

¿Trabajo? Por desgracia, estaba desempleado. Tony López no me conseguía ningún contrato. Años después, me enteré de que la mala racha se debió a que Simpson me tuvo bloqueado entre los productores teatrales. ¡Desgraciado! Estaba logrando su objetivo: la ociosidad me deprimió mucho. Lo único que alegraba mis mañanas fue que Víctor me enseñó a conducir todos los automóviles estacionados en la cochera. A veces lo acompañaba a hacer sus mandados y luego, a escondidas de sus patrones, me llevaba a una zona donde había pocas casas, gente, y ahí me prestaba el coche en turno para que lo condujera por las calles vacías.

Por suerte, conocí personas decentes que no cayeron en las amenazas del viejo y las buenas noticias llegaron en junio. El productor independiente Aaron Levin me contrató como primer bailarín de su espectáculo *Wonderful Dances*, que estrenaría en septiembre.

Acostumbrado a la vida solitaria, firmé el contrato sin consultarlo con Jenny. ¡Ah, qué gran pecado cometí! Desperté la furia del dragón. Cuando le comenté a mi dulce mujercita, lo angelical se convirtió en demoniaco. Con la tez roja por la ira, empezó a patear todo objeto que se atravesara por su camino. Las palabras se atoraron en su garganta.

—Idiota… estúpido… ¿Cómo te atreviste? Estás casado conmigo, no con una mujerzuela.

El perro faldero de la casa salió de la habitación aullando de dolor por el golpe recibido. Quise imitarlo, antes de que Jenny se me acercara. Sin embargo, me quedé parado junto a la puerta, en silencio, enojado.

—Mi papá tenía razón. ¡Nunca tendrás clase! Prefieres ser un bailarín afeminado que un hombre de negocios…

Sin perder mi aparente tranquilidad, le contesté:

—Te equivocaste, querida. Ésa es mi profesión. Lo sabías cuando te fuiste a meter a mi cama.

Descontrolada, se abalanzó sobre mí para golpearme, tal como lo hizo con su padre. Le tomé los brazos con fuerza hasta someterla. La fiera, con el rostro distorsionado, escupía todas las maldiciones que sabía en inglés y español.

—¿Qué va a decir la gente de mí? Es una vergüenza.

Trató de darme puntapiés. La empujé hacia su cama, al fin, pude aventarla en un lugar cómodo. Dentro de mi coraje, no me atreví a lastimarla, el embarazo lo impidió. Jenny se volvió a parar, temblorosa, y ante mi asombró comenzó a jalarse el cabello. Te juro que entre sus dedos quedaron mechones enredados. Se dirigió hacia su armario, sacó una botella de ginebra y le dio varios tragos. No había nada que hacer. Salí del lugar agotado, desilusionado... ¡Carajo! ¿En qué juego cruel había caído? Puse a Jenny en un altar y sola se desmoronaba. ¿Cómo pude enamorarme de ella?

Al otro día, recibí la visita del viejo. El hombre volvió a amenazarme. No le hice caso. Estaba harto de esa familia y pensé en largarme, pero Rosa no me dejó.

—Si usted se marcha, mi niña ya no tendrá salvación. Por favor, quédese. En el fondo, Jenny es buena y lo quiere.

Le prometí a la nana quedarme hasta que naciera la criatura. Lo único que tenía era mi trabajo, así que regresé a los ensayos pensando en el debut. Los problemas los dejé encerrados en la lujosa mansión.

Wonderful Dances se consideraba una producción menor. A diferencia de *Lace Idea,* la temporada duraría tres meses y no habría una gira posterior. Con la experiencia adquirida, no se me dificultó acoplarme a mis parejas ni seguir la música. Al contrario, me atreví a inventar nuevos pasos, alterar ritmos, a enriquecer los cuadros con diferentes interpretaciones.

A pesar del bajo presupuesto, Levin no limitó los gastos del vestuario, de las escenografías. En la danza persa utilicé un traje corto, bordado con tonos azules, plateados y sobre mi cabeza porté un hermoso tocado, parecido a un penacho, elaborado con plumas de pavo real. Sí... fue tremendo guardar el equilibrio con semejante adorno, además debía seguir a Becky, mi pareja, que daba vueltas por el escenario. No hubo más dificultades, sino diversión.

En la representación china, cuatro jovencitas con vestidos cortos, transparentes, portando sombrillas de papel de arroz y abanicos, acompañaban mis evoluciones. Aquí traté de imitar los gestos de los danzarines chinos que vi en los bosques de Bolonia. Lo mismo me sucedió en *Ensueño junto al Danubio*. En un momento, me convertí en un gitano como los que danzaban en París. Las cuatro muchachas bailaban sensualmente a mi alrededor acompañadas por los panderos.

Donde realmente me sentí en ambiente fue en el México de mis amores. Al fin pude demostrar mi talento al interpretar los bailes de mi país. Comenzábamos el acto con un ceremonial prehispánico, al estilo Hollywood, y finalizábamos con el Jarabe tapatío. Se puede decir que ese número lo inventé yo, pues Levin no estaba familiarizado con nuestras danzas. En realidad, en esa parte del programa iba una demostración de la polinesia; sin embargo, incluyó nuestros bailes por darme gusto. No lo desilusioné, le gustó mucho la música. En el último número, llamado *Las noches del Sahara*, no bailaba, sólo aparecí sentado, vestido como un *sheik* que observaba a las mujeres del harén, bailando una danza similar a la de los siete velos.

La noche de la presentación fue el primero de septiembre de 1928, en el teatro Orpheun. En esa ocasión no hubo película previa, sino una función corta, de hora y veinte minutos.

¿Jenny? No asistió al estreno ni a ninguna representación. Le dio una crisis nerviosa y su adorable padre, para alejarla de la vergüenza que le provocaba mi trabajo, se la llevó de vacaciones a San Francisco. Pero no estuve solo, los boletos que destinaron para mis familiares los regalé a Tony López y a los empleados de la residencia. Me dio mucho gusto ver a Rosa, a Rosario, a Víctor entre los asistentes, y más alegría recibí al regresar a casa y encontrarme con una cena hecha en mi honor por mis queridos compañeros, mi verdadera familia en California.

¿Las críticas? Buenas, buenas... Hicieron comentarios favorables. Decían que me encontraban maduro, dueño del escenario, aunque criticaron la pobreza de los recursos técnicos. Leo Stuart me envió un telegrama felicitándome y Mona Lee ofreció un brindis en mi honor. ¡Cuánta ironía! La vida te da y te quita. En la danza me convertí en un triunfador; en el matrimonio, un rotundo fracaso.

La fecha del parto se acercaba. Según el doctor Meyer, el alumbramiento sería para principios de octubre. Rosa opinaba que no pasaba de la segunda quincena de septiembre, ya que el vientre de Jenny estaba grande. ¿Sabes? En ese tiempo me era difícil sentir ilusión por una espera que no había compartido. No lo niego, me emocionaba saberme padre, pero le temía a la realidad. ¿Cuál? ¿Qué sucedería con el niño, conmigo y con Jenny? Tenía planeado marcharme, pero ¿podría abandonar a mi hijo? Y lo más importante ¿vendría sano el niño? Los cuidados que guardó Jenny fueron desastrosos. La ingrata no dejó de beber ni fumar, no olvidó las parrandas que se prolongaban por días.

Compré algunas prendas pequeñas. Tal vez por mis tristes recuerdos, no adquirí una cuna portátil que vi en un almacén. Un nudo en el estómago se me formó al pensar en Yelizaveta y en aquella criatura que nunca nació. Mejor regresaría por el artículo en otra ocasión. Esperaría a que mi esposa retornara de su viaje para saber lo que necesitaríamos. Pero, con tristeza, me enteré de que todo estaba listo. Simpson mandó acondicionar una habitación junto a la de Jenny. Una tarde, Rosa me llevó a verla. Me quedé sin palabras. Los desgraciados organizaron la llegada de mi hijo sin consultarme nada. Una cuna de madera ocupaba el centro del cuarto. Parecía antigua. En la cabecera tenía grabada una *S*.

—Es la cuna de la familia. Aquí durmieron el abuelo Simpson, el señor James, la niña Megan y mi niña Jenny.

Había varias repisas con adornos infantiles, biberones, sillitas. Abrí los cajones de la cómoda, estaban llenos de ropa para bebé, pañales y cobijas. Sobre una mesa encontré varios portarretratos vacíos y encima del sillón un álbum de fotografías nuevo que tenía escrito en la portada un nombre: James Jr. ¡Malditos infelices!

Rencor, dolor, sí, me carcomían el espíritu. ¡Mi "querida esposa" no me había tomado en cuenta! ¿Acaso pensaba que no tenía sentimientos? Cuando la mujer volvió de sus vacaciones no le dirigí la palabra. Pasé la mayor parte del tiempo fuera de casa, sólo regresaba a dormir y, a veces, preferí quedarme en algún hotel cercano al teatro. Rosa me pidió que regresara, ya que mi suegro viajaría a unos negocios a Chicago y no quería que su niña estuviera sola en el momento del parto. Tuvo razón. Las primeras contracciones aparecieron en la madrugada del 25 de septiembre. La casa despertó con una actividad anormal. Rosa no se separaba de Jenny y Rosario daba órdenes contradictorias a las demás empleadas. El doctor Meyer llegó a las ocho y media de la mañana, y decidió que faltaban muchas horas para el parto. Varias veces traté de ayudar, pero siempre me enviaban de regreso a mis actividades con un *no hay problema*. La verdad, no pude concentrarme en nada. Me quedé afuera del cuarto de mi esposa a escuchar sus gemidos. Por la tarde volvió el doctor con una ambulancia. Él prefería llevar a Jenny a su clínica que atenderla en la casa. Todos los Simpson habían nacido en la gran cama de roble que se encontraba en la que fue la estancia de mi suegra.

El traslado se convirtió en una aventura. Jenny, en posición fetal, no quería que la movieran. No se dejó cambiar el camisón empapado de sudor. Rosa la abrazaba, tratando de convencerla; Rosario las regañaba; los camilleros esperaban y el doctor miraba desde la puerta de la recámara. Una inyección ayudó a relajar a mi esposa. En un momento, ella observó a su alrededor, me sintió a su lado y me pidió que no la dejara sola. Soy un estúpido sentimental, no lo niego. En cuanto me tomó de la mano y se refugió en mí para aliviar su angustia, todo aquel rencor se perdió. La volví a ver con ojos de amor.

En el hospital, me quedé un par de horas junto a su cama; sin embargo, las obligaciones me esperaban. La dejé con Rosa y me fui preocupado al teatro. No te miento, creo que demostré mi nerviosismo. Ansiaba que la función terminara rápido. No llegué a la clínica en el momento importante. Nuestra hija nació a las siete cincuenta y tres de la noche, justo cuando iniciábamos el acto final. Todavía recuerdo las dulces palabras de Rosa.

—¡Es niña! Una niña preciosa como la mía.

Un enorme gozo me invadió. ¿Sabes lo que significaba esa criatura? Todo. El premio que Dios me enviaba, una luz en mi camino, la esperanza. Me acerqué a mi esposa, dormía inocente, satisfecha. Otra vez parecía el ángel que me cautivó.

Se me permitió conocer a mi hija antes de retirarme. Una enfermera la puso sobre mis brazos. ¡Ah, qué placer tan inmenso! Una personita que inspiraba el más grande amor. Rosa tenía razón: estaba hermosa, aunque no se pareciera a nadie.

Siguieron unos días maravillosos. El milagro nos estaba cambiando y otra vez nos acercamos, unidos por el cariño que le teníamos a nuestra hija. Nos sentíamos felices.

—Me gustaría llamarla Concepción. —Jenny hizo un gesto que mostró su desacuerdo, pero no me contradijo.

—Después lo platicamos. Por el momento es *baby*.

Le escribí a mi madre anunciándole el nacimiento de su nieta e invité a mi familia a Los Ángeles para el bautizo... Ingenuo. ¡Otra vez caí en mi trampa! No aprendía la lección. El viejo era el dictador de nuestras vidas y, a su regreso, Jenny volvió a adoptar su postura déspota. Por segunda ocasión, nos reunimos los tres en el despacho de Simpson a negociar el destino de mi hija. De nuevo, el hombre nos esperaba sentado atrás de su escritorio, con el puro encendido sobre el cenicero y una copa con coñac a su lado. Más amistoso que la última vez que nos entrevistamos, me ofreció algo de tomar, no acepté. En cambio, Jenny, obediente, tomó la bebida que su papá le dio.

—Lleguemos a un acuerdo caballeroso, míster Valdez. La niña le pertenece a mi hija. Ella perdió a su madre cuando era pequeña. Sugiero que *baby* se llame como su abuela: Elizabeth.

El mugre rencor renació, carcomiéndome el interior. ¿Acaso Jenny nunca podría enfrentar sus problemas sola?

—¡Qué casualidad! Yo quiero que se llame Concepción, al igual que su otra abuela. —Una sonrisa malévola acompañó al puro que Simpson traía entre los labios.

—Lo comprendo. Imposible. En mi familia no existe esa clase de mezclas y cuando las hay, encuentro la manera de disimularlas. El nombre que usted propone es de criados.

Rabia. Sentí ganas de romperle el hocico al desgraciado. ¿Quién demonios se creía? ¿Un dios? Con lentitud, me paré de la silla dispuesto a dejarlos con su soberbia. Miré a Jenny. Ella escondió los ojos, permaneció en silencio, dominada por su padre.

—No hay más que hablar. Es mi hija y yo decidiré su nombre, su crianza y todo lo que se refiera a ella.

—Vamos, míster Valdez, sea razonable. La niña pertenece a los Simpson. No olvide que firmó un contrato.

—¿Qué tiene que ver el contrato con ella?

—Un error de su parte y un acierto de mis licenciados. Tal vez olvidó leer la cláusula final.

Mi cerebro revisó con rapidez los documentos que firmé. No recordé ninguna especificación acerca de los hijos. ¡Qué idiota fui! Nunca desconfié de los pinches abogados del viejo, ni de mis asesores, ni de las influencias que el dinero puede comprar. En pago a mi forzada aceptación, Simpson permitió que la niña llevara mi apellido. En mi alma, Elizabeth Valdez me pertenecía; en la realidad, su madre tenía la custodia.

A Jenny también le duró poco la alegría de la maternidad. Al mes, harta de amamantar a la niña, abandonó las obligaciones maternales en manos de Rosa y se dedicó a recobrar su figura. Me da risa acordarme. Ni las dietas ni los ejercicios le resultaron. Disfruté con sus rabietas. Cada vez que regresaba de alguna reunión, desesperada, le comentaba a Rosario su fracaso con sus antiguos enamorados. La Reina del Carbón se convirtió en el hazmerreír de sus amigas, ya que usaba vestidos con su antigua talla en un cuerpo rechoncho. En cambio, yo gané con su obsesión por reconquistar lo perdido. ¿Por qué? El viejo y Jenny siempre se encontraban fuera de casa cumpliendo con sus compromisos sociales. Aproveché el tiempo para cuidar a mi Chabelita. Ella era un verdadero angelito. Se parecía a su madre, pero el color de su piel era más oscuro y tenía los ojos castaños. Rosario me enseñó a cambiarle los pañales, a darle el biberón, a bañarla. Juntos, la paseábamos en la carriola por los jardines de la casa. Por las tardes, antes de partir al teatro, pasaba a verla a su cuarto. La arrullaba cantándole una canción, deseaba que su conciencia infantil grabara mi imagen, mi voz. Créeme: odiaba el momento de retirarme, detestaba dejarla sola dentro de una recámara llena de lujo, pero vacía de amor.

La temporada de *Wonderful Dances* finalizó en diciembre y otra vez quedé desempleado. No me molestó: tendría más horas para dedicarle a Chabelita; además, necesitaba tiempo para preparar el plan.

Durante las fiestas navideñas, Simpson se llevó a mis mujeres a casa de sus hermanas en Atlanta. Regresarían hasta febrero. ¡Claro que sufrí! Imagínate, me quedé solo en la enorme mansión, pues también se llevaron a Rosa, Rosario y Víctor. Ellos no se olvidaron de mí. Me enviaron varios telegramas informándome las actividades de la familia.

En Año Nuevo acompañé a Tony López a la fiesta que ofrecían unos artistas latinos en el barrio mexicano. Ahí conocí a Gaby y Luis Arnold, quienes se convirtieron en mis mejores amigos y me ayudaron en los momentos más difíciles.

El año que comenzaba, 1929, pasó a la historia de los Estados Unidos como negativo, oscuro. Para mí fue nefasto. No puedo evitar la rabia, el llanto, al acordarme de las fechas. ¡Malditos, mil veces malditos!… ¿Quiénes? El viejo desgraciado y la estúpida de Jenny.

LUIS ARNOLD

No entiendo cómo logras burlar la vigilancia de las enfermeras. Se supone que tengo prohibidas las visitas, hablar con mi gente. Dicen que me hacen daño. Las crisis nerviosas me atacan cuando el amargo pasado da vueltas en la memoria, en mis labios. No entienden que aún busco los mil motivos y no encuentro respuestas que calmen las angustias. Traté de ahogar en el olvido el desamor, la soledad, que cubrieron mis espaldas. Obligué a mi mente a bloquear los amores perdidos, pero fracasé. En nuestras pláticas no puedo ocultarte la verdad, pues mi alma desea desnudarse. Llevamos tiempo de conocernos. Desde que entré en este maldito lugar, tú has alegrado mis días, contigo me siento seguro. A pesar de ser mujer, nunca me traicionarás. Lo sé, lo percibo en tu mirada.

A veces vienen las voluntarias, me leen un rato y luego se marchan, dejándome más aburrido. Existen libros maravillosos, como las obras de Verne o los *Cuentos de la Alhambra*, de Irving, o la poesía de Amado Nervo, pero las damas insisten en narrarme la Biblia, las vidas ejemplares de los santos mártires. No entiendo el afán de acercarme al arrepentimiento, una virtud que en mí ya no es posible.

Dicen que adelgacé. Me consumo entre la sed y la orina. Controlaron los vómitos, pero nada han podido hacer por el apetito. ¿A quién demonios se le antojan los calditos de pollo desgrasados y las gelatinas? Daría todo, lo poco que me queda, por una buena comida: pozole, enchiladas de pipián, camote con leche, guayabas… Los gozaría aunque significaran los últimos platillos.

¡Llévame a mi casa! Inventa algún pretexto y sácame de aquí. Cuando Cata me vea se pondrá feliz, me preparará una rica cena y, una vez satisfecho, me vestiré con mi traje de ranchero, pondré el *Huapango*, de Moncayo y me sentaré en mi sillón preferido a esperar la muerte, en mi hogar, rodeado de mis pertenencias…

Los fines de semana comencé a frecuentar la casa del matrimonio Arnold, con ellos me encontraba a gusto. Luis se acercaba a los cincuenta años. Era un tipo único. Siempre vestía traje negro y en el cuello lucía corbatas de moño con lunares rojos. Peinaba su cabello rubio entrecano con vaselina olor a lavanda, perfume que distinguía su presencia en cualquier sitio. Dueño de una gran fortuna, se dedicaba a producir espectáculos pequeños para las poblaciones de habla hispana que habitaban en California. A él no le interesaba adular a los empresarios hollywoodenses, pues también era accionista de los teatros Radio Keith-Orpheum.

Su éxito lo debía a que trabajaba con artistas mexicanos para deleitar a un público que los demás olvidaban y que deseaba encontrar entretenimiento en tierra extraña. Gaby, su esposa, tenía una voz privilegiada, simpatía y belleza, aunque le faltaba gracia para bailar y le sobraba tinte rubio en la cabellera. Luis la descubrió en una carpa en Saltillo, donde actuaba con el nombre de Gabriela Garza.

No sé si fue por mi talento o por ayudar a un compatriota, pero me contrataron para enseñarles a bailar sones tapatíos a Gaby y a su grupo. Luis tenía en mente montar una variedad mexicana en la que su esposa fuera la estrella principal.

¿Mi familia política? A finales de febrero regresaron junto con las tensiones, los malos momentos. Lo único agradable fue abrazar a Chabelita. Estaba enorme, tenía cinco meses y, según Rosario, se parecía a mí. Creo que había algo de verdad en ello, pues le encontré similitudes con Anita.

El tiempo cobró su precio; al principio, mi hija no aceptó mis caricias, pero con un poco de paciencia, la niña volvió a ser mía. Por suerte, el viejo continuó el viaje y Jenny se mostró amable, cariñosa. El día que llegaron, entró a mi habitación con varios regalos para mí y luego me llenó de besos. Quise rechazarla; sin embargo, me intrigó su actitud y le permití seguir adelante.

—Te extrañé mucho, querido. Me hiciste falta.

Su conducta parecía dudosa. Jenny, sin su padre, volvía a la normalidad. Durante esas semanas hubo una reconciliación, aunque en el fondo hay heridas que jamás cicatrizan. Vivimos una época de descanso. Al igual que en los viejos tiempos, frecuentamos a las amistades, asistimos a fiestas, a cenar al Ritz, a disfrutar el baile en pareja. Redescubrimos aquellos placeres sexuales que nos unieron. Jenny logró bajar de peso gracias a los ejercicios que practicamos, a la desintoxicación de su cuerpo. Yo también tuve cambios. La sonrisa y la tranquilidad reaparecieron en mi rostro.

No te imaginas el alboroto que armamos cuando a Chabelita le salió su primer diente. Hicimos una fiesta y la llevamos a que le sacaran una fotografía.

Bueno, sí, tenía preocupaciones. Las noticias que recibía de México me asustaban. Desde el asesinato del general Obregón, el país se encontraba inestable. Quise traer a mi familia, pero mis hermanas se negaron a abandonar a sus novios. Además, la falta de ingresos... Interesada en mis problemas, Jenny me propuso trabajar para su amigo, el productor de cine Alfred Sansoni.

—Te convertirás en el nuevo Valentino, serás famoso y yo, una esposa orgullosa.

¡Ah, qué locura! Nunca me soñé actuando en una película. Créeme, lo pensé mucho; la danza y la música eran los motivos de mi existencia, no podía abandonarlas. Jenny trató de convencerme por todos los medios, y a falta de otras propuestas, acepté.

Me entrevisté con Sansoni, quien por recomendación de mi esposa me daría un pequeño papel en una cinta de corte campirano. En la película *Jinetes del desierto*, mi personaje, Pancho el Desalmado, hablaba poco. ¡Por Dios! Me dejaron ensayar miles de gesticulaciones, pues, según entendí, el bandolero que representaría estaba medio loco.

Comenzaron la filmación en un foro de los estudios Silver Place. ¡Ah, qué ridículo me sentí! Aparecí en el escenario vestido como ranchero desarrapado, con un sombrero mexicano roto, un sarape raído, barba y bigote postizos, y con la botella de tequila en la mano. Por supuesto, los latinos interpretábamos a los malos y los rubios a los buenos. Varias semanas soporté la humillación del disfraz, los gritos del director y los desplantes del actor Tim Lewis. Debí presentarme en los estudios al llamado de la madrugada aunque no se filmara ninguna escena en la que apareciera mi personaje, también aguanté estar parado, durante horas, bajo el sol, en lugares desérticos, mientras Lewis salía de su camerino fresco y relajado. Lo que no permití fue un cambio en el desarrollo de mi personaje. En la nueva escena se insinuaba que había violado a una niña de nueve años. ¡Nunca podría aceptar un hecho semejante! Renuncié inmediatamente. Me quité los harapos y mandé a todos al demonio. No nací para el cine. La actuación se la dejaba a Lupe Vélez y a Dolores del Río. A ellas, además de bonitas y talentosas, les ofrecían papeles dignos, en el Hollywood de esa época.

¿Jenny? De momento no se enteró. Mi suegro se la había llevado a San Diego.

Por suerte, Luis Arnold me buscó. El espectáculo que deseaba presentar tomó forma y solicitaba mis servicios. Me propuso el papel de primer bailarín y director de evoluciones de Gaby's Mexican Revue que presentaría un momento de México en el extranjero.

—Quiero una variedad diferente, con musicales nunca antes vistos en Los Ángeles. No importa el dinero, Gaby se lo merece. Busca el personal necesario y si no lo encuentras aquí, envía por él.

Inmediatamente le envié un telegrama a Herminio. Le pedí que me consiguiera cantantes, bailarines, partituras, diseñadores y costureras. Al mes llegó mi hermano, acompañado por los trabajadores, listos para integrarse a la producción. Con el grupo vino Blanca Flor, cupletista, bailarina, quien se convirtió en mi nueva compañera de baile.

Luis tenía reservado el teatro Orpheum para el final de verano, con el estreno para el 20 de agosto. Eso significaba que contaba con cuatro meses de ensayos. Herminio y yo nos encerramos en el despacho de Luis, por varios días, para planear. Él tocaba al piano las melodías que emplearíamos y yo anotaba en unos cuadernos las posiciones de los bailarines y los pasos que debíamos efectuar.

Un trabajo maravilloso. Créeme, descubrí una nueva faceta en mi profesión. Es increíble la creación de una obra, interpretar tu propia danza, imaginar, plasmarlo en el papel, ejecutarlo y, al final, ver tu idea realizada. Luego le agregas los elementos necesarios: música en diferentes ritmos, luces, vestuario, escenografía, todo tal como lo soñaste. Te aseguro que no me molestó el horario de trabajo. Pasé horas extras enseñando a mis doce acompañantes las evoluciones que inventé. Al día siguiente, lo intentábamos de nuevo, con música y con Gaby presente.

Tienes razón. Los problemas aparecieron en casa. Toda la alegría que me embargó en los ensayos se interrumpió con la presencia de Jenny. La verdad, no me atrevía a enfrentarla, así que esperé un momento de intimidad para hablarle. Recuerdo que nos encontrábamos sentados en una banca del jardín cuando le comenté mis motivos para renunciar al cine.

—¿Abandonaste la película? No es posible ¿Acaso eres un retrasado mental?

Furiosa, se apartó de mí y se levantó. Su rostro se deformaba con rapidez. Sin perder la tranquilidad, insistí:

—Entiende. Ese papel no me correspondía. Amo la danza.

—¡Idiota! Odio tus palabras huecas, sin ambiciones, propias de un mediocre… ¡Estoy harta de tus malditos bailes… de ti!

—Por favor, Jenny, escucha. No puedo darles la espalda a mis ilusiones, a mi esencia.

Tontamente traté de trasmitirle los sentimientos que me provocaba mi profesión, ella no escuchó. En el momento menos esperado, una lluvia de tierra cayó sobre mí. La mujer encorajinada tomaba cualquier cosa que estuviera a su alcance para aventármela.

—No me interesan tus explicaciones. ¡Te odio, te detesto...! No te vuelvas a acercar a mí...

¡Me das asco, maldito maricón!

Quise patearla, meterle tierra en el hocico pintado de carmín. Con aparente serenidad, me levanté de la banca, la miré con desprecio, le di la espalda y me fui. Varias piedras golpearon mi cabeza.

La situación se agravó. La chantajista se encerró en su recámara durante dos días. Al final del segundo, Simpson mandó a romper la puerta y nos encontramos una escena deprimente: Jenny estaba tirada sobre la cama, desnuda, completamente borracha. ¡Por Dios, cómo apestaba el cuarto! Los olores de la ginebra, del sudor, se mezclaban con el hedor de los orines, del excremento que había sobre las sábanas. En el suelo se encontraban dos botellas rotas y sobre los muebles otras a medio empezar. Con dolor comprendí que mi esposa no tenía remedio. Su padre, el causante de su destrucción, dejó ver su cara monstruosa. Él, con su amor enfermizo, había logrado que su tesoro se convirtiera en una alcohólica; sin embargo, no se daba cuenta de su responsabilidad, pues antes de llevarse a su hija al hospital, me amenazó.

—¡Desgraciado! Usted se atrevió a contrariar a Jenny. Si ella no se repone, le juro que se va a arrepentir de haber nacido.

Ese día terminó mi matrimonio. La verdad me sentí culpable de la crisis de mi esposa; no obstante, Luis me hizo recapacitar. Ni todo el amor ni las atenciones salvarían la relación con Jenny, además no me interesaba luchar por algo que nunca existió, por una unión llena de mentiras. No volví a acercarme a ella, ni esperé reconciliación alguna y si ella me buscaba, la rechazaba. Si me quedé a vivir en la casa de los Simpson fue por mi niña. Estaba seguro de que si me marchaba, nunca más la volvería a ver; además, había un contrato mediante el cual podía disfrutar las instalaciones de la residencia, sin ser molestado. Ahora me tocaba hacer cumplir mis "beneficios" redactados en el mugroso documento. Mi estancia se convirtió en un tormento para todos. Soporté todas las groserías, las humillaciones, los falsos argumentos. Mi plan tenía un precio y había que pagarlo. El consuelo y el apoyo para continuar los obtuve de Luis.

—Comprendo tu coraje, pero debes actuar con cautela o perderás a tu hija. Aprende de la experiencia. Terminé mal con mi exesposa y nunca me permitió el contacto con mis hijos. Aguanta, amigo, y ganarás.

Por suerte, la producción ocupó mi mente y mi tiempo. Herminio y yo interpretaríamos algunas melodías juntos. A diario las cantábamos al compás de la guitarra. También los dos le hacíamos los coros a Gaby cuando entonaba el "Cielito lindo". A Luis le pareció que a las guitarras les faltaba un buen acompañamiento y los grupos musicales de California no daban el ritmo correcto a nuestra idea. Arnold contrató a la Orquesta Típica del maestro Córdoba Cantú, en México.

El número central lo ocupaba *Las espuelas de Amozoc*… ¡Ah, cuánto ingenio diseñarlo! Todos los artistas de la compañía salíamos al escenario a demostrar el talento. Para facilitar la elaboración del vestuario decidí que las mujeres vistieran de chinas poblanas y los hombres de rancheros. Gaby llevaría una falda con bordados plateados y un águila de lentejuela dorada; yo usaría un traje de charro color marrón.

A diferencia de otros estrenos en los que asistían personajes del medio artístico, Luis invitó a políticos de California y a diplomáticos latinoamericanos. Reservó tres pisos de un lujoso hotel para hospedar a sus invitados especiales que venían de varias partes del país. En dos ocasiones lo acompañé a recibir a sus amigos en el hotel.

—A mí me importa poco los que se dicen grandes empresarios, como tu suegro. Son oportunistas. Para llegar a la cima hay que rodearse de los poderosos, los influyentes.

—Tienes razón, pero atenderlos como lo haces es un gasto excesivo.

—No, amigo, al contrario, es una buena inversión. Con la presencia de los gobernadores y los cónsules tenemos garantizada la prensa.

Acertó. La noche del estreno cientos de personas se arremolinaron en las puertas del teatro para ver pasar a los distinguidos personajes. La policía angelina rodeó la zona y muchos guardias de seguridad se colocaron en el interior del local. Los reporteros se peleaban por obtener noticias, tomar fotografías. El alboroto detuvo el tráfico de la ciudad.

En el primer acto se levantó el telón y apareció Gaby vestida con elegancia. Tomó el micrófono y se dirigió a los presentes en español, lo que motivó una gran ovación, ya que la mayoría de los asistentes hablaba ese idioma y compartía costumbres similares. A pesar de que mucha gente, como mi suegro, nos detestaba, las comunidades latinas crecían con rapidez en los estados fronterizos.

A las personas les agradó la originalidad de Gaby's Mexican Revue, pues consideraron que se trataba de un espectáculo fino, de buen gusto, bien montado, que daba otra imagen de la cultura mexicana. Tal como esperábamos, *Las espuelas de Amozoc*, las interpretaciones de Gaby de "Cielito lindo", "Adolorida" y "Los aires nacionales", que cantamos Herminio y yo fueron los números que más gustaron y los más comentados por la crítica. Al fin había traspasado la línea, pues se referían a mí como el "maestro Valdez, alma artística de la producción".

Ahí, en mi álbum, encontrarás los recortes de los periódicos locales y extranjeros. En el suplemento dominical de un diario mexicano existió una columna que se llamó *El correo de Los Ángeles*, y durante semanas mi nombre ocupó los encabezados. El profesor Quintanilla y mi madre me enviaron varios telegramas felicitándome.

¿Mi distinguida esposa? No asistió. Ella vivía su propia realidad, un mundo frívolo inmerso en una botella de ginebra. A pesar de la crisis, su padre continuaba fomentándole el vicio y ahora se paseaba del brazo de su nuevo amor, un industrial alemán llamado Karl Müller. A la estúpida no le importaba su estado civil, ni Chabelita, sólo las noches de placer que el tipo le brindaba con el permiso del viejo. Y tal y como lo había pronosticado Luis, los abogados de Simpson comenzaron a hacerme ofertas a cambio del divorcio.

—Tienes que actuar con cautela, Pedro. Te ofrezco los servicios de mis asesores. Lo importante es obtener la custodia de tu hija.

Aun así no dejé la casa. Los molestaría hasta el final. Sí, varias veces me enfrenté con Jenny y sus tontos argumentos. Pobre ridícula. Actuaba igual que una quinceañera enamorada, cursi, olvidando sus kilos y sus años. Me daba pena ajena verla usar vestidos apretados con moños color rosado.

La noche del 15 acompañamos al cónsul mexicano a la Ceremonia del Grito, que, como es costumbre, se celebraba en una parte de la ciudad. La tarde siguiente ofrecimos una presentación privada en el Sunset Canyon Country Club. Una semana después, festejé el primer cumpleaños de Chabelita. Ese día llevé a mi niña y a Rosa a un paseo fuera de la ciudad ¡Ah, cómo la gocé! Adoraba su pequeña figura que caminaba tomada de mi mano, sus mejillas rosadas, sus labios empalagosos por el azúcar de alguna golosina. Era tan mía que detestaba la idea de separarme de ella. Quería que siempre me tuviera presente como yo a ella. Durante el almuerzo le regalé una medalla pequeña con la imagen de la Virgen de Guadalupe. Se la coloqué en el cuello, ella la miró con curiosidad; luego, le puse una muñeca de trapo en sus brazos. Al otro día me enteré por Rosario de que el viejo le organizó una fiesta en un parque de diversiones y que contrató payasos, magos, animales, cirqueros. A mí no me informaron nada. También supe que Jenny llegó con Karl y lo presentó ante sus amistades como su prometido. El infeliz se atrevió a llamarse *dad* de mi hija.

¡Ah, pinche destino! A unos le das todo en charola de oro y a otros nos quitas la felicidad... No entiendo por qué demonios fui el perdedor... El llanto me ahoga... la rabia me carcome... De nada valieron los calificativos, ni las adulaciones, ni los aplausos. De nada sirve el triunfo cuando no existe el cariño. Hubiera dado todo a cambio de un amor sincero. Sin duda, estaba maldito.

En octubre, comenzamos la gira por California. Me despedí de mi hija en la entrada de la casa. Recuerdo que traía un vestido con flores azules y su cabello recogido con un listón color celeste. La tomé entre mis brazos, la llené de besos. Ella acarició mi rostro con sus manos húmedas.

—Te lo prometo, Chabelita. Cuando termine el contrato nos iremos a casa.

Llegamos a San Francisco a mediados del mes. Debutamos en el Golden Gate-Orpheum Circuit. Mucha gente de los alrededores acudió a vernos. Ante el éxito, Luis planeó alargar la gira hacia Colorado y Nuevo México; sin embargo, horas después, el mundo se derrumbó.

El 24 de octubre de 1929, la bolsa de valores de Nueva York se desplomó dejando a millones de personas en la quiebra económica. La radio anunció noticias deprimentes, como si se tratara del fin del universo. Supimos de varias personas que, al perder sus ahorros, se suicidaron. Algunos bancos cerraron sus puertas y se negaron a entregar el dinero a los inversionistas. El matrimonio Arnold nos reunió en el vestíbulo del hotel para informarnos su decisión. Luis, con un gesto de impotencia, habló:

—No podemos continuar. Aunque sus contratos son por seis meses, la gira termina aquí.

En Los Ángeles les pagaremos su sueldo.

En vano llamé a la residencia Simpson. Nadie contestó. Presentí malas noticias y no me equivoqué. Un nudo en el estómago se me formó al encontrar la casa deshabitada, oscura, cerrada. Con ayuda de Herminio rompí las chapas de la cocina y entramos. Todo estaba fuera de su lugar. Parecía que las personas habían huido con prisa: roperos vacíos, cajones destruidos, muebles tirados, desorden. Entré a la habitación de Jenny, no vi la caja de sus joyas, tampoco los juguetes preferidos de Chabelita y en el despacho de Simpson, la caja de seguridad en a que guardaba sus valores estaba abierta sin nada en su interior. No hubo ningún mensaje para mí, sólo la incertidumbre.

Desesperado, busqué a la familia de Víctor. El buen hombre, antes de partir, guardó mis pertenencias en su departamento, pero él no estaba. Me dijeron que, muy misterioso, dejó nuestras cosas y luego se fue sin decir a dónde.

Tony López tampoco tenía noticias y muchas de las amistades de Jenny a las que acudí también habían desaparecido sin dejar rastro. Mi zozobra creció cuando acudí a la oficina del viejo, en el centro de la ciudad, y encontré que ya no existía. No te miento, viví horas de angustia en un mundo caótico, donde la gente se volvía loca. Fue Luis quien me dio los informes que me negaba a recibir. En mis manos puso el telegrama que le enviaron desde Nueva York.

James Simpson vendió todas sus acciones en septiembre. Se piensa que sacó el dinero del país y lo depositó en Alemania. Él y su familia abandonaron los Estados Unidos el 17 de octubre de 1929.

VÍCTOR

UNO, DOS, TRES, CINCO, SIETE... Y DIEZ... ¿Otra vez?... Lunes, martes... déjeme pensar... sí, jueves... No me acuerdo, tal vez 1957 o 1960. Ya lo dije, doctor, no sé en qué mes nos encontramos, ni el año y, para serle sincero, ni me importa.

Llegas a tiempo, tú eres la única que me entiende. Por favor, saca al doctor Gutiérrez de su equivocación. Se le subió la necedad y a diario me hace las mismas preguntas. Me desespera. Desde que lo veo entrar al cuarto, me invade el mal humor.

¡Estoy harto, no me dejan en paz! Siempre las malditas rutinas: chequeos a cada rato, limpiezas con esponjas húmedas, medicinas, botellas de suero y el bla, bla, bla de la gente que no tiene nada que hacer, sino molestarme.

¿De qué sirve que una y mil veces me cuestione? Ya le contesté. Me llamo Pedro Valdez, vivo en la Romero Rubio, en el Estado de México. Pero no comprende. A cada respuesta comienza un nuevo interrogatorio. Me trata igual que a un párvulo. Quiere que extienda las manos temblorosas y que cuente los dedos ¿Cómo se atreven a hacerme esto? A mí, el gran maestro.

Anoche escuché a las enfermeras, me criticaban. Dijeron que se había vuelto imposible entenderme debido a las lagunas mentales, al tono bajo de mi voz y al arrastre de la lengua. ¡Mienten las desgraciadas! Lo hacen con el propósito de fregarme. A ti te consta que aún puedo mantener una conversación. Todavía estoy cuerdo y con muchas palabras en la boca para hablar. Me ven como a un despojo humano, pero, muy a nuestro pesar, mi mente sigue activa.

La noticia de la huida de Simpson quebrantó mi espíritu. Yo también debía marcharme, pues por una larga temporada no habría trabajo en el espectáculo. Sin embargo, me quedé hasta averiguar el paradero de Chabelita. Parecía que la tierra se los había tragado. ¿Cómo demonios pudo suceder? ¿Por qué Rosa o Rosario no me avisaron a tiempo?

Regresé varias ocasiones a la residencia con la esperanza de encontrar gente, alguna pista o un sobre olvidado con mi nombre. No hallé nada, sólo recuperé unos juguetes de la niña. En la caja de los recuerdos guardo un pedazo de felpa café. Extiéndela, tiene forma de cabeza. Pertenecía a un oso relleno de aserrín que le regalé cuando cumplió nueve meses. Los otros juguetes no los usó, pero todavía los guardo en el ropero de mi recámara, allá en mi casa, por si algún día la encuentro.

Una tarde volví a la mansión y, para mi sorpresa, ya tenía otro dueño. Un alemán compró la propiedad con el mobiliario y los automóviles que se encontraban dentro. Tampoco de él obtuve informes, ya que el trato se hizo por medio de una agencia inmobiliaria.

Herminio y yo nos quedamos a vivir con los Arnold. Ambos conseguimos empleo como meseros y lavaplatos en un restaurante de comida mexicana. Todavía conservábamos la práctica de aquellos tiempos, cuando residíamos en Ciudad Juárez. ¿Te acuerdas? Aunque ahí recibíamos un salario de miseria.

Más o menos a finales de noviembre, Víctor, el chofer de los Simpson, me buscó en las oficinas de Luis. Ya te podrás imaginar la ansiedad por entrevistarme con él. Mi amigo, ante las noticias que me esperaban, nos citó en su despacho.

Me asombró verlo, pues su cara demacrada y la delgadez de su cuerpo hablaban de malos momentos. Tal vez andábamos por la misma edad, pero por el uniforme y el mechón de canas que caía sobre su frente, parecía mayor. Sin embargo, esa tarde el hombre perdió su gallardía.

—Quise venir antes a avisarles… No pude… Unos conocidos del patrón me tuvieron encerrado en una bodega.

Víctor, nervioso, estrujaba las manos constantemente. Luis le ofreció una bebida.

—¡Por Dios, habla! ¿Dónde está mi hija?

—Le juro, señor Pedro, que Rosario y yo tratamos de quitársela a Rosa…

—Eso no me importa. De una vez por todas, habla.

—El patrón se las llevó a Alemania.

Impotente, comencé a golpear con los puños la pared que se encontraba a mi lado. ¿Cómo podría recuperar a mi hija, si estaba tan lejos? Luis no quiso perder tiempo, así que continuó con el interrogatorio.

—Noté extraño al patrón. Seguido lo llevé de la oficina al banco, pero nunca sospeché nada. Sí me pareció extraño que un hombre tan déspota hiciera una buena y repentina amistad con el señor Müller. Parecía que guardaban un secreto, pues hablaban en otro idioma.

Las palabras de Víctor no tenían sentido para mí. Desesperado, lo tomé por las solapas y lo zarandeé.

—¿Quién demonios quiere escuchar sobre el maldito Müller?

Arnold entró en defensa del hombre. Me retiró y animó al chofer a continuar con su largo relato. No quise mirarlos. Fijé la vista en mis nudillos ensangrentados y permití que Luis continuara con las preguntas.

—Me mandaron varios días a llevar los coches a revisar a un taller mecánico, alejado de la ciudad. Un sábado, el patrón me ordenó que ayudara a Rosa con unas maletas, entonces me di cuenta de que se iban a mudar. En el vestíbulo había varias cajas perfectamente selladas. Un camión vino por la carga y la llevó a la estación del ferrocarril. Rosario empacó las pertenencias del señor Pedro y me las entregó a escondidas. Luego, recibí la orden de acompañarlos en su viaje. Con el pretexto de avisar a mi familia, saqué mis cosas y las del señor Pedro.

—Por lo visto, Simpson lo tenía planeado.

El muchacho asintió. Temeroso de mi reacción, volteó a verme.

—¿Durante la travesía, míster Simpson se encontró con alguien?

—No… Bueno, las hermanas del patrón nos alcanzaron en Kansas. Ahí esperamos tres días y cambiamos de tren… Hubo un retraso en los planes, ya que la señora Jenny quiso pasar a Pittsburgh a despedirse de su madre y de su hermana.

No podía dar crédito a lo que escuchaba. Se suponía que Jenny no tenía mamá. Esto no encajaba en el rompecabezas, así que protesté con un grito.

—¡Mientes!

Me acerqué a él con la mano amenazadora, el hombre me miraba asombrado por mi reacción. Luis, al ver mis intenciones, me detuvo. Con voz firme, me hizo entrar en razón.

—Por Dios, Pedro, recapacita. Él no es culpable de lo que sucedió. Entiende que Víctor cumplía las órdenes de un demente. Si no te calmas, no podremos llegar a ninguna conclusión, ni idear algún plan.

Tenía razón. Por mucho que fuera mi coraje, Víctor no tenía la culpa. Luego, mi amigo, me obligó a sentarme en un sillón alejado del chofer.

—Señor Pedro, digo la verdad. La señora Elizabeth vive en un hospital para enfermos mentales y la señora Megan está casada con un empleado del ayuntamiento de aquella ciudad... Es más, no sé cómo decirlo... No encuentro las palabras apropiadas.

Un silencio tenso se adueñó del lugar. Molesto, comencé a pasearme por la oficina.

—Por favor, no se enoje conmigo... el señor James insistió en que la señora Jenny contrajera nupcias con el señor Müller antes de llegar al puerto.

Sentí una rabia inmensa. Apreté las mandíbulas para no insultar a los presentes. No era por celos mi malestar, sino por la gran traición. Nunca fui el yerno ideal como tampoco el marido que Jenny deseaba; sin embargo, creo que merecía un trato digno.

—En Nueva York, el patrón y su yerno anduvieron de banco en banco y en el consulado alemán. Yo los acompañé, pues necesitaban un ayudante. Según entendí, arreglaron los permisos de entrada a Berlín y sé que esto le va doler, señor Pedro... Registraron a la niña Chabelita como hija del matrimonio Müller.

Fui un verdadero idiota sentimental que dejó pasar el tiempo sin actuar en lo que verdaderamente requería mi atención. Lo sabía, sí, lo sabía. Desde que comenzó la relación de Jenny con ese tipo, presentí que perdería a mi hija. ¿Por qué fui tan estúpido? Sabía que Simpson daba golpes muy bajos, conocía sus trampas… ¿Mi plan? El maldito plan que siempre pospuse hasta que tuviera suficientes dólares. Según mi teoría, enamoraría a Rosario y la convencería de huir junto con Chabelita. Pasaríamos la frontera como un matrimonio común y corriente, con papeles falsificados… ¿Quién iba a imaginar que el viejo desaparecería con mi tesoro?

Aquella tarde, a pesar de que la angustia oprimía mi pecho, volví a sentarme. Ya no intenté ningún movimiento, ni agresión en contra de Víctor; estaba derrotado, sin ganas de luchar. Unas lágrimas quemaron mis mejillas.

—Le juro, señor Pedro, por la Virgencita Santa, que Rosario y yo hablamos con la Rosa. Le propusimos desaparecer los tres junto con Chabelita, pero la ingrata no aceptó. Nos dijo que jamás traicionaría a la niña Jenny, que iría con ella hasta el fin del mundo, luego le informó al patrón. En represalia, el señor Simpson encerró a Rosario en un cuarto del hotel y le puso vigilancia. A mí, unos enmascarados me arrastraron hacia un callejón, donde me golpearon.

El hombre nos mostró varias partes de su piel moreteada. Por desgracia, conocía muy bien las tácticas empleadas por James. Mi amigo, con deseos de llegar al final, continuó con las preguntas.

—¿Recuerdas cuándo partieron?

—Sí. El sábado 31 de octubre, como a las once del día, zarpó el barco rumbo a Hamburgo. El patrón también se llevó a Rosa, pero no supe qué sucedió con Rosario. Por cierto, a la señora Jenny la subieron en una silla de ruedas.

—¿Enferma?

—No… no, estaba tan borracha que no se podía sostener. Es lo último que recuerdo haber visto. Algo sucedió, pues me perdí durante varias horas hasta que desperté amarrado en una bodega, con un fuerte dolor de cabeza y sucio por la sangre seca. No conocí a mis captores, ya que siempre me visitaron en la oscuridad. Un día se cansaron de ocultarme y me soltaron. Inmediatamente mandé un telegrama a mi familia.

¿Qué podía hacer? Nada. Sin recursos económicos, ni conocidos, extraño en otro país, me sentí atado de manos. Entristecí. Dejé el trabajo, pasé el tiempo sentado en un rincón sin querer hablar con nadie, ni comer. Mi buen amigo pidió ayuda a sus contactos en el gobierno, en las embajadas, pero había tareas más importantes que realizar. Los desertores, los traidores, tendrían su castigo en otra época, no en 1929, en plena quiebra.

Luis me animó a viajar a Pittsburgh para conocer a la madre y a la hermana de Jenny. Acepté. La esperanza de obtener algún dato me llevó a emprender un recorrido de más de una semana en tren. Víctor me acompañó, pues las conocía. He de confesarte que me disculpé con él. En mi enojo, había sido injusto con una persona que siempre me demostró su amistad.

Descubrí situaciones impresionantes. Megan me recibió con cierta desconfianza. Después de que le narré mi matrimonio con la pequeña de la familia me comprendió y su actitud cambió. No se parecía a Jenny, sino a su padre. En ella podía encontrar los rasgos típicos de la familia Simpson. La joven cometió el pecado de enamorarse de un muchacho humilde y se casó a escondidas. El viejo la corrió de la casa y la desheredó. La verdad, no sufría por semejante deshonra. Al contrario, se notaba feliz con su esposo y sus hijos.

Megan me llevó a conocer a su madre. Ella también fue víctima de Simpson. La pobre mujer llevaba años encerrada en un asilo que Megan pagaba. A pesar de su mal estado, Elizabeth continuaba bella. Seguramente, cuando Jenny tuviera su edad, se le parecería. No pude hablar con ella, pues su mente no entendía. Según me contó Megan, el monstruo de su padre inició a su madre en la ginebra para manejar su voluntad y su fortuna. La hundió tanto, que Elizabeth se convirtió en una alcohólica agresiva. Por desgracia, la señora intentó suicidarse lanzándose a un precipicio. No logró su cometido; sin embargo, quedó paralítica y con trastornos mentales por el resto de sus días. ¿Que si nunca sospeché algo? No. Rosa y Jenny guardaban muy bien el secreto y hasta visitaban una tumba en un cementerio. En la mansión no existían rastros de la señora, solamente algunas fotografías familiares donde aparecía. De Megan se hablaba poco.

Los billetes de Simpson lograron borrar cualquier indicio de sus existencias. Nadie sabía dónde localizar a Jenny. Megan me aconsejó olvidar los años en California y empezar de nuevo en México. Jamás podría ganarle la partida a Simpson. Ella lo desafió; por suerte, perdió, ahora estaba tranquila alejada de él y de su maldita influencia.

Triste, pero calmado, regresé a Los Ángeles. Ya nada tenía que hacer en esa ciudad. Había ganado fama, maduré como bailarín, aprendí a montar superproducciones, me inicié en la coreografía, conocí alegrías y tristezas y, lo principal, perdí el cariño más grande que un hombre pueda tener. Ahora, México me esperaba con nuevas ilusiones, además de un contrato en el Teatro Imperial.

Mi hermano, Víctor y yo empacamos y regresamos a nuestra tierra. Es irónico. El profesor Quintanilla nos recibió con mariachis en la estación del ferrocarril. Los reporteros se peleaban por hacerme una entrevista y tomarme fotografías. Las amistades y algunos curiosos nos trataron como triunfadores. Muy pocos sabían la verdad: detrás de la sonrisa llevaba el alma destrozada.

¿En verdad piensas eso de mí? Te equivocaste. Tendré mil defectos, pero mis sentimientos son sinceros. A una hija no se le condena al olvido. Durante muchos años intenté localizarla. Luis me ayudó, al igual que un pariente de Ana Pavlova que trabajaba en Múnich. Sin embargo, las pistas nos llevaban por otros caminos.

En 1951, tuve la oportunidad de visitar Berlín en gira artística. Gracias a la intervención del ministro de Cultura, me mostraron documentos confidenciales. James Simpson murió en la miseria en 1940. El gobierno nazi incautó sus bienes y nunca se supo el destino de su dinero. También me enseñaron el acta de defunción de una tal Jennifer S. Müller. La infeliz se suicidó. Encontraron su cuerpo flotando en las aguas heladas del río Spree en el invierno de 1932... De mi niña, silencio total. No apareció ningún registro con su nombre.

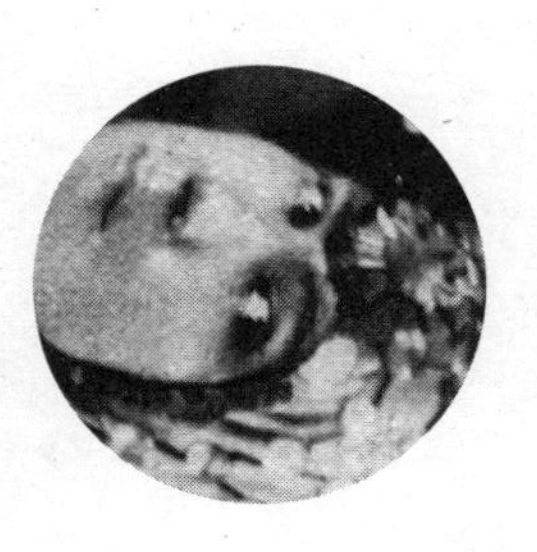

TERCERA PARTE

ENGRACIA

Desde el encierro me doy cuenta de que están decorando los pasillos. Por las banderitas colgadas en las paredes supongo que festejaremos el 15 de septiembre. Dicen que a los ancianos en buenas condiciones los llevarán a la cena que ofrecerá la Asociación de Artistas. A mí me van a dejar en la cama… Imposible. ¿Cómo quieres que vaya, si no hay manera de cargarme con mis frascos? Las festividades se alejaron hace mucho de mi rutina… Ya no importa, sólo me preocupa el tiempo que llevo enfermo. Por más que saco las cuentas no recuerdo el día en que llegué. Le pregunté al doctor Gutiérrez, pero no me escuchó. Únicamente se me quedó viendo a los ojos, puso cara de mortificación y le ordenó a la enfermera que me inyectara la medicina, a ver cómo evolucionaba.

No los comprendo, ni ellos me entienden. Les hablo y hablo, pero no hacen caso. Aseguran que mi voz es un murmullo y por más que me esfuerzo en hablar con claridad, resulta inútil. Ve a la muchacha que está haciendo la limpieza, trapea el piso sin importarle que tú y yo nos encontremos platicando. Es más, ignora tu presencia, mi voz y me mira como si fuera un objeto abandonado sobre las sábanas. En fin, ojalá pronto termine su labor y nos deje en paz. ¿Dónde está la caja de los recuerdos y el álbum? Guárdalos bien, no sea que la empleada se los lleve escondidos dentro de la cubeta. En serio, me quieren robar mis memorias.

México me recibió con los brazos abiertos. Los periódicos publicaron varias columnas sobre mis triunfos en California, por lo cual recibí diversos telegramas de felicitación y peticiones de entrevistas. No te miento, a pesar de mi estado anímico, tantos elogios alimentaron mi vanidad. En cuanto a la familia, mi madre lloró de emoción al abrazarme, y varias veces besó mi frente. ¡Tres años estuve ausente y todo a mi alrededor había cambiado! Anita estaba acompañada de su prometido, el señor De Has y sólo esperaban las vacaciones para casarse. Soledad me sorprendió con sus cinco meses de embarazo. Su esposo se disculpó conmigo por no haberme notificado su matrimonio. A Eulalia no la vi. Mi madre me dijo que la pequeña de mis hermanas había elegido la vida religiosa. La noticia no me agradó mucho, pero mamá se notaba orgullosa con la vocación de su hija.

¡Ah, qué maravilloso! Era un verdadero placer estar en casa. Al fin pude dormir tranquilo, dedicarme a la flojera, a gozar del pozole, del pipián, de las jericallas que preparaban especialmente para mí. En fin, hice todas las cosas que durante años no pude hacer. Vagué por la ciudad, sin destino ni prisa, con el simple motivo de disfrutar los paseos. México mostraba otra cara. Lo que más me gustó fueron las modernizaciones del Zócalo y del Paseo de la Reforma. He de confiarte que me entristeció el cierre del Teatro

Colón. Al igual que a otros teatros de revista, lo habían convertido en cine.

En esos momentos de ocio también visité al profesor Quintanilla quien, desde la época de Vasconcelos, trabajaba en la Secretaría de Educación Pública.

La parte desagradable me la dieron la muerte de mi queridísima amiga Ana Pavlova y los constantes achaques de mi abuela. A pesar del tiempo transcurrido no podía soportarla. Ahora la infeliz nos agobiaba con su enfermedad. La vieja consumida, sentada en el sillón, parecía una momia que hablaba incoherencias y apestaba a orines. Poco quedaba de aquella mujer rabiosa que me quiso castrar. Anita me dijo una verdad que nuestra madre aún ignoraba: la abuela vivía sus últimos momentos. La diabetes la estaba matando lentamente. Pobre mamá, pasaba muchas horas ocupándose de doña Engracia. En realidad, me dio gusto saber que, al fin, nos libraríamos de ella y también sentí coraje por las atenciones que mi madre le prodigaba. No... No estaba celoso, pero la vieja no merecía ningún trato especial por parte de nosotros. Bastante hizo la desgraciada para fregarnos la existencia.

—Mándala a Guadalajara con sus otras hijas.

—Les escribí a mis hermanas y se negaron a recibirla. Tú sabes: sus maridos, las obligaciones.

—Entonces que la cuiden sus nietos consentidos, los perfectos.

Mi madre bajó la mirada y, nerviosa, me contestó:

—Olvida tu rencor, Pedro. Hay que ser piadosos con los que nos hicieron mal.

¡Por Dios! La piedad es para los santos. ¿Cómo podría perdonar al demonio que había destrozado mi niñez? Cometí el error de traerla a vivir con nosotros, pero en aquellos momentos complacía a mi madre.

—Está bien, buscaremos un asilo en donde internarla.

Su mirada se volvió dura.

—Jamás, hijo, jamás lo permitiré. Es mi madre y tengo la obligación de cuidarla.

Exaltado, traté de convencerla; sin embargo, no respondió a mis argumentos, sólo me observaba, hasta que dejó escapar con cierta amargura sus palabras:

—La hice sufrir demasiado... Fui una malagradecida.

Ni modo. No hubo poder o milagro que la hiciera cambiar de opinión. Ambos debíamos pagar las falsas culpas del pasado.

Mi molestia tenía aliadas, pues mis hermanas detestaban a la abuela. Anita, con el pretexto de su matrimonio, pasaba los días fuera de la casa. En parte le daba la razón, los preparativos de su boda le absorbían el tiempo. Soledad venía una vez por semana a comer y se marchaba lo más rápido posible. ¿Herminio?... No vivía con nosotros. La familia nunca le perdonó que abandonara el seminario. Cada vez que se encontraba con nuestra madre, las recriminaciones se hacían interminables.

Yo tenía miles de planes para realizar. Los empresarios del Imperial se entusiasmaron con la idea de presentar el musical de Luis Arnold, pues la interpretación estilo hollywood de los bailes mexicanos atraería mucho público. Me comprometí a estrenar para las fiestas patrias. Alquilé un estudio en la calle Motolinía y puse varios anuncios en los periódicos solicitando bailarines, músicos, cantantes. Herminio me ayudó en la tarea, le convenía, pues como socio y actor tendría una gran participación en la obra.

En un mes armamos el espectáculo; sin embargo, no me agradó ninguna de las aspirantes a mi pareja de baile. Unas parecían muy altas, o muy bajitas, o sin gracia. Deseché mucho talento, pero, la verdad, estaba predispuesto. No soportaba a las mujeres que, de alguna manera, me recordaran a Jenny o a Yelizaveta. Varias llegaron con excelentes estudios; otras, con cartas de recomendación de coreógrafos conocidos, de empresarios. A todas las traté igual. Les hice críticas muy duras sobre su talento y las rechacé... Claro, un gran problema, ya que el tiempo no espera y debíamos presentar el ensayo general. Afortunadamente, me buscó don Salvador Olvera y me propuso a una jovencita, segunda tiple, que la revista *Amenidades* deseaba lanzar dentro del medio artístico. Aurora Martínez, de 18 años, había ganado varios concursos de baile, además de representar pequeñas partes en algunos musicales. Me gustó su figura esbelta, la frescura con la que se desenvolvía, su piel morena, su cabello castaño y ondulado.

La Bella Nettie, como la llamábamos, aprendió con rapidez el papel que Arnold le designó a Blanca Flor y, en septiembre, debutamos en el nuevo espectáculo denominado *Follies del Imperial.*

Nos fue muy bien. El público elogió nuestro acto con excelentes comentarios, pero los críticos de la corriente conservadora y los defensores de las tradiciones mexicanas nos atacaron. Decían que había degradado los bailes folclóricos al llenarlos de piruetas circenses; que, en un intento por buscar notoriedad, tomé los conocimientos de siglos y los vulgaricé. Bueno, hasta se atrevieron a declarar que prostituí el arte mexicano. Lo paradójico fue que esos comentarios hicieron que la gente abarrotara el teatro. No te miento, me sentí mal con las críticas a mi danza, ya que deseaba ser aceptado por los míos; luego, al notar la polémica que causé, me sentí satisfecho.

¿Mi madre?... Estaba orgullosa, pero nunca asistió a la función. Sus deberes de buena hija la tenían ocupada. En verdad, fuera de casa reinaba la alegría. En las noches, cuando regresaba de trabajar, vivía la triste realidad. Por más que maldije a la abuela, caí en el juego de la enferma, pues en varias ocasiones me quedé junto a mi madre a cuidarla. Para estar cómodos coloqué la cama de doña Engracia en una habitación iluminada, de fácil ventilación y, a su lado, puse un sillón donde cabían dos personas. Así mi mamá podría dormir mientras yo velaba la respiración de la vieja bruja.

Pensarás que me volví loco, pero créeme: el destino es irónico y a veces se burla de uno. ¿Quién me iba a decir que mi fin sería el mismo? ¿Qué misterios guarda el principio de nuestras existencias? Todos tenemos secretos sagrados que, de alguna manera, se descubren y en esas noches de incoherencias, me reveló una terrible verdad.

La primera vez que sucedió, mi madre no estaba presente. Hojeaba una revista cuando mi abuela comenzó a hacer ruidos, como si quisiera gritar. Me acerqué a su cama y, con sorpresa, descubrí desesperación en su rostro.

—Ya no, por favooor… Me duele… ¡Auxilio, ayúdenme!…

Supuse que se trataba de una pesadilla. Quise despertarla, pero la mujer me agarró de la camisa y me atrajo hacia ella. Su aliento podrido casi me hizo vomitar.

—¡Se escaparon por el túnel!… ¡Allá van los tres enmascarados! No permitas que me lo vuelvan a hacer… Tengo miedo…

Sus manos huesudas se aferraron a mi brazo, mientras su cuerpo tembloroso se convulsionaba con las lágrimas.

—¿Qué voy a hacer?… Mi padre me castigará… Los policías no me creyeron… no, no miento… El vestido lo traigo roto, la sangre escurre por mis piernas… ¡Tía, no me desampare!…

Cerró la boca, me miró, y como si nada hubiera sucedido, se reacomodó en la cama y cerró los ojos.

¿Asustado?... Más bien desconcertado. Un sueño demasiado real que se repitió varias noches, entonces comprendí que se trataba del doloroso recuerdo de una violación.

Cuando le comenté a mi madre lo sucedido, no le gustaron mis teorías; sin embargo, sabía que tenía razón. Recordé que en el ático de la casa guardé tres baúles que pertenecían a la abuela y, con el pretexto de arreglar el lugar, en mi día libre me puse a revisar el contenido de la primera caja.

Encontré ropas viejas que olían a nostalgia de tiempos mejores. Vestidos elegantes que habían perdido su brillo, zapatos rotos, sombreros deformes, guantes sin par, toda clase de adornos para el cabello y algunos polvos rancios que sirvieron de maquillaje. En el fondo, envuelto en manta, localicé los restos de un ajuar de novia. Ordené las partes e imaginé a una mujer joven, bella, ilusionada el día de su matrimonio con un hacendado de los Altos de Jalisco.

Guardé los objetos y dejé la tarea incompleta ¿Por qué no continué? Necesitaba poner mis pensamientos en orden. Nunca soporté a la vieja, odiaba todo lo relacionado con ella, pero descubrir sus prendas me provocó sentimientos encontrados: lástima, rencor, asco, ternura.

Una madrugada que dormía en el sillón, me desperté sobresaltado por unos dedos que tocaban mi hombro. Era ella, de algún modo logró incorporarse. Ahí sí me asusté, pues parecía un cadáver viviente.

—¡Despierta!... Necesito arreglarme... *Madame* quiere que atienda al general García... Dame mi espejo y busca el vestido azul con encajes negros...

Mi corazón amenazaba con salirse del pecho. Prendí la luz y noté su mirada perdida. La verdad, no deseaba romper el misterio. Sin hacer ruido, le puse en su mano un plato y ella lo tomó como si fuera un espejo que reflejaba su rostro.

—Saca al borracho de mi cama y cambia las sábanas. Al general le molesta la suciedad... Lo detesto, pero le paga muy bien a *madame* por usar mi cuerpo... Algún día huiré de este maldito puerto... Quiero bailar, cantar... En la frontera será fácil.

Quiero bailar, cantar. Las palabras dieron vueltas por mi cabeza. Eran los deseos reprimidos de la doña. Comprendí muchas situaciones que en el pasado me parecieron absurdas. Supuse que quiso ver en mí a la bailarina frustrada que vivía en su interior.

Durante mis presentaciones, cuando bailaba, no podía quitarme de la mente a mi abuela. Ella sabía que había triunfado en mi profesión, que logré lo que siempre anheló. ¿Por qué nunca me reconoció? Pasaba ratos observando a Nettie, hipnotizado. Todos los que nos rodeaban pensaron que me había enamorado de mi compañera. En realidad, veía en ella el reflejo de otra jovencita, de otra época, que imaginaba en la danza su libertad.

Un domingo después de asistir a misa, invité a mi madre a dar un paseo por la Alameda. Los dos necesitábamos un rato de entretenimiento. Le compré unas peinetas de carey y luego nos tomaron una foto junto a la fuente. Si la quieres ver, está pegada en las últimas hojas del álbum... No era gorda, sino llenita. A mí me parecía hermosa, pero tienes razón. Desde que enviudó, jamás dejó el luto, ni volvió a arreglarse. Bueno, lo importante: aproveché la caminata para interrogarla acerca de la abuela.

—Mejor hablemos de otra cosa.

—Por favor. Si quieres que la perdone, necesito conocerla.

Nos sentamos en una banca y, resignada, me contó su historia.

—Pobre, no sé por qué se le amargó el carácter. La recuerdo cariñosa con nosotras y enamorada de mi padre. Él le doblaba la edad y deseaba tener hijos varones. De sus anteriores matrimonios, no sobrevivió la descendencia y, para su desgracia, mi madre nada más concibió mujeres. Poco recuerdo a mi padre, murió cuando cumplí diez años. Entonces vino el cambio. Mi madre desquitó su coraje conmigo. Tal vez le molestaba que mi mamá grande me consintiera… Por eso me fui con mis tías a California.

A pesar del éxito del *Follies del Imperial*, no me sentía a gusto. La sociedad con Herminio no funcionó. Mi ambicioso hermano quería una mayor participación económica, pues consideraba que él desempeñaba un papel más importante que el mío. Además, me acusó de ladrón. Creía que me había apropiado del dinero recibido por la venta del rancho. No aceptaba que el beneficio les pertenecía a nuestras hermanas. Él se consideraba el único heredero de mi padrastro, por haber sido el primogénito de ese matrimonio. Demasiado tiempo perdido en discusiones absurdas, todo terminó en demandas que no prosperaron. Por supuesto, esa situación dividió nuestro grupo y, harto de las injurias, los pleitos, di por terminado el convenio… No pienses que me dolió, al contrario, me beneficié, ya que el empresario José Campillo me contrató para una gira por varios estados.

¿Qué más descubrí sobre la doña? Sin duda, eres mujer, la curiosidad te gana. La abuela continuó obsesionada con sus vivencias. A mi madre también le tocó ayudarla en sus delirios. Tal parecía que estuviera recordando su vida, como si se confesara con alguien antes de partir. Una mañana, mientras me vestía, escuché los gritos desesperados de mi madre.

—¡Pedro, Pedro, ven!

Las encontré en una lucha inútil. La anciana quería caminar y mi mamá se lo impedía. Las calmé, luego, de mala gana, tomé a la vieja de la mano.

—Llévame con la tuerta, necesito su medicina... Shhh..., que el señor Robles no se entere... Ya tuve tres niñas... Mi cuerpo jamás parirá un hombre, lo prometí... No quiero... —Se acercó a mi oído y en voz baja me dijo—: En la cueva están enterrados los despojos de los varones... Dios y la tuerta los mataron.

Mi madre estalló en llanto. No podía creer que aquella señora tan íntegra y distinguida fuera capaz de semejantes actos. Para consolarla, la llevé al ático y juntos abrimos el segundo baúl. Es curioso, pero mi abuela también guardaba sus tesoros. Mamá reconoció las prendas que le pertenecieron a ella y a sus hermanas cuando eran pequeñas: vestidos, chambritas, cobijas. Un escalofrío me recorrió la columna cuando saqué las túnicas que usé de niño. Más abajo, enredado, localicé el látigo que tantas veces me castigó y, envueltos, en tiras de algodón, los cuchillos de mango negro. ¿Cómo pudo la vieja sádica guardar esos instrumentos de tortura? Sin duda, siempre estuvo loca.

La defiendes demasiado. ¿Entiendes sus motivos? Si la hubieras conocido, tendrías otra opinión... ¿Que la conociste? Imposible. Mientes para justificar sus actos. Además, ella falleció dos días después y tú ni siquiera habías nacido.

Por desgracia, la tarde de su muerte estaba solo con ella. Mi madre y Anita habían salido de compras. Recuerdo que se convulsionó horrible, por la boca le salió una espuma verdosa, y lo peor, al final recuperó la conciencia, abrió los ojos, me vio junto a ella y sus últimas palabras me las dedicó:

—¡Maldito bastardo, mil veces maldito! ¡Nunca serás feliz!

¿Cómo crees que me sentí? Triste, muy triste. Siempre actué lo mejor posible, sin meterme en chismes o en vidas ajenas. ¿Por qué tenía que maldecirme? Mi gran delito fue haber nacido varón y fruto de un amor prohibido. ¿Acaso mi situación me hacía despreciable? Ella nunca me quiso.

La enterramos el jueves, día de los Santos Difuntos. Mis tías vinieron de Guadalajara, a cumplir con sus hipócritas lágrimas, fingiendo un falso dolor; luego, se marcharon satisfechas. A mi madre la dejaron con su angustia y sus remordimientos.

Al pasar el tiempo, la casa nos pareció demasiado grande para dos personas. Anita se casó y mi madre no hallaba su lugar. Vendí la propiedad y busqué una casa pequeña, céntrica, en Peralvillo.

Cuando desocupé el desván, abrí la tercera valija y, te lo juro, me llevé una gran impresión…

¿Por qué? Estaba lleno de propaganda de teatros pequeños, localizados en pueblos fronterizos, donde anunciaban a "la Bella Engracia". Varios dibujos mostraban a una mujer en corsé y pantaletas largas, con una sonrisa pícara, portando una sombrilla. ¡Mi abuela cantó y bailó en tugurios de mala muerte! Descubrí viejas partituras y las letras de las canciones apuntadas en hojas amarillentas. Dentro de una caja localicé unos sobres amarrados con un listón rojo. Eran cartas de amor que le había enviado el dueño de la hacienda Los Robles. En ellas reconocí la firma de mi abuelo. Y así como guardé en mi casa mis ropas bordadas con lentejuela y chaquira, ella también atesoró sus vestidos ligeros con los cuales triunfó en los escenarios de las cantinas.

JOSÉ Y MIGUEL

Guadalajara, Guadalajara,
tienes el alma de provinciana, hueles a limpia rosa temprana,
a verde jara, fresca de río,
son mil palomas tu caserío. Guadalajara, Guadalajara,
hueles a pura tierra mojada.

Canciones de antaño. ¡Cuánto alivio le dan a la enfermedad! Las prefiero. Son mil veces mejores a esas tonterías que ustedes llaman música y que sólo sirve para acalambrarse parado. Conozco el *twist* y el rock. Aunque lo dudes, aprendí sus pasos por necesidad, pues a mis alumnos les encanta bailar esos ritmos. Después de varias horas de clase, los premié permitiendo que llevaran sus discos. No lo niego, también me divertía.

He recordado muchas melodías de Joaquín Pardavé, de Luis Arcaraz, pero tengo en la memoria "Guadalajara". Me gustaba mucho y todas las noches la canté en el escenario durante mi última gira por Sudamérica. Ni a Pepe Guízar le salía con tanto sentimiento como a mí. Su letra describe a la perfección la ciudad de mi infancia, la nostalgia que me invadía cada vez que el tren pasaba por Zapotlanejo y veía a lo lejos los laureles que me daban la bienvenida. La mayor parte del tiempo viví en la Ciudad de México; sin embargo, me consideraba tapatío de nacimiento, de corazón... ¡Cuánto tiempo ha pasado! ¿Podré regresar algún día?

La gira de primavera de la Compañía de José Campillo comenzó en Querétaro. El empresario, orgulloso de los valores nacionales, incluyó en su programa bailes y canciones que diseñé como director de evoluciones. Varios artistas novatos hicieron su debut, ya que don José se consideraba promotor del *espectáculo moderno mexicano*. Por ejemplo, los números centrales se los otorgó al Trío Garnica-Ascencio, formado por Lilia Grenel, Blanca Ascencio y Julia Garnica, quienes habían ganado el concurso de la canción mexicana organizado por el Teatro Lírico. Tenían voces privilegiadas; mientras la vocalista cantaba, las otras dos le hacían coros. Vestían de chinas poblanas, peinadas con largas trenzas que colgaban sobre sus pechos, y se movían por el escenario siempre tomadas de la mano o sin perder el contacto. Parecían muñequitas de cuerda. También la bailarina Amalia Bell pudo acompañarme en el acto *Aires nacionales*... Sí, era la hija menor de doña Paquita y don Ricardo, el gran payaso. Una chiquilla que llevaba el talento en las venas.

Dentro de la empresa trabajaba un joven bastante agradable, llamado Ramón Hidalgo. Se desempeñaba como secretario, contador y asistente de don José. Desde el principio nos caímos bien y, con el tiempo, entablamos una buena relación que perduró años. Él admiraba mi arte y yo disfrutaba su optimismo... Digamos que nos identificamos.

Si me criticaban por afeminado, Ramón me ganaba. A pesar de su figura atlética y su voz ronca, sus modales se igualaban a los de una dama de sociedad. Cada vez que hablaba movía las manos con tal gracia que parecía bailador de flamenco. Necesitaba el lenguaje manual para que su boca funcionara. Siempre se mostró dispuesto a mis exigencias y nunca le conocí un mal modo, a pesar de las burlas que le hacían. Podíamos estar horas platicando, compartiendo las experiencias del viaje.

La gente siempre inventa chismes sobre los artistas. Te cuelgan romances, hijos abandonados o fraudes. No te dejan tranquilo. Sinceramente, me importó muy poco lo que opinaran sobre nuestra relación. Vivíamos nuestro propio mundo sin hacerle daño a nadie. Mi madre, recelosa, aceptó a Ramón. Al profesor Quintanilla nunca le simpatizó. Él hubiera preferido verme casado con una hermosa mujer y rodeado de críos. Lástima. El rechazo hacia mi amigo provocó nuestro alejamiento. No te creas, a veces me entran los remordimientos. Me porté mal con el profesor, me alejé cuando su salud se quebrantó, y aunque regresé a su lado, jamás recuperamos el tiempo perdido por los resentimientos.

La caravana artística continuó por Guanajuato, San Luis Potosí, Aguascalientes y para el mes de abril llegamos a Guadalajara. Nadie es profeta en su tierra y no esperaba que me recibieran con fanfarrias, ni coronas de laurel, pero en la propaganda que pegaron en todos los postes de la ciudad me anunciaron como el "Hijo pródigo que después de triunfar en el extranjero regresaba a su tierra".

Nos hospedamos en un céntrico hotel y, por supuesto, las primeras que llegaron a buscarme fueron mis tías. ¡Viejas estúpidas! Ahora sí se sentían orgullosas de su sobrino.

Ya no me consideraban rarito, sino temperamental, un artista digno de aceptar en tan distinguida familia. Recuerdo la tarde que doña Carmelina Pelayo nos ofreció una fiesta en su residencia de Oblatos. Mis tías se pavonearon presumiendo el parentesco. Les platicaron a sus amistades otra versión acerca de mi niñez, una historia color de rosa completamente alejada de la realidad. Las hipócritas no se atrevieron a contar la verdad sobre la respetable Engracia viuda de Robles. Siempre les gustó guardar las apariencias; no obstante, debo reconocer que gracias a ellas recibí muchas invitaciones de las damas de la alta sociedad jalisciense.

Tal como lo habíamos planeado, mi madre llegó a Guadalajara para mi debut. La acompañaban Soledad y su hijo, mi sobrino, Luis, de dos meses. No quise parecer presumido, ni caer en derroches, pero sentí que el momento de saldar cuentas se acercaba. Renté una casa amueblada en la mejor zona de la ciudad y los instalé ahí. Estaba harto de que nos consideraran "el pecado de los Robles". Nunca más, nadie me iba a reprochar mi origen, ni a poner en duda la honorabilidad de mi madre.

Ay, Jalisco, Jalisco, Jalisco,
tú tienes tu novia,
que es Guadalajara.
Y sabes a tierra mojada.

El 21 de marzo de 1931, las puertas del Teatro Degollado se abrieron para recibirme. ¿Quién iba a pensar que aquel niñito que aprendió ballet con *madame* Sabine regresaría hecho un hombre a conquistar al público tapatío? Habían pasado más de veintidós años desde que abandoné la ciudad con el alma deshecha, pero con la ilusión de convertirme en un bailarín. Antes de comenzar mi actuación, subí al escenario, tomé el micrófono y me dirigí a los espectadores:

—Hace mucho tiempo dejé esta hermosa ciudad, sin saber cuál sería mi destino. Hoy he regresado, seguro de que nací para bailar. Quiero dedicar mi actuación a dos mujeres. Una ausente, Agustina, que fue quien me crió, y la otra aquí presente, la persona que más quiero.

Señalé el lugar en el que se encontraba mi madre y un reflector iluminó su rostro. El público aplaudió. Soledad, comprendiendo la emoción que nos embargaba, convenció a mi mamá de levantarse de su asiento. Se escucharon más aplausos y, conmovida, me mandó un beso, que, feliz, acepté.

Una noche inolvidable. Aunque recibí toda clase de elogios y regalos, lo que verdaderamente me importó fue la satisfacción de volver triunfante.

¡Ay, colomitos lejanos! Laguna de Chapala sabes a tierra mojada.

Tu suelo está lleno de lindas mujeres.

¿Que así no va la canción? No trates de corregirme. La conozco a la perfección, la canté cientos de veces.

Al otro día no quise salir de la habitación del hotel. Le pedí a Ramón que cancelara entrevistas, sesiones de fotografía y que le negara el paso a las visitas. ¿Por qué? Un ejército de parientes desconocidos se instaló en el vestíbulo del hotel con el fin de saludarme o tal vez para pedirme dinero prestado o algún favor. No te imaginas el malestar que me produjeron y, para colmo, los que encabezaban el alboroto eran José y Miguel. ¡Ay, los infelices convirtieron mi estancia en un fastidio! Varias veces tocaron a la puerta de mi cuarto.

—Dígale a Pedro que queremos verlo… Somos sus primos.

Ramón, con mucha educación, moviendo las manos, les contestaba:

—El maestro Valdez no los puede atender por el momento. Está descansando.

Nada más escuchaba la serie de maldiciones que le lanzaban a mi amigo. Sí, actué con soberbia, pero no tenía ganas de verlos ni de soportar sus malditos comentarios. Además, era natural que vinieran a pedirme algo. ¿Que cómo lo sé? No se necesita ser adivino: cuando era un donnadie, evitaban el parentesco; ahora que tenía un nombre se hacían llamar mis primos… ¡malparidos! Una mañana, mientras desayunaba, los observé por la ventana de mi habitación que daba hacia la calle. ¡Qué feos y desagradables! Aparentaban más edad, sus canas y sus arrugas los delataban. A pesar de los años, no perdían su ridiculez. Seguían comportándose como machos. Se les notaba en la forma de vestir, de moverse.

¡Ah, al final, los desgraciados lograron vengarse! Una tarde me buscaron en el camerino del teatro. Ramón, como siempre, abrió la puerta, mientras yo me escondía tras unos cortinajes.

—Dígale a Pedro que es la última vez que lo buscamos. Necesitamos verlo, somos sus primos.

—Lo siento. El maestro Valdez se está vistiendo. No los puede recibir.

—Pues, escuche bien, mariquita. Dígale a ese puto, hijo de su puerca madre, que ya nos hartó, que el desgraciado se atenga a las consecuencias.

Se marcharon furiosos. Al principio, me enojé; luego, reí y hasta me burlé del berrinche; por último, me preocupé, pues conocía su manera de reaccionar. Mis presentimientos no se equivocaron. Cuando entré a escena tomado de la mano de Amelia, unos miembros de la orquesta me gritaron: ¡Maricón de mierda!

Volteé a verlos y cuál fue mi sorpresa. Ahí estaban, con sus violines en las manos, mis queridos primos. Puse atención en las personas que formaban el grupo musical del teatro y no vi a los integrantes de siempre. No te miento, la saliva se me atragantó y comencé a sudar frío. Se supone que los músicos debían tocar las notas de *Fantasía mexicana.* En su lugar, interpretaron el vals *Sobre las olas.* Todos nos quedamos descontrolados, sin saber qué hacer, hasta que di la orden y los bailarines se colocaron en parejas, imitando lo que hacíamos Amelia y yo. Los muy malditos sobornaron al director de la orquesta, tomaron el lugar de los violinistas, cambiaron todas las partituras y comprometieron a los funcionarios del teatro. Afortunadamente, el profesionalismo de mis compañeros salvó el número.

Como comprenderás, don José Campillo demandó al director de la orquesta y la temporada en Guadalajara terminó antes de lo planeado. Por suerte, nuestro empresario consiguió que el Philharmonic Auditorium de San Antonio nos contratara por varias semanas.

Después de esa ocasión no volví a Guadalajara ni de vacaciones. Mis giras se desarrollaron en otras ciudades de la república; además, muerta la abuela, pocos lazos nos unían con los parientes de mi madre. Mis primos siguen viviendo allá. No tenemos comunicación alguna. Para ellos siempre seré un maricón mentiroso, pues nadie de la parentela creyó mi matrimonio, ni de la existencia de Chabelita. Lógico, las únicas pruebas que presenté fueron unas fotografías y la argolla dorada que todavía guardo en mi caja de los recuerdos. Tal vez Herminio los buscó cuando nos distanciamos. Según me informaron unas amistades que los conocen, Miguel y José abandonaron la música y se dedicaron a la fabricación de zapatos. También me enteré de que se encuentran en mejores condiciones de salud. Eso me duele en el alma, ya que ellos, como nietos consentidos, debieron heredar la enfermedad de la abuela, no yo. Toda una vida nos detestamos, nos deseamos mucho mal, pero al final, hay que ser sinceros, José y Miguel me vencieron. Ellos me envidiaron la fama, el dinero, los viajes; sin embargo, los infelices están rodeados de sus hijos, nietos, mientras yo me consumo en la maldita soledad.

RAMÓN

Por favor, diles que salgan del cuarto. Ya no soporto los murmullos, ni los gritos de los niños. Cuando desperté, toda esa gente se encontraba dentro de mi habitación. No recuerdo a qué hora entraron a fastidiarme. Les toqué el timbre a las enfermeras, se pararon en la puerta y se fueron. ¿Que no hay nadie? Pues estarás ciega y sorda. Mira, allá, junto al ropero permanece la mujer que carga al niño. La criatura no ha dejado de llorar y, para colmo, sus otros chamacos pasan a cada rato corriendo detrás de una pelota. La pareja que se encuentra sentada sobre la cómoda lleva mucho rato platicando. No los soporto. Han tomado cerca de cinco tazas de café y sus voces se confunden con los gritos de los vendedores. Al principio me agradó la música del organillero. Tocó temas de mi juventud, entre ellas, *La danza de los amantes en primavera*, pero no sé de dónde salieron el tambor y la trompeta que lo acompañan, se escucha horrible, la melodía se pierde en el ruido.

Sácalos, quiero dormir. Cada vez que cierro los ojos en un intento por descansar, pasa la locomotora. ¿Sientes cómo tiemblan los vidrios cuando toca el silbato? La gente se aglomera en el jardín en su prisa por encontrar un lugar en el tren. Seguramente van a una peregrinación, pues a pesar del ruido que hay aquí dentro, escucho sus cánticos dedicados a la Guadalupana. ¿No los puedes sacar porque no existen? ¡Vaya loca! Observa bien. En este momento, sobre tus piernas, tienes sentada a una niña. Me sonríe, si la ves con detenimiento, comprobarás que se parece a Chabelita, sólo que su cabello es oscuro. Espera, no te muevas, me quiere decir algo.

¿Dónde la guardaste? Cambiaste de posición y la pequeña desapareció.

¡Ay! La cabeza me da vueltas, me siento mareado. Por favor, cuídame. No dejes que esos desconocidos se acerquen... Me dan miedo.

Conforme pasaban los años, la industria cinematográfica crecía en Estados Unidos y en México. Se abrieron varios cines y, por desgracia, desaparecieron muchos teatros. Para colmo, en marzo de 1931, se incendió el Teatro Principal. Ahí murió don Alvarito y otros conocidos que formaban parte de la compañía de Roberto Soto. Para muchos comenzó a faltar trabajo, pues la gente prefería el teatro de comedia y las películas importadas. Afortunadamente, yo continuaba como primer bailarín y director de evoluciones de la compañía de don José Campillo. En la primavera de 1932, hicimos una gira por varios estados de la república con la zarzuela de costumbres mexicanas, llamada *Amapola del camino*. Para tal evento diseñé nueve cuadros coreográficos en los que participaban artistas reconocidos, como Celia Montalván, Alicia de la Llata, Lola del Río y muchos más.

Mi número se llamaba "Boy". Una especie de jazz en el que representaba a un bailarín novato, rodeado por segundas tiples que deseaban enseñarme a bailar y yo, a la perfección, imitaba sus movimientos femeninos. ¡Ya te imaginarás los comentarios! El público y la prensa hacían apuestas sobre mi personalidad. Para algunos era un "volteado"; para otros, un profesional de la danza que cumplía con el papel que se le asignaba. La verdad, me agradaban las críticas, pues significaba que mi arte no era indiferente y yo me divertía mucho, creando ese halo de misterio a mi alrededor.

Tienes razón. Ni el nombre de la zarzuela ni el género tenían que ver con el tipo de bailables que presentamos. La verdad es que toda la obra contenía mezclas de bailes, ritmos y música. Por ejemplo, en "Boy", al principio, aparecía como un chulo madrileño que iba a bailar un chotis: con pantalones y chaqueta ajustados y cachucha negra. Luego, cambiaba la melodía y, al compás de jazz, me quitaba el saco para quedar vestido con el mismo pantalón y una camiseta blanca, corta. Al final, el espectáculo era el reflejo de todas las influencias musicales de moda en México.

Para 1933, pocos bailarines continuábamos actuando en algunos teatros de revista. En esa época, varios empresarios me llamaron para elaborarles las coreografías dentro del teatro musical; sin embargo, el trabajo escaseaba. Las grandes temporadas habían pasado a la historia. Por recomendación de don José Campillo, me contrataron en el Salón Dorado para enseñar a bailar ritmos modernos a parejas que participaban en los concursos que promovían los salones. Mas yo vivía del recuerdo. No aceptaba los cambios. Extrañaba las producciones en las que yo era la figura central. Tal vez por la depresión comencé a engordar y ver mi figura perdida me deprimió aún más. No subí tanto, seis o siete kilos, pero todo se concentró en el abdomen. ¡Imagínate! Un primer bailarín gordo que al zapatear se le muevan las lonjas, imposible asimilarlo. Ramón, con su optimismo juvenil, trató el tema con amabilidad.

—Olvida tu complejo. Sigues tan apuesto como cuando te conocí. Sólo estás embarneciendo.

Sabía que mentía. Nadie embarnece después de los treinta años. Con desesperación, observaba mi gruesa figura en el espejo. Por más que metía el estómago, mi vientre no cambiaba. Entonces, Ramón se recargaba en mi hombro y me decía:

—No importa cómo te encuentres. Al público siempre le gustarás.

No hubo palabra que me consolara. Hice dietas, ejercicios. Todo lo abandoné sin resultados. Estaba a disgusto, pues no hallaba mi lugar en el nuevo orden. Gracias al artículo que apareció en una revista de espectáculos, Ramón me hizo una sugerencia y mi situación mejoró.

—¡Basta de sufrimientos inútiles! Si tanto añoras lo perdido, deja los lamentos y busquemos soluciones. ¿Por qué no formamos un pequeño grupo de bailarines para que sea tu compañía particular y ofrecemos tus servicios a los productores de películas?

—Ya probé la actuación en Los Ángeles y no me gustó. Una cosa es improvisar y otra, aprenderte un parlamento.

—Pienso que ahora será diferente. No actuarás, tu compañía artística bailará en algunas escenas. Podrían salir en la cinta como parte del escenario. Así lo hacen en el cine estadounidense, lo leí en *Cinema Review*.

No parecía mala idea. Esa noche fui a visitar al profesor Quintanilla y le expuse el plan. Me escuchó a medias. Con tristeza, reconocí que a mi buen amigo se le agotaba el tiempo, su enfermedad le robaba energía. Varias veces, durante nuestra charla, el hombre se quedó dormido, agotado por el esfuerzo de hablar. ¿De qué enfermó? Un tumor maligno le carcomió el hígado. Fue horrible no poder sostener una conversación fluida con una persona tan querida y que durante años me trasmitió tantas enseñanzas. La velada se convirtió en un monólogo interminable con algunas frases sueltas como respuestas; al final, en voz apenas audible, me dijo que buscara a un tal Rodolfo Galindo, él me podría ayudar.

El señor Galindo, junto con sus hermanos, tenía una pequeña productora de películas al sur de la ciudad y se dedicaba a filmar temas rurales. Días después me entrevisté con él: mi proyecto le interesó.

Otra vez el entusiasmo corrió por mis venas. Sin dejar mis otros empleos, busqué a los jóvenes que integrarían mi cuadro de bailarines. En la cochera de la casa adapté un estudio de danza y en la pequeña bodega instalamos la oficina. Ramón y yo estábamos decididos a ser empresarios. Con mis muchachos ensayé varias rutinas que luego le presentamos al señor Galindo. Por desgracia, no pudo contratarnos de inmediato, todavía no había gran demanda de las cintas nacionales.

Ramón no permitió que me desanimara y continuamos la búsqueda de oportunidades. Por aquella época, en el bosque de Chapultepec, los domingos se realizaban espectáculos populares patrocinados por la cigarrera El Águila. Nos pusimos en contacto con los organizadores y nos aceptaron. Como yo era el único artista conocido, Ramón contrató a Eva Beltri para que me acompañara en los bailables. Una buena elección: Evita tenía una larga trayectoria dentro del teatro de revista. Nos acoplamos tan bien que durante años acudí a ella para mis presentaciones. Interpretamos de todo. Lo mismo bailábamos el *Jarabe michoacano*, que una danza gitana o un jig irlandés.

La verdad, las actuaciones al aire libre resultaron diferentes a las del teatro. Me dieron otras satisfacciones. El contacto con el público se hizo más directo, más cálido. Por primera vez recibí el aplauso de la gente del pueblo, muy diferente a la élite que pagó por verme en el Imperial. Eva y yo nos convertimos en figuras populares. Recuerdo cuando nos buscó el secretario del Partido Nacional Revolucionario para amenizar sus mítines. Al hombre le interesaba llevar variedades exitosas a colonias marginadas. La mejor actuación la dimos en la plaza de toros de la Condesa, cuando ofrecieron un mitin de apoyo a la candidatura de Lázaro Cárdenas. ¡Cómo nos ovacionaron!

La única tristeza que me robó la paz fue la muerte del profesor Quintanilla. Me dolió no haber estado a su lado en sus últimos momentos. Mi querido Martín falleció una mañana soleada. Loreto me mandó llamar, pero ya no lo hallé con vida. ¿Sabes? He lamentado mucho su ausencia. A él le debo todo, si llegué lejos fue gracias a sus consejos y a su apoyo. ¿Un padre? Siempre actuó como tal, aunque significaba más: amistad, cariño, comprensión, el confidente de los días tristes, el amigo de horas alegres. Supongo que Dios nos bendijo en el momento en que nos conocimos y, de alguna manera, el Todopoderoso entrelazó nuestros caminos. En mí vio realizados muchos de sus anhelos. Sólo me duele no haberle dado los nietos que deseaba ni la tranquilidad de verme casado. En fin, existen situaciones que escapan de nuestras manos. Mi madre y yo acudimos a su entierro en el Panteón Dolores. Posteriormente, pasé varias horas al lado de su esposa. Juntos acomodamos en cajas las pertenencias del profesor. La ropa la donamos al dispensario y sus libros y escritos me los llevé. Si te acuerdas, sobre la cómoda de nogal que está en la sala de mi casa todavía hay parte de ese legado. Abre la caja y encontrarás un viejo reloj de bolsillo, envuelto en un paliacate rojo. Le perteneció a Quintanilla… Sí, es la herencia material que recibí.

Por desgracia, a los pocos meses, la viuda de Quintanilla falleció. Yo creo que de melancolía, pues dicen que se durmió y ya no despertó. No me quedé con ninguno de sus muebles ni de sus posesiones. Lo importante, la riqueza espiritual, me la dieron en vida. Enterré a la señora junto a su esposo y telegrafié a unos parientes que tenían en Puebla. Los sobrinos del profesor se beneficiaron con las propiedades.

Así es la vida. La gente buena tiene que morir y aunque dejan un dulce recuerdo, la pena te invade cuando los recuerdas… Por favor, diles a esas personas que respeten mis sentimientos y me permitan llorar en paz.

Gracias… Necesitaba urgentemente el pañuelo. En fin, dejaré mis pesares para cuando te vayas.

Los planes de salir en películas se hicieron realidad hasta junio de 1936. El señor Galindo nos llamó para recrear una fiesta en un rancho. En la escena salíamos mis bailarines y yo en un convivio, de repente llegaban los mariachis y, junto con la pareja principal, bailábamos un son. Tuvimos un resultado fantástico, pues nuestro cuadro artístico apareció en muchas películas que se produjeron en la siguiente década. A mí no me agradó salir en la pantalla, preferí dedicarme a la dirección del grupo y a la coreografía. También por esos meses entré en contacto con las hermanas Campobello, las creadoras de la Escuela Nacional de Danza y trabajé con Waldeen en el estudio de las danzas mestizas y criollas. ¿Ella? Una estadounidense que se enamoró de México.

Con su talento continuó la audacia de Ana Pavlova y adaptó nuestras costumbres al ballet clásico.

Más o menos en febrero de 1937, tuve un altercado con el gerente del Salón Dorado. No quiso pagarme las horas extra que invertí en la planeación del gran concurso, así que renuncié. Quedarme sin trabajo me impulsó a abrir una academia de danza. Renté un departamento en la colonia Roma con el fin de que gente adinerada inscribiera a sus hijos en mis clases. Aunque el lugar parecía pequeño, lo adaptamos bien. En la estancia puse el salón principal y las dos habitaciones funcionaron como salones de enseñanza. En la cocina quedó la oficina de Ramón, que sería el administrador.

Al tener un buen espacio, quité el estudio que tenía en la cochera de la casa y ahí mi madre instaló su taller de costura La Conchita.

Los primeros años tuvimos buenos ingresos. La escuelita funcionó al máximo de su capacidad, pero, por desgracia, la mentalidad de la gente no cambiaba, pues los padres de familia se negaban a inscribir varones. Pensaban en la danza como arte femenino o de amanerados y, con el tiempo, se convirtió en una academia exclusiva para mujeres. Mientras daba clases, me di cuenta de la presencia de las señoras que esperaban en la entrada a sus hijas. ¿Por qué no jugar un poco con sus debilidades? Se me ocurrió impartir un curso de ejercicios y personalidad. ¡Ay, una mala idea! Una cosa es tratar con jovencitas y otra con damas en edad madura cuya vanidad es superior a la inteligencia. ¡Viejas amañadas! Haz de cuenta que les hablaba en otro idioma. No obedecían mis órdenes, chismeaban todo el tiempo, repelaban de las rutinas y, para colmo, cuando imitaban mis movimientos lo hacían con torpeza, las infelices parecían simios.

No te imaginas cómo me hacían enojar. Les enseñaba a caminar con gracia sobre los tacones, a portar las estolas con elegancia, a ponerse el sombrero con coquetería, a utilizar el abanico, a comportarse en la mesa. Pocas aprendieron. Las fodongas huían asustadas con mis gritos. Yo no me consideraba gruñón; sin embargo, ellas tenían el don de sacarme de mis casillas. Durante la rutina, las ponía en fila para que siguieran mis pasos al ritmo de un tambor que tocaba un músico. Luego, ellas continuaban y yo las corregía.

—Un, dos, tres, cuatro… Un, dos, tres… Fíjate bien cómo caminas. Con esa postura pareces un cuasimodo enfermo. Endereza la espalda, no se te va a caer la cabeza… Y tú te mueves con la elegancia de una vaca. —En forma grotesca remedaba a la mujer en turno. Luego agregaba—: ¿Crees qué con esa figura le vas a gustar a tu marido? No, chulita, a los hombres les gusta la belleza.

Ramón nos observaba desde un rincón, muerto de la risa en silencio. Aunque, en varias ocasiones, me llamó la atención, decía que maltrataba a las clientas. Él pensaba en el negocio; yo, en el arte, en la perfección. Muchas veces me pregunté: Si Yelizaveta o Jenny hubieran llegado a esas edades ¿estarían igual de feas? Por suerte, mis hermanas y mi madre se conservaban jóvenes… No te metas con mi mamá. Ella, a pesar de su gordura, era hermosa.

Sin duda, fueron buenos años a pesar de los berrinches. Gocé de bienestar, de tranquilidad emocional y económica. Los problemas comenzaron a finales de 1937. Ramón y yo nos peleábamos continuamente por la repartición del dinero. Él necesitaba ganar más, pues mantenía a sus hermanos y se había endeudado con la compra de un terreno en Cuautla, pero no tenía que verme la cara de tonto. Gastaba demasiado en baratijas. Así sucede cuando, de niño, viviste con carencias. Llegan los billetes y a comprar juguetitos de adultos. Yo también tenía gastos, además merecía una mayor proporción. En la academia, la gente buscaba al profesor Valdez no al administrador. No exagero, trabajaba cerca de diez horas continuas, mientras él permanecía sentado junto al escritorio leyendo. Tuvimos varios enfrentamientos y nos gritamos muchas palabras ofensivas. Molesto, Ramón dejó de hablarme, no le hice caso. Los silencios entre nosotros se habían convertido en una situación común. A las tres semanas se mudó a la casa de su nuevo amigo. Eso no lo esperaba, no tenía idea de que él anduviera con alguien. Mas, sobreponiéndome al rencor, lo busqué para las fiestas navideñas, pero ya no quiso regresar a mi lado.

—No me interesa perder mi tiempo con un viejo fracasado. Todavía estoy joven para rehacer mi vida.

¡Estaba demente! De ninguna manera era un fracasado ni tampoco un anciano. Acepto, estaba un poco gordo, pero no era ninguna tragedia. Dejé que escupiera su coraje, en algún momento se calmaría... Lo que no aguanté fueron las intrigas que creó a mi alrededor. Les contaba a mis alumnas pestes acerca de mí. Después de tantos años de convivio, no permití las calumnias ni la mala disposición. Un día me harté de sus numeritos de vieja histérica y contraté a un contador que me ayudó a disolver la sociedad. Le pagué muy bien su parte del negocio; no obstante, el muy ingrato continuó con las falsedades. Sí, el maldito me difamaba, lo escuché cuando platicaba con un grupo de señoras la tarde en que se despidió:

—Yo que ustedes, no dejaría a mis hijas a solas con el profesor Valdez. Él es un hombre mañoso, pervertido... ¡Y qué decir de lo que hace con los niños!

¡Mentiras! Jamás me aproveché de la inocencia de algún alumno, ni los acaricié con malas intenciones. Reconozco que, en ciertas ocasiones, les llegué a dar algunas nalgaditas o a picarles las costillas a modo de juego, pero nunca sucedió lo que Ramón decía. En mi vida como artista y profesor traté de ser correcto. Si llegué a tener encuentros amorosos con compañeras o bailarines, fueron romances pasajeros en los que ellos estaban conscientes de la relación y la aceptaban.

Claro, me lastimó. Ramón no sólo destruyó mis sentimientos, también perjudicó mi reputación. No te miento, a veces me pregunto qué me llevó a enredarme con él y siempre concluyo que fue la soledad y el rencor que tenía hacia las mujeres. Era atractivo y más joven, pero de ninguna manera era el ideal de hombre que me atrajera. Pasamos buenos momentos juntos, nos apoyamos en los retos; sin embargo, su comportamiento era peor que el de esas féminas de las cuales huía. Conforme pasaron los meses, lo extrañé. Sobre todo cuando las dificultades me atormentaban. No tenía con quién platicar, únicamente él entendía las crisis en las que caía. Aunque, la verdad, él perdió más. Estoy seguro de que no volvió a encontrar a un amigo... Tienes razón, acepto... también perdí.

El otro gran problema al que me enfrenté sucedió en los primeros meses de 1938. A veces escuchas los rumores por boca de las personas que te rodean y no les haces caso. Te quedas ciego ante la luz de alarma que se prende continuamente. Los pleitos entre los petroleros y el gobierno se acrecentaban. Bert de Has, el esposo de Anita, trabajaba en la Sinclair Pierce Oil Company y, preocupado por el futuro, me confió sus temores. Le contesté haciendo gala de mi experiencia.

—La situación mejorará. Las gasolinas son indispensables, sin ellas, el país se paralizaría. Ten paciencia, verás, todo tiene solución.

¡Ay!, quedé como un verdadero idiota. La tarde del 18 de marzo escuchamos por la radio el mensaje del presidente Cárdenas. No había remedio, el gobierno expropiaba la industria petrolera. ¿Sabes lo que significaba? Sí, miles de beneficios para México, pero, en el fondo, existía otra verdad: Anita y su familia se tendrían que marchar del país.

En las calles se manifestaba la locura colectiva. La gente alababa la decisión presidencial y muchos conocidos, en un acto patriótico, donaron artículos de valor para el pago de la deuda. En cambio, mi madre lloraba sin alivio. No hubo modo de persuadir a Bert. Mi cuñado desconfiaba de las políticas populacheras de un "socialista".

Anita nos dejó en mayo. Mi madre y yo los despedimos en Veracruz. Mi hermana no regresó a su tierra. La vi por última vez en 1951, durante una gira artística. Ella murió hace unos años; está enterrada en Ámsterdam. ¿Su familia? Desconozco su destino.

CATALINA

¡Ay!... El dolor me está matando. No sé qué parte de mi cuerpo sufre más. Ya no soporto estos movimientos. Mis extremidades no están quietas. Quisiera unos minutos de tranquilidad, de alivio, pero algo superior a mí retuerce los músculos sin control. ¿Cuándo terminará el tormento?... Dices que pronto... No te creo. Siempre me das esperanzas ficticias. Te has convertido en una especialista de la mentira.

Mis ojos permanecen cerrados. Los pesados párpados caen sobre ellos; sin embargo, tengo la capacidad de visualizar el cuarto, la caja de los recuerdos, el álbum, tu hermosa figura. Hace rato sentí la presencia de las enfermeras y del doctor Gutiérrez. Escuché muy lejano el murmullo de sus voces. El médico se paró enfrente, sus dedos abrieron mis ojos y con una lamparita iluminó el interior. En un punto muy profundo de mi ser, la luz se reflejó. Luego, palpó las venas del cuello, del brazo, escuchó el corazón. Seguramente no encontró nada, por eso me dejaron en paz.

No comprendo. Tal vez con algún manotazo desprendí la tripa que me conecta al frasco. ¿Mi brazo está amarrado a una tabla? La verdad no me acuerdo qué sucedió.

¿Dónde quedó Catalina? Hace rato la vi pasar por el pasillo. Traía puesto su vestido blanco con encajes y los aretes de filigrana. Asómate; si la ves, tráela.

¡Cata…, Cata! Acércate, ven junto a mí. Arrúllame como lo hacías cuando los temores no me dejaban dormir. Únicamente en el calor de tus brazos encuentro el bienestar que necesito… Cata, ¿dónde te metiste?

Conocí a Catalina Hernández en el taller de costura de mi madre. Sabía remendar medias, calcetines y, con el tiempo, se especializó en la elaboración de patrones. Ella dijo que tenía treinta años. Nunca le creí. Las arrugas de su rostro y la rasposidad de sus manos delataban a una mujer de cuarenta; probablemente su envejecimiento precoz se debió al sufrimiento. Era difícil mantener a un marido borrachín, mujeriego, que la golpeaba desde el día que se casaron, hacía más de dieciséis años; además, atendía a cinco hijos.

Mi madre se encariñó con ella desde el primer momento. Le gustaba el optimismo que Cata despertaba con su sonrisa. A pesar de sus conflictos, del cuerpo moreteado, de la constante falta de dinero, la mujer siempre estuvo bien dispuesta al trabajo. Con los meses se convirtió en empleada de confianza y, finalmente, dirigió el taller. Supo corresponder al cariño que se le tenía. Al pasar de los años se transformó en la amiga fiel y comprensiva que yo esperaba.

Su manera de comportarse me gustaba, mas nunca tuve ninguna intención amorosa con ella… Bueno, mientras estuvo casada. En cambio, Cata se enamoró de mí desde el momento en que nos presentaron. Lo intuí, no soy tonto.

Sabemos muy bien cuando atraemos a una persona. No obstante, siempre caemos en juegos estúpidos con el fin de disimular los sentimientos verdaderos. Tenemos miedo de enfrentarnos a la realidad o al desengaño. La primera vez que la vi, estaba muy entretenida remendando una media negra. Yo acababa de llegar malhumorado de la academia.

—¡Hijo, regresaste temprano!

Mi madre se paró de su asiento, junto a la máquina de coser, para darme un beso. Le correspondí. Luego, con un ademán, saludé al resto de las empleadas a excepción de la nueva ayudante, que observaba el agujero de la prenda que tenía entre los dedos. Su indiferencia hacia el hijo de la patrona llamó mi atención. Sin querer distraerla, me acerqué a su lugar.

—Quiero presentarte a mi nueva costurera. Se llama Catalina.

Cata volteó a verme, dejó su costura y, nerviosa, estrechó mi mano. Noté en su semblante la emoción por conocer al famoso bailarín del cual se hablaban muchas cosas. No estoy presumiendo, te digo la verdad. La próxima vez que la veas, pregúntale acerca de la impresión que le causé cuando nos conocimos. Por supuesto, ya no era el galán que fui en mi juventud, el valentino que conquistó los teatros de California, pero, a pesar de los años y los kilos extra, aún conservaba el buen tipo… Odio tu sonrisa burlona. ¿No me crees? Ve las fotografías y me darás la razón. Está bien, olvidemos el tema.

Muchos cambios modificaron nuestros caminos. Es irónico cómo la política, la economía, las decisiones presidenciales juegan con la estabilidad de las personas. A principios de los cuarenta, en el país renació una época de progreso debido a la guerra que azotaba Europa. Para muchos significó oportunidades; para otros, preocupación. No olvides que Anita residía en Holanda. Además, los rumores sobre una posible invasión japonesa por el Pacífico nos hacían temer las noches.

Don Manuel, el presidente Caballero, alentó a los inversionistas. Las industrias nacionales se desarrollaron y la riqueza que generaron se notó en un aumento del nivel de vida de los habitantes. Se urbanizaron nuevas zonas donde se construyeron residencias, grandes almacenes, avenidas, puentes que aligeraron el tráfico vehicular. La industria cinematográfica mexicana creció a tal grado que se hizo toda clase de filmes. Los hermanos Soler, Pedro Infante, Jorge Negrete, María Felix y Dolores del Río aparecían constantemente en las pantallas. No invento, cada semana había una película de estreno. Admiraba a Joaquín Pardavé. Él, al igual que yo, comenzó desde pequeño, pero logró incursionar en el baile, la composición y la actuación. También disfrutaba con las comedias del Panzón Soto, compañero de tiempos pasados. Varios centros nocturnos de primera como El Patio, El Teocali, el Ciro's abrieron sus puertas a los cantantes famosos de la época. Las radiodifusoras tocaban constantemente los éxitos de Lorenzo Barcelata, Gonzalo Curiel y Luis Arcaraz. En el gusto femenino se impusieron las novelas. Recuerdo que a Cata le encantaba escuchar los radioteatros presentados por Manolo Fábregas. Y ni qué decir de la moda. Las mujeres vestían con elegancia trajes sastres cuyo largo iba más allá de la rodilla; sus cabezas estaban adornadas por pequeños sombreros que dejaban observar estilizados peinados. Los varones portábamos trajes de buen corte, imitando a los usados por los artistas de Hollywood. La ciudad parecía avanzar.

Sin embargo, para la escuela los cambios fueron nefastos. En varias colonias surgieron lugares donde se enseñaban nuevas técnicas de danza, impartidas por maestros extranjeros. La gente se aburrió de mis rutinas. Lo digo en serio, hice lo imposible por retener a las alumnas. Les incluí en las lecciones los ritmos de moda: cumbia, danzón, mambo, evité los zapateados folcloristas. No les gustó el método. Decían que mi estilo se había quedado estancado en los años veinte, con una horrible influencia de Ziegfeld. Lo mismo sucedió con las pocas presentaciones que tuve en público. Tal parecía que los periodistas se regocijaban criticándome. En una nota escribieron:

Por lo visto, el prof. Valdez no ha querido darse por enterado de que al público ya no le hace ni pizca de gracia su "estilización" de nuestros bailes típicos, persistiendo en las piruetas acrobáticas.

En definitivo, no me comprendían. ¡Qué saben ellos del sentimiento que genera la danza! El público y los críticos alaban al ídolo de momento y desechan la calidad. No entienden que el baile no se cataloga por modas, sino por la magia que encierra su interpretación.

Cerré la academia. Traté de olvidar la amarga experiencia. Junto con mi cuadro de bailarines, me dediqué a la ambientación de películas y a las coreografías teatrales. También ahí encontré competencia, pues para algunos productores les salía más barato contratar extras que profesionales. Por desgracia, las danzas folclóricas se convirtieron en exhibiciones reservadas para las fiestas patrias o en espectáculos para turistas en algún restaurante de comida mexicana. Muchos compañeros sufrieron la humillación de tener que posar en fotografías con sus trajes típicos a cambio de una propina.

La mala suerte me perseguía. Comencé a sufrir lo que detestaba: la desilusión de nuevo me hizo engordar. En esa ocasión subí más de veinte kilos. Lucía horrible. Otra vez traté de adelgazar con dietas de moda, incluso me animé a probar los productos que anunciaba Charles Atlas en el periódico, todo sin éxito. Mi madre donó a la iglesia la ropa que ya no me quedaba y, para reanimarme, entre ella y Cata me diseñaron trajes talla 38. ¡Imagínate mi vientre!

La escasez de trabajo duró cinco o seis meses. Los santitos de mi madre nos mandaron un milagro. El empresario argentino Carlos de Alba se interesó en el grupo y nos contrató para una gira por Sudamérica. La verdad no me hizo gracia dejar a mi madre, pero si no aceptaba la oferta, tampoco tendría dinero para mantenerla.

La compañía de diversiones De Alba llevaba variedades folclóricas de Latinoamérica por diversas capitales. Nuestra presentación constaba de cuatro números: El *Jarabe tapatío*, *La Bamba*, una danza prehispánica y, para finalizar con broche de oro, una adaptación entre ballet y zapateado del *Huapango*, de Moncayo. Creo que fue la mejor evolución que inventé. Entre tenues luces rojizas, seis jovencitas salían al escenario vestidas con traje de jarocha corto, hasta la rodilla, con la finalidad de que el público disfrutara del juego de los pasos, a veces lentos como una caricia, a veces rápidos igual que un torbellino. Sus cabellos los peinaban en un chongo adornado con peinetas y flores rojas. Se veían hermosas ocupando el espacio con su juventud y energía. ¡Una poesía hecha música y danza! Pablo Moncayo se inspiró en los ángeles cuando compuso su obra y yo tomé parte de esa inspiración para darle movimiento. Todavía me parece ver a mis niñas interpretándolo. ¿Lo escuchas? ¡Qué placer da el sonido del piano en compañía de las arpas! Déjate mecer por sus notas, así, tranquilo, luego entrégate al frenesí que escapa al sonido de los otros instrumentos…

Yo no bailé para el público, me conformé con ser el alma artística, pero en cierta ocasión que Carlitos me oyó cantar, me convenció de hacerlo durante los intermedios. Mucha gente prefirió quedarse en su butaca que salir a descansar. La orquesta preparó un popurrí que incluía *Guadalajara, La Borrachita, Cielito lindo* y *La Chaparrita.*

Mi querido Carlitos nos llevó por los lugares más alejados del mapa. La gira duró cerca de un año. Luego, regresamos al hogar para descansar unos meses antes de continuar por Centroamérica y las islas del Caribe.

Noticias poco gratas me aguardaban. Por carta, me había enterado de que mi madre estaba delicada de salud. Cuando regresé, llevaba tres semanas en cama por un mal cardíaco. Constantemente sufría dolores en el pecho. Su médico le recomendó reposo absoluto, sin esfuerzos, ni preocupaciones. Soledad nos ayudaba cuando podía. La única que siempre estuvo disponible para atenderla fue Cata. Al igual que una hija, la consentía, limpiaba su habitación y le preparaba alimentos especiales. Por supuesto que su devoción se debía a mi estancia en la casa. Muchas veces nos quedamos hasta altas horas de la noche velando a mi madre. Le platicaba acerca de mis viajes, de los lugares que conocí, de los platillos que probé. Ella, atenta, me escuchaba. Su mirada se perdía en un punto fijo y en su mente vivía esos recuerdos conmigo. A su lado volví a recorrer países lejanos, repetí rutinas olvidadas, evoqué amores antiguos. La pasaba tan bien que nunca imaginé que Cata pudiera tener problemas por nuestras conversaciones nocturnas. Raúl, su marido, altanero, le reclamó su atención hacia nosotros. El hombre no concebía que pudiéramos estimar a su esposa por lo que valía, él pensaba que ella me hacía otro tipo de servicios. ¡Pobre estúpido! Dos veces llegó a buscarla ahogado de borracho. Desde que tocaba el timbre y gritaba toda clase de majaderías, el rostro amable de Cata cambiaba por una expresión de odio. La última vez, cansado de sus escenitas, nos enfrentamos.

Salí de la casa, serio, con toda la atención sobre la figura tambaleante y con los puños tensos. El hombre, armado con el valor que da el alcohol, se me acercó y trató de jalonearme la camisa.

—Si te vuelvo a ver con mi esposa, te rompo la madre…

Con aparente tranquilidad le respondí:

—Y si tú vienes a molestarme con tus amenazas, te refundo en la cárcel.

Supongo que las advertencias le valieron poco. Por chismes me enteré de que el borrachín ya había pagado varias condenas en la prisión de su pueblo. Me quedé preocupado, temí que, en la intimidad, el infeliz se desquitara con su familia, ya que conocíamos muy bien sus técnicas de convencimiento. Al otro día, las costureras del taller me comentaron que Cata solucionó el problema al darle a entender a su marido mis preferencias homosexuales. Por eso me sorprendió encontrar en la tarde a una Cata llorosa que cubría parte de su cara con una pañoleta. ¡Ay!, el desgraciado le dio una golpiza que le deformó un ojo y la nariz. Sentí rabia, impotencia, hubiera querido tenerlo enfrente y darle un buen escarmiento. En un impulso por protegerla, abracé el cuerpo tibio de Cata y sequé su rostro con caricias. Un escalofrío me recorrió la espalda cuando me murmuró al oído:

—Lo voy a matar… lo juro por esta cruz.

Entre sus manos traía un pequeño crucifijo de madera, junto con un pañuelo mojado por las lágrimas. Esas palabras dieron vuelta por mi cabeza miles de veces. Mi dulce Cata no era capaz de semejante acto; sin embargo, cada vez que me acercaba a la máquina de coser que ella usaba, la cruz refrescaba en mi memoria la terrible promesa.

No recuerdo la fecha, tal vez febrero o marzo de 1943, de cuando compré mi primer automóvil: un Oldsmobile negro, usado. Estaba feliz. Me lo entregaron un viernes. Inmediatamente me fui para la casa. Le pedí a mi madre que me acompañara a dar un paseo. Sólo aceptó una vuelta a la manzana. Cata se acomodó en la parte trasera, iba fascinada, nunca se había subido a un coche. Mi mamá insistió en que nosotros continuáramos con la excursión, pues se sentía cansada. La dejamos y luego tomamos Reforma hasta las lejanas Lomas de Chapultepec. La alegría del momento y el buen humor me pusieron romántico. Estacioné mi adquisición en una esquina e invité a Cata a caminar por un parque cercano. Como pareja de enamorados, tomé su mano rasposa entre las mías.

—¿Por qué te casaste con ese hombre?

Ella bajó la cabeza.

—Yo no quería. Me robó.

—No creo que fuera un motivo suficiente para encadenarte a un loco.

—Usted no sabe cómo piensan en el pueblo. Me tuvo encerrada en el monte un mes; cuando regresé, mis padres no me aceptaron. Además, ya estaba esperando a mi Catita.

No quise parecer impertinente ni darle falsas ilusiones; sin embargo, las palabras mordían mi lengua.

—¿Lo amas?

Alzó la mirada.

—Nunca lo he amado.

Mi alma se llenó de emociones olvidadas. La serenidad de Cata me transportaba a un mundo en el que no existían las preocupaciones, las falsas pretensiones. Me gustaba encontrarla en la puerta esperando mi regreso, ansiosa, como si fuera el príncipe de sus sueños. La verdad, me sentía completo a su lado, con sus atenciones de mujer enamorada. Cuando el enojo me invadía, la buscaba y su sonrisa evaporaba el mal humor. Así como Nanita se convirtió en el hogar de mi niñez, con Cata encontré mi lugar de adulto. Sin embargo, distaba mucho de mi ideal femenino. Tú la conoces, a pesar de los años no ha cambiado. En alguna fotografía debe aparecer. Le molestaba que enseñara sus retratos, se quejaba de lo poco fotogénica que era, así que la mayoría de las impresiones se las tomé con algún pretexto... Sí, ésa es, la que aparece atrás de la mesa. Baja estatura, formas redondeadas, cabello oscuro rizado, ojos pequeños, piel morena... Mi Cata... Sólo tú te atreviste a caminar el sendero que lleva a mi corazón, me brindaste la tranquilidad que necesitaba, le diste un motivo y una finalidad a mi existencia. Y sólo tú buscaste la manera de permanecer juntos para siempre, lo recuerdo muy bien.

Una fuerte temporada de lluvias azotó la ciudad. La zona donde habitábamos se inundó, despojando de sus guaridas a cientos de ratas. Los roedores se apropiaron de las casas, se escondieron bajo las estufas, dentro de las despensas, en las bodegas. Mi madre no las soportaba. La pobre gritaba cada vez que algún animal pasaba al lado de su cama. Cata me pidió que comprara veneno. Le di varios paquetes de un producto importado que anunciaban en el periódico. Ella protestó, deseaba que adquiriera un compuesto especial que vendían en la botica. Según las instrucciones, resultaba más efectivo y causaba una muerte rápida. ¡Ah, cuántas dificultades para obtener la famosa mezcla! No obstante, debo reconocer su efectividad. Terminó con la plaga en menos de una semana.

El que también desapareció por esa época fue el esposo de Cata. Durante meses, la policía lo buscó por todo el país, pero nunca lo encontraron, ni localizaron su cuerpo, simplemente dejó de existir. Las autoridades declararon que el hombre había abandonado su hogar. Seguramente se había marchado de mojado a Estados Unidos.

Cata no derramó ni una sola lágrima, al contrario, sonreía feliz y, para festejar la ausencia del borracho, organizó una gran comida. Claro, a los invitados no les comentó el motivo del festejo, la hubieran juzgado loca. El pretexto lo encontró en el cumpleaños de su hija Catita. La muchacha cumplía quince años y como el marido de Cata no aparecía, a nadie le extrañó que no estuviera presente en tan importante celebración.

Invitó a las empleadas del taller, a sus vecinos, allegados y amigos de la quinceañera. Cocinó manjares y compró varias cajas de vino… Mi buena Cata, ¡cuántos secretos en silencio compartimos! Nunca olvidaré el alarde que hizo de las carnitas al estilo Michoacán que elaboró especialmente para su familia política, utilizando una nueva receta que incluía diferentes condimentos. Cuando vi el platillo, se me antojó. La carne estaba bien frita y despedía un olor que invitaba a devorarla. Por fortuna, no pudimos probarla, ya que Cata se la dio a su suegra para que la repartiera exclusivamente entre su prole. A los demás nos sirvió pipián con pollo y arroz.

La viudez le devolvió a mi amiga la belleza y el optimismo. Al poco tiempo recuperó la alegría de los años perdidos y aunque en su cabello aparecieron algunos hilos plateados, parecía una jovencita ilusionada por el primer amor. A pesar de mi edad, todavía no entiendo los misterios del destino ¿Cómo era posible? Nunca imaginé que a esas alturas de mi vida apareciera una mujer capaz de amarme con todos mis defectos. Durante años busqué el cariño perfecto, el que no pude encontrar en amantes ni en mi esposa. ¡Ironías! El verdadero amor me estaba esperando en casa, en los años maduros, y llegó sin anunciarse, de la manera más simple... Nos dimos mucho y al mismo tiempo, por culpa de mi soberbia, le negué las atenciones que merecía. Daría todo, lo poco que me queda, por retroceder el tiempo y volver a vivirlo a su lado. Te juro, cambiaría, me casaría con ella.

Catalina, Catalina, ¿dónde estás? Extraño la quietud de nuestros silencios, tu cuerpo maduro que cubría mis noches frías, tus besos agridulces, bálsamo de mis inquietudes, tus manos rasposas acariciando mis sueños... ¡Catalina, regresa, no me abandones!...

MARILÚ

La inquietud se está acabando. Siento una calma que va entrando por mi pie y se expande por cada milímetro de la pierna. No tengo frío, ni calor, ni deseo comer nada. Tampoco escucho ruidos ni siento las tripas de plástico que salían de mi nariz y de mis brazos y que me conectaban al horrible destino. La quietud me asusta. Lo bueno es que no te separas de mi lado. Si acaso te ausentas unos minutos, pronto regresas a verme. Has sido una excelente compañera en mis horas de enfermedad. Siempre puntual a la cita, paciente a la narración de mis historias. Sin duda, tengo suerte, aunque a veces me pregunto: ¿qué sería de mí sin tu presencia?

Existen fechas difíciles de olvidar. Algunas son festivas; otras, llenas de tristeza. Conforme pasa el tiempo las personas envejecemos y, por desgracia, los que nos antecedieron tienen que partir, así como tendré que hacerlo en algún momento. Nada es eterno. Una generación puede recordar a otra, pero, en algún momento, nos perdemos en la memoria del tiempo. Si acaso queda un retrato, una prenda o un objeto guardado en un viejo ropero. Cuando algún extraño lo encuentra, lo observa detenidamente y dice: ¡Ah, perteneció a mi abuela o a un tío lejano! Tal vez conserve los objetos por antiguos o los tire en un basurero para que otra persona los recoja. Al final eso es lo que queda de una vida: cosas sin importancia y polvo, mucho polvo...

Vivíamos los primeros meses de 1946 cuando los empresarios del Teatro Colonial me ofrecieron un contrato para que mi cuadro participara en su temporada anual. Solamente lo acepté por algunos meses, ya que debíamos cumplir con el convenio que tenía con Carlitos. En esa ocasión, mis muchachas saldrían bailando en una obra llamada *Escándalo 1946*, en la cual debutaban Merceditas Zayas con Manolín, Borolas y Pompin. Una comedia de corte picaresco con cierta crítica a los problemas del país. Fue una corta temporada, con mucho éxito. En el teatro hubo varias noches de lleno total y los críticos publicaron excelentes comentarios.

En marzo de ese mismo año, Soledad y su esposo decidieron radicar en Tijuana. Pensaban que en aquella ciudad fronteriza mi cuñado tendría mejores oportunidades de trabajo. Mi hermana quiso llevarse a nuestra madre. No pudo, el médico no lo permitió. La pobre continuaba con su afección cardíaca, ahora complicada con problemas respiratorios.

El descanso que Carlitos nos dio terminó junto con mi contrato en el Colonial. En la segunda parte de la gira con la Compañía De Alba visitaríamos las capitales centroamericanas, además de Cuba y Puerto Rico. ¡Qué difícil partir cuando gozas de estabilidad y estás rodeado de tus seres queridos! Como en otras ocasiones, la noche anterior al viaje, cené con mi madre en nuestro acostumbrado ritual de despedida. Hicimos la velada en su habitación. Llevé mi ropa para acomodarla dentro de las maletas mientras platicábamos. No me agradó su aspecto, su palidez resaltaba las venas de la cara. En un momento, la tos la dejó muda, sin respiración. No te miento: un horrible presentimiento cruzó por mi mente. Le conté a Cata mi zozobra, ella me alentó a continuar. Me recordó que mi madre tenía recaídas de las que siempre se recuperaba.

Confiado en las palabras de Cata y en la protección de Dios, iniciamos las presentaciones en los países vecinos. No hubo variación con el espectáculo que preparamos anteriormente, la diferencia estuvo en que me convertí en director artístico de la Compañía De Alba. En mí recayó la responsabilidad de ensayar las rutinas con los diferentes artistas que formaban la caravana. Una excelente oportunidad, ya que en el ámbito internacional demostré mi capacidad.

Dicen que hubo días cálidos en la última semana de octubre, que mi madre, optimista, decidió abandonar el reposo y reincorporarse al taller de costura. Las empleadas se alarmaron, pero ella les pidió que la dejaran descansar un rato fuera del encierro de su recámara. Cata la notó alegre y le permitió hacer sus tareas olvidadas. También me contaron que comió con apetito. Pidió que le prepararan mole de olla acompañado de frijoles refritos, sus platillos preferidos. Satisfecha, se sentó junto al balcón para disfrutar del atardecer. Cata la vigilaba desde la cocina. Pasaron unos minutos, notó que se había quedado dormida y la cubrió con un sarape. Gran susto se llevó mi amiga cuando quiso despertarla. Mi madre ya no respondió a la voz ni al movimiento. Su cansado corazón dejó de latir a las cinco treinta y uno de la tarde del 28 de octubre, a los sesenta y seis años.

Me localizaron en el hotel, minutos antes de salir para el teatro. Por primera vez en mi carrera artística no pude cumplir con mi trabajo. La angustia se apoderó de mí y un nudo apretado en la garganta impidió que mis lágrimas desahogaran todo el dolor que llevaba por dentro. ¿Qué demonios hacía lejos del hogar? ¿Por qué no estuve junto a ella? Yo la cuidaba, le mostraba un universo feliz, alejado de las preocupaciones y de recuerdos dolorosos. Ante la imposibilidad de estar unos minutos con ella, le pedí a Cata que retrasara el entierro hasta que llegara. Esa misma noche tomé el camión hasta Tuxtla Gutiérrez y ahí compré el boleto de avión. Tardé dos días en llegar a la capital, ya que no había vuelos directos. Apenas me permitieron ver su cuerpo frío antes de sepultarla. ¡Cuánta tristeza! Con su muerte se iba gran parte del mundo. La consideraba un hermoso tesoro, el gran amor que iluminaba mi sendero, todo. ¿Qué iba a hacer sin ella? Únicamente resignarme.

Herminio, doblegado por los viejos rencores, no acudió a nuestro llamado. Eulalia vivía enferma, enclaustrada en el convento y no le permitieron salir. De los diez hijos que tuvo, únicamente Soledad y yo vimos cómo caía la tierra sobre los restos de nuestra madre. Ni sus hermanas ni su familia política vinieron a despedirla. Muchos ya habían muerto; otros, jamás le perdonaron que fuera la deshonra de los Robles. Al final, nada de eso importaba. Los que estábamos junto a su féretro éramos los que en verdad la amamos.

El llanto logró salir durante los rosarios. No soportaba oír las famosas letanías ni el olor de los cirios ni el luto de los ropajes; prefería retirarme al atrio y dejar mis lágrimas en libertad. Cata también abandonaba la capilla y, en silencio, acompañaba mi dolor; sólo me abrazaba en un intento de trasmitirme la fortaleza que necesitaba. Por las noches, se quedaba junto a mí hasta que el cansancio me vencía, luego se retiraba a otra recámara a velar mi sueño, a salvarme de las pesadillas.

El paso del tiempo sanó las heridas. Había sido un buen hijo. Le di a mi madre lo mejor de mí, no tenía culpas ni resentimientos. Lo único que lamenté fue que ella no conociera a Chabelita. En lo más profundo de mi alma siempre guardé la esperanza de recuperar a mi niña y traerla a vivir con nosotros. Lástima que el destino no lo quiso así.

Apenas terminó el novenario regresé a Centroamérica a cumplir con lo que faltaba de la gira. Viajé hasta la primavera de 1947, luego, volví a casa con los ánimos renovados. Y cuando la suerte se pone de tu parte, las ofertas de trabajo llegan solas. Varios empresarios teatrales me contrataron para dirigirles sus coreografías. En mayo, las hermanas Campobello me recomendaron para impartir clases de danza regional en diversas escuelas dependientes de Bellas Artes. Me pasaba todo el día recorriendo la ciudad, ya que los edificios se localizaban en diferentes rumbos, bastante alejados del centro. No tuve problema, estaba satisfecho. Al fin tenía un puesto estable en el que podía desarrollar mis tesis sobre la enseñanza, también, por esa época, me contrataron en Radio Popular, 790 Kc, para el programa *Tradiciones*. Ahí comentaba el origen de nuestros bailes y sus diferentes interpretaciones. ¡Imagínate! Mi voz se escuchaba en todos los aparatos. Cata, junto con sus amigas, se sentaba frente al enorme radio, los martes, a las siete y cuarto de la noche.

¿Grabación?... ¡Cómo se te ocurre algo semejante! En esa época sólo las radiodifusoras, los institutos tecnológicos y los millonarios tenían grabadoras. Lo único que guardo son unas hojas mal escritas de Cata. En ellas quiso conservar mis palabras... No recuerdo si están en el álbum o en la caja. Tal vez queden unas dentro de un sobre. Si quieres leerlas, búscalas.

Conocí a mucha gente, ya que por los pasillos de la estación de radio los artistas y los comentaristas esperaban su turno: Agustín Lara, Pedro Vargas, Amparo Montes, Jorge Marrón.

Todo me parecía aceptable, pero en el alma habitaba la esencia del bailarín. Con los años, la danza se convirtió en la gran pasión de mi vida y no olvidaba las etapas de formación. Por mi cabeza comenzó a rondar la idea de crear mi obra maestra. Recordé a Olga, sus clases, la ilusión por elaborar sus propias danzas en un mundo enviciado por las tendencias, interpretaciones libres que rompían las reglas del clasicismo. Ella, con su energía, desafió a los críticos, formó un grupo de bailarines y nos lanzó a conquistar los escenarios con sus teorías. No sé cuántos de mis compañeros continuaron, ni me interesa. Al final yo, Pedro Valdez, era el resultado de aquella experiencia, y en el interior, experimenté una enorme necesidad de trasmitir mis conocimientos a las nuevas generaciones. Entonces, ¿por qué no abrir mi propia academia al estilo Portnoy? Entendí que las buenas épocas habían pasado; sin embargo, mis fines sólo tendrían una pequeña parte de lucrativo y mucho del placer de enseñar.

La casa de Peralvillo resultó insuficiente, por lo tanto, busqué un lugar para fundar la Escuela de Baile Valdez. Un compadre de Cata me traspasó a buen precio un enorme terreno, que aún pagaba, en una nueva colonia ubicada en un llano desecado del lago de Texcoco. No me gustó el lugar, pero el hombre me convenció alegando que el rumbo crecería y que muchas familias jóvenes vendrían a vivir a la zona. Creí en sus predicciones, así que no me desesperé cuando no encontré calles, ni agua potable, ni drenaje, ni alumbrado. Los dueños de los lotes aseguraban que el gobierno del Estado de México regularía las propiedades y urbanizaría el fraccionamiento. De esto han pasado doce años y todavía espero el milagro. Bueno, no se equivocaron del todo. En efecto, la población ha crecido, la gente que llegó a habitar los terrenos vecinos venía huyendo de la pobreza y el hambre.

A pesar de todas las adversidades, la ilusión ganó. Contraté los servicios de un arquitecto que diseñó la casa de mis sueños. Aunque el rumbo no se prestaba, quería una finca al estilo de la elegante colonia Condesa, con terminados en cantera y herrerías curvas. La escalera principal estaría elaborada con finas maderas, los barrotes, en forma de columnas barrocas, y las paredes recubiertas con yeserías labradas. Invertí todos mis ahorros en mi primera casa propia donde, se supone, pasaría el resto de mis años, junto a Cata y mis alumnos.

En la parte trasera construirían las habitaciones de los aprendices, con sus baños, la sala y el comedor. En el piso superior estaría el gran salón de ensayos cubierto por ventanales, que dejaran pasar la luz del sol y el reflejo de la luna, porque, al igual que Olga, pensaba en mostrarles lo magnífico de danzar en la oscuridad de la noche.

Nos mudamos en febrero de 1951. Todavía guardo en la oficina la factura del camión de mudanzas. Solamente se terminó la casa principal. Lo demás quedó en cimientos.

A mediados de año, el representante de la American Variety, míster Gordon, me buscó en la radiodifusora. Por comentarios de Carlitos, conoció mi trabajo y me contrató para la gira por Europa de su producción *Recuerdos de América.* Otra vez reuní a un grupo y ensayamos los números que presenté con la Compañía De Alba, además de otras danzas sudamericanas.

¡Cuánto lloró Catalina! Parecía que me iba para siempre. No entendía que nada más me ausentaría durante seis meses y que cada quincena le enviaría dinero.

—Por Dios, mujer, no es para tanto. Sólo me iré unos meses.

Hizo una pausa a su llanto y me contestó:

—Lo sé, Pedrito, pero no puedo evitarlo. Sin ti, mi alma se marchita.

—Exageras. Sabes que, a pesar de la distancia, siempre estaré a tu lado.

Ambos nos necesitábamos. Aunque lo dudes, yo también sentí tristeza. Pensé en invitarla a la gira, pero nunca me gustó que me acompañara ninguna de mis parejas: o atendía la profesión o me dedicaba al placer. Para que no se quedara sola, acepté que sus hijos menores se mudaran a nuestra casa. ¿Por qué hasta entonces? En parte, fui el culpable de la separación de la familia. Los hijos mayores nunca me aceptaron como padrastro, así que se fueron a vivir con los parientes del papá. En cuanto a los dos pequeños, regresaron con Cata cuando le propuse que los trajera. Eran buenos niños, trataban de congraciarse, pero para ser sincero, nunca me encariñé con ellos. Nadie podía ocupar el lugar de Chabelita.

En agosto, nos juntamos en Nueva York con los otros artistas que componían la caravana. No te imaginas lo ansioso que estaba. Deseaba descubrir la nueva Europa, la que había resurgido de las ruinas de la guerra, la dividida por ideologías. A diferencia de la primera vez, ahora volamos en un moderno avión y en pocas horas cruzamos el Atlántico. ¡Qué cambiados vi aquellos viejos países! La americanización los había modernizado. Ya no encontré los antiguos restaurantes, ni los paseos, ni la corte española, ni a mi querida Ana. En Londres compré un libro que siempre tenía al lado de mi cama. Se titula *El mundo de la Pavlova.* En él aparecen fotos de mi amiga en sus diferentes interpretaciones. Un capítulo lo dedicaron a su gira en México y en una de las imágenes salgo atrás de ella como parte de su cuadro.

Mis coreografías impresionaron al público, pero el *Huapango*, de Moncayo, se llevó la mayor parte de los aplausos. Lo sabía, todos quedaron cautivados con su interpretación y de nuevo obtuve un lugar entre los gustos del público europeo. La gira se prolongó a diez meses, en lugar de los ocho planeados, ya que, además de recorrer Inglaterra, Francia, Italia, Bélgica, también visitamos Alemania, Polonia y algunas ciudades de la Unión Soviética. Luego, a pesar del enojo de Cata, pasé dos semanas en la casa de Anita en Ámsterdam. Hice bien. Nunca pensé que serían los últimos momentos juntos.

La prensa escribió comentarios favorables. En México, se publicaron algunas notas que no pasaron inadvertidas para una jovencita llamada Marilú.

Regresé con miles de ideas para la academia. Repondría la *Alegoría de la primavera*, actualizada para el público de esa época. Contrataría profesores de ballet clásico, de baile regional, las viejas rutinas se ensayarían con música de moda. En Nueva York contacté a una maestra de hawaiano y, en París, adquirí varias publicaciones y partituras de danzas orientales. En fin, la escuela tomaba forma en mi mente. Sin embargo, los planes tuvieron que esperar. Con el dinero que gané durante la gira construí los cuartos de los futuros alumnos, la cochera y los jardines. En un bazar de antigüedades compré parte del mobiliario, ya que deseaba darles a las habitaciones aquel aire nostálgico de 1917, cuando todo comenzó. Los ahorros se terminaron y dejé el proyecto a medias. Mi querida Cata trató de ayudarme con los gastos.

—No te apures por dinero, Pedrito. Voy a trabajar y de nuevo tendremos nuestros ahorritos.

Molesto, contesté a su sugerencia. Cata había trabajado desde jovencita. No era justo que se sacrificara por mis sueños.

—No me gusta que remiendes ropa ajena.

Sus ojos, llenos de ternura, buscaron los míos, luego me tomó de la mano.

—Te equivocas, no me voy a dedicar a la costura. Por la calle pasa mucha gente y en el rumbo no existen cenadurías. Pienso colocar unas mesas con sillas en el zaguán y vender comida al atardecer.

No quería aceptar; sin embargo, tenía razón. En silencio, vislumbré un buen negocio.

—Me apena.

—Tú cambiaste mi vida. Déjame ayudarte de la única manera que conozco.

Y así lo hizo. Todos los días, al anochecer, ponía en la puerta de la casa un puesto con exquisitos manjares. ¡Tenía manos mágicas! Guisaba pambazos, tostadas, pozole y hasta enchiladas… No, ya no estaba molesta conmigo por la larga ausencia. Se contentó al verme de nuevo junto a ella; además, se alegró con la radio portátil que le traje de Estados Unidos. Parecía niña con juguete nuevo, adonde iba lo llevaba. Ahora podía hacer sus labores sin dejar de escuchar las radionovelas. Asimismo, me convenció de rentar, a gente de pocos recursos, los cuartos recién construidos.

¿Que quién es la jovencita?… ¿Cuál?… Ah, sí, María de Lourdes González, aunque artísticamente se llamaba

Marilú la Muñeca. Un apodo que le quedaba a la perfección, ya que su rostro dulce iba de acuerdo con su figura menuda y su cabello oscuro. Artista desde pequeña, por las noches cantaba las melodías de la Grever, acompañada por su padre, el actor Armando del Real. Marilú significó en mi camino una suave brisa de primavera que llegó a refrescar mi otoño. Una mañana me buscó para que le diera clases de baile. Verdaderamente me asombró su insistencia. Le propuse un grupo en la escuela de Bellas Artes. No aceptó, pues deseaba sesiones particulares.

—Quiero dominar todos los estilos que usted conoce. Por favor, maestro, no me rechace.

Nunca había tenido una alumna tan entusiasta. Como mi casa le quedaba lejos, me propuso utilizar un estudio que la ANDA prestaba a sus asociados. En la primera sesión le enseñé los pasos básicos de ballet, pero la muchacha me dio la sorpresa al colocarse ante la barra y demostrarme sus conocimientos. Me creí engañado.

—Mintió. Usted no necesita mis consejos.

—Tal vez no fui sincera. De niña aprendí ballet clásico, luego, mi madre me ayudó con otros ritmos. Ahora quiero que usted me enseñe todo lo que sabe, su experiencia.

Había tal determinación en sus palabras que no pude marcharme. Marilú estaba dispuesta a llegar adonde me encontraba, a conquistar al público con sus pasos y con su voz. En sus ojos vi el reto, aquel fuego interno que conocí en Yelizaveta, en Olga, en Ana. Durante mi vida había formado a tantas bailarinas que no trascendieron. ¿Por qué no trasmitirle a Marilú mis secretos? Ella podría ser mi gran obra, tenía la madera para la creación perfecta. A diferencia de mis otras alumnas, con ella cambié el método. Al igual que Olga hizo conmigo, le hice sentir lo que realmente es el arte de danzar.

—¿Qué te sugiere la música?

—Lluvia.

—Sé lluvia. Tu cuerpo debe expresar agua que cae… Muévete, muévete más deprisa, agita los brazos.

Y de pronto, se convirtió en agua que cae. La transformación salía de su interior con gran fuerza. Su cuerpo se estremecía con tal convencimiento que daban ganas de tocar las gotas del líquido imaginario. No había duda, Marilú tenía el don, el mismo que la Portnoy reconoció en mí.

No sabes las satisfacciones que me dieron esas clases. Si mi academia tuvo que esperar algún tiempo, con Marilú logré realizarme como profesor. Durante años impartí muchas horas de práctica a cientos de jóvenes: un brinco hacia adelante, dos al lado, zapateado, un brinco atrás. Rutinas de memoria a las que luego les agregas la gracia del movimiento de manos, las sonrisas, los ritmos y las muchas repeticiones, pero la gran realización que a mí me envolvía al desempeñar las evoluciones lo encontré en pocas personas. Podía pasar largos ratos observando la frescura de Marilú, su chispa y su bello rostro, el cual me parecía conocido, no en ella, sino en alguna mujer del pasado.

Varias veces nos acompañaron su padre y sus hermanos; sin embargo, Marilú no se les parecía. Esa cara de muñeca yo la había visto antes. En una ocasión, no aguanté la curiosidad y le dije:

—Marilú, no me malinterprete. Usted se me hace parecida a…

Ella sonrió. Dos hoyitos se formaron en sus mejillas.

—¿A quién?

—Ése es el problema. No lo sé.

Una risita burlona escapó de sus labios.

—Maestro, la verdad, lo conozco de toda la vida.

La respuesta me sorprendió.

—Imposible. Soy mucho mayor que usted. ¿Acaso bromea?

Su actitud se transformó, se tornó seria.

—No, maestro. En casa había fotografías suyas, de cuando era joven y estudiaba con Olga Portnoy. También tengo una caja con recortes de periódicos donde hablan de usted.

Me preocupé. No podía estar frente a una reencarnación o un fantasma. ¿Qué se traía entre manos?

—Le suplico que se explique.

La invité a sentarnos en el suelo. Apagué el tocadiscos, intrigado por la confesión de Marilú.

—Usted sabe poco de nosotros. Mi mamá, que en gloria esté, también estudió con *madame* Portnoy. *Por una temporada ustedes fueron novios.*

Un hecho increíble. Mi mente hizo un rápido recorrido por el laberinto de los años hasta llegar al recuerdo borroso de Dolores. ¿Te acuerdas de ella? La muchacha que rechacé por Yelizaveta.

—¡Por Dios, hace tanto tiempo! ¿Cómo me localizó?

—Mi mamá nunca perdió su pista. Siempre lo tuvo presente. Intentó buscarlo cuando nos mudamos a la ciudad de México, pero no se animó. Ella lo admiraba.

No lo pude evitar, la emoción me traicionó. A pesar del comportamiento majadero, Dolores no me olvidó.

Esa noche le conté a Cata lo sucedido. Por supuesto, no le agradó la noticia, estaba celosa debido a mi admiración por Marilú y más se enfureció cuando supo de mi relación con Dolores. ¿Quién entiende a las mujeres? Por una semana me castigó, cambiándose de recámara.

Para recordar momentos lejanos, Marilú nos invitó a cenar a su casa, con su padre y su hermana. Cata no deseaba acompañarme. ¡Qué trabajo me costó convencerla! Pero creía necesario que entendiera la relación con mi alumna. No pensaba renunciar a ninguna de las dos. Nos recibieron muy bien. Armando, el padre, me ofreció sus servicios, pues también tenía un puesto importante dentro de la ANDA, la Asociación Nacional de Actores. Asimismo, durante la reunión, Marilú nos presentó a su pretendiente, un tal Federico, que nos pidió que lo llamáramos Quico. La verdad me puse celoso… No como hombre, sino como un padre que ve que su tesoro se relaciona con el tipo menos indicado. Marilú merecía una persona más formal, no un rebelde con el cabello tieso por el exceso de vaselina. El famoso Quico lucía desastroso, vestía y peinaba, según él, como Elvis Presley… Tienes razón, en 1955, los jóvenes enloquecían con los rocanroleros. Al finalizar la velada, Marilú me llevó a la habitación que había ocupado su madre. Ahí estaba parte de sus pertenencias, fotografías y recortes de periódicos. Tomé una foto en la que aparecía Dolores con sus hijos. Cambió poco, conservó la expresión juvenil hasta su muerte. En otra, la observé vestida de novia. Por Armando me enteré de que luego de abandonar la escuela de la Portnoy, Dolores aceptó bailar para la compañía de don Alberto Montoya en Querétaro. Ahí se conocieron.

Después de esa visita, Cata cambió de actitud. Comprendió que para ambos habría situaciones de nuestro pasado que volverían, no podíamos dejar que los celos arruinaran nuestro cariño.

Entiendo que la mujer esperaba que le propusiera matrimonio: compartía mi cama, se encargaba de la comida, de la limpieza, de mi bienestar. Te juro que correspondí a su amor, pero jamás pensé en casarme de nuevo. Así vivíamos felices. ¿Para qué cometer un error?

¿Llegó Cata? Quiero verla. Me gustaría tenerla a mi lado en estos momentos de tranquilidad. ¿Sabe de mi estado? ¿Cómo? Hace mucho tiempo que no me visita… Si lo dices, debe ser cierto.

Qué bien me siento. No sé a qué se debe el cambio. Después de tanto sufrimiento es una bendición esta serenidad. Las dolencias de mi enfermedad desaparecieron, ni siquiera percibo mi cuerpo… Esta calma inmensa trata de llevarme a otro lugar desconocido donde reina la luz… Quiero ir… No puedo, algo poderoso me retiene.

Los primeros indicios de mi enfermedad se presentaron cuando falleció mi madre. No le presté atención. Tenía molestias temporales, pero hacia 1956, los síntomas se manifestaron con violencia. Me sentí agotado, con mucha sed y con ganas de orinar frecuentemente. Marilú, alarmada, me llevó a un reconocimiento médico. El diagnóstico ya lo conocía, aunque me negaba a aceptarlo. Sufría la enfermedad de la abuela: diabetes.

Con la finalidad de recibir un tratamiento adecuado, Armando del Real informó de mi problema al secretario de la ANDA. También le presentó los recortes y algunos reconocimientos que yo guardaba. Empleados de la dependencia me visitaron y confirmaron que había iniciado mi carrera artística en 1917. El 6 de agosto me aceptaron en la asociación como miembro honorario con derecho a todas las prestaciones.

Los achaques me deprimieron. En mi mente quedó grabada la agonía de la abuela. Gracias a la ternura de Cata y al entusiasmo de Marilú, me repuse. Mi enfermedad no tenía remedio, pero sí un buen control si seguía las buenas recomendaciones del médico. Continué desempeñando mis labores en las escuelas, impartiendo sesiones particulares y elaborando algunas coreografías para el Teatro Lírico. Cuando mi ánimo mejoró, salí en dos programas de televisión, acompañando a María Conesa. Un par de viejos contando anécdotas y compartiendo la pantalla con bailes de los años veinte. Tampoco Cata me pudo grabar. Sólo quedaron unas fotos que ella guarda.

Tres tardes por semana las dediqué a enseñar a las niñas del rumbo, por una pequeña cuota. Les encantaban mis clases, pues, además de las prácticas, les narraba historias sobre países lejanos, les platicaba de Ana, de mis giras. Créeme, gozaba su compañía. Me gustaba escuchar las risas que les provocaba El Can-can o verlas brincar con *Las bicicletas* o *La raspa.* Y ni qué decir con el *Jarabe tapatío.* Algunas parecían verdaderas rancheras; otras movían con orgullo su falda de china poblana ¿Cómo hubiera lucido Chabelita? Seguramente hermosa.

Más satisfecho quedé con el debut de Marilú como bailarina. La muchacha hizo su presentación en Querétaro, durante la fiesta de aniversario del teatro donde trabajó su madre. Para tal ocasión, interpretó *La danza de los amantes en primavera.* Sí, la actualicé especialmente para ella. Como pareja la acompañó el bailarín ruso Alexéi Borkó. Sin duda, una nueva poesía de amor comenzaba, pues no fingían sus emociones. Lo reconocí en la pasión de sus miradas, en la sensualidad de sus movimientos. Sabía que eso sucedería, yo también fui víctima del mismo encanto. Al finalizar, los muchachos me pidieron que subiera al escenario y que juntos recibiéramos la ovación del público. Los comentaristas no se equivocaron, esa noche había nacido una promesa de la danza popular mexicana: "Marilú, la muñeca que baila".

La amistad con Armando y Marilú no tuvo límites. En una asamblea de la ANDA, el actor les comentó a sus compañeros mi trayectoria y, para mi sorpresa, incluyeron mi nombre en un homenaje dedicado a los pioneros del teatro en México. Un acto que nunca olvidaré.

Considero que fue una de las noches más emotivas de mi vida, los detalles siempre estarán presentes. Tanto Cata como yo ignorábamos el plan. El pretexto era una fiesta que Del Real ofrecería en su residencia del Pedregal. Marilú nos pidió que los acompañáramos. Para estar elegante, alquilé un smoking, me corté el cabello y estrené zapatos de charol negro. Cata usó el vestido de encaje gris que le había comprado en Bruselas. El chofer del actor pasó a recogernos a la casa y me extrañó que nos llevara a otro rumbo totalmente diferente. Protesté. El empleado nos dijo que Del Real nos esperaba en un auditorio. Cuando llegamos, había mucha gente en la calle, destacaban los fotógrafos y los reporteros. Parecía que esperaban a una celebridad. No exagero, casi se me detiene el corazón al bajar del auto. Marilú me recibió con una gran sonrisa, me tomó del brazo y juntos posamos para las cámaras fotográficas. Alexéi se encargó de escoltar a Cata. Caminamos por una alfombra roja hacia el interior del teatro, acompañados por cientos de aplausos. Al entrar al recinto, el público me ovacionó. Emocionado, saludé a mis compañeros con los brazos en alto, luego lancé varios besos al aire hasta que el secretario de Cultura y Prensa, Arturo Soto Rangel, nos dio la bienvenida y nos acompañó a nuestros lugares en la primera fila. Ahí, sentado y más tranquilo, pude observar a los invitados, la mayoría había trabajado conmigo en diferentes épocas de mi carrera. Te lo juro, no lo esperaba. Cerca de mi asiento estaba mi querida gatita; más allá, Esperanza, acompañada de Roberto; mi adorable Fanny; mis antiguas parejas de baile: Eva y Amelia, además de algunas segundas tiples y cantantes de épocas pasadas. Todos estábamos presentes, con muchos años de más encima.

Hay momentos que te brindan un gran bienestar. Un artista desempeña su oficio por el simple placer de interpretar, lo mejor que puede, a un personaje, una pintura o un baile. A veces, la recompensa puede tardar años en llegar y lo único que uno desea es el reconocimiento, la aceptación. Nunca esperas un homenaje, pero cuando te toca, representa un festejo, un premio por tus actos. En esa ocasión, mi turno había llegado. Víctor Junco, en calidad de secretario del Interior y Exterior, comenzó a dar un discurso sobre mi trayectoria:

Entre las cualidades que podemos apreciar en Pedro, se encuentran la disciplina, la constancia...

No elegí la danza. Considero que se debió a un capricho del destino. Sin embargo, a través de los movimientos, conocí la libertad y con el aprendizaje descubrí un paraíso lleno de historias que esperan ser representadas.

Nuestro compañero se inició en los tiempos revolucionarios, cuando en el país no existían escuelas de formación artística, cuando las personas desarrollaban sus facultades por intuición...

Un millón de pasos había interpretado en los escenarios. Lo hice con tal entrega que nunca imaginé que estaba dando los pasos de mi propio camino. A veces tropecé; otras, caí, pero al igual que en los ensayos, siempre volví a levantarme para empezar de nuevo.

No sólo cautivó al público estadounidense con su arte, sino que llevó nuestras más hermosas tradiciones a Europa y Sudamérica...

¿De qué sirve vivir si no te realizas a través de lo que haces? No era un hombre del todo afortunado, aunque trabajé en lo que más me gustaba y eso me brindó muchas satisfacciones.

Esta noche nos reunimos para darle un reconocimiento a nuestro amigo…

Después de los aplausos me invitaron a pasar al frente ¡No lo podía creer! Con la emoción que me embargaba, evoqué a mis seres queridos que ya no estaban presentes. Hubieran estado orgullosos de mí.

Por su trayectoria en el extranjero, le otorgamos al ciudadano Pedro Valdez la medalla al mérito artístico.

No entiendo cómo logré pararme del asiento, las piernas me temblaban. Caminé nervioso hacia el estrado donde el secretario general, Rodolfo Landa, me esperaba. Varios miembros de la asociación, que estaban en la mesa de honor, estrecharon mi mano y me felicitaron. Más tranquilo, pero emocionado, me acerqué al secretario general. Me abrazó y luego colocó sobre la solapa izquierda de mi saco una medalla dorada con el escudo de la Asociación Nacional de Actores. Varias cámaras captaron el momento. Acto seguido, Landa puso en mi mano un diploma.

La Asociación Nacional de Actores
otorga el presente diploma al mérito artístico al
c. Pedro Valdez
por su destacada labor en pro del arte escénico nacional.

5 de diciembre de 1957

Me paré junto al micrófono. Los invitados querían escuchar mi voz.

—Han pasado cuarenta años desde que comencé a bailar. No sé si lo hice bien o mal, pero todo en mi vida tuvo como finalidad demostrar los sentimientos humanos a través de la danza y la música…

De pie, ante las cámaras y recibiendo la admiración de mis compañeros, volví a recordar los éxitos y los fracasos. Había cumplido la misión que el Señor me encomendó al nacer… Me había convertido en un triunfador.

CRUZ

¿Quieres que recuerde más? No puedo. Todo te lo he contado y, poco a poco, la carga que llevaba en el alma fue desapareciendo, pero algo, en lo más profundo de mi ser, me dice que no he terminado el relato. Hay imágenes que vienen a mi mente como breves chispazos, escenas desagradables, que mi instinto prefiere borrar. Te lo repito, Marilú me trajo a este lugar hace… ¿Un año, o acaso un día? Sí, ahora comprendo. Todavía pesa sobre mi conciencia la piedra que impide la liberación total…

Después de la fiesta que ofreció la ANDA, tuve mi última época. Mi talento participó en unas cuantas obras musicales, sin mucho éxito. Las críticas que recibí fueron insultantes y el público me condenó al letargo. Luego, llegaron los años vacíos, horas estériles que secaron la fuente de la creación. De nada valieron el diploma ni la medalla; nadie quiso contratar a un hombre en decadencia. El envejecimiento y la enfermedad cobraron una cuota muy alta y, al final, quedé en el olvido, mientras los periódicos anunciaban la sangre nueva, fresca, la energía naciente que ocupó mi lugar.

Recibí una pensión insignificante. Los pocos ingresos extra los obtenía de las rentas de los cuartos traseros y de las clases que les impartía, sentado en una silla, a mis cinco niñas. Cata administró muy bien la miseria, sin lamentos, sin reproches… Cata, mi Catalina. La verdad se me revela como un cuchillo hirviente que va abriendo las heridas que tú sanaste. Todo fue una mentira, una ilusión que mi mente febril inventó: Tú no perteneces a este mundo.

Íbamos juntos a pasar unos días en tu pueblo. Afirmaste que el aire fresco del campo mejoraría mi salud. Quise comprar boletos en un autobús de primera… Te opusiste… ¿Por qué? Tal vez lo presentías. Llevabas entre tus manos el viejo crucifijo. Era una tarde invernal. El sol se ocultaba detrás de las montañas y por entre las nubes grises se colaban los débiles rayos del ocaso. El viejo camión transitaba, demasiado lleno, demasiado aprisa, luego vino la maldita curva… Sentí que nuestros cuerpos rodaban sin piedad hasta estrellarse entre los fierros retorcidos y las carnes sin ánima. El tiempo se detuvo, primero, con un silencio mortal, después, continuó su inflexible marcha esparciendo los lamentos y las lágrimas. Cuando me rescataron, lo último que vi fue tu figura destrozada, tus ojos, quietos, sin brillo y el líquido rojo, coagulado, entre tus dientes. No supe más. La inconsciencia me dio algunos segundos de tregua. Sólo recuerdo las luces de las sirenas, rostros extraños con miradas consternadas, una cruz roja que anunciaba la inevitable separación, y al final, en la inconsciencia, la dulce voz de Marilú.

Ninguno de los dos regresó a casa. Eso no importó. Ahí quedaron, cubiertos de polvo y de nostalgia, los objetos materiales que testifican nuestra existencia y que fueron cómplices de nuestro amor.

No, ya no voy a llorar. El dolor fue tan intenso que mi alma quedó vacía; además, tampoco tengo motivos: todos se acabaron. Las citas con el destino se fueron cumpliendo, cada una a su debido tiempo… Y yo sobreviví a mis seres queridos. No, no puedo llorar, mis ojos están secos. Las lágrimas también me abandonaron.

ASUNCIÓN

Por un momento cerré los ojos. Los abrí y todo se desvaneció, menos tu figura. Un velo blanco difícil de explicar se adueñó del lugar. No existe nada, ni muebles ni enfermeras, tampoco los dolores, las molestias. La tranquilidad que hace rato penetró por mi pierna se extendió en mi organismo creando una sensación de paz interna, de bienestar.

No comprendo el cambio, ni quiero razonarlo. Muchas veces las situaciones agradables no tienen una explicación lógica, simplemente hay que gozarlas, como se disfrutan las olas del mar que te mecen con suave vaivén.

Sí, mi cuerpo flota. Aunque no puedo moverme, sé que estoy flotando entre las nubes. No peso. Nunca pensé que pudiera obtener tanta ligereza. Parezco una pluma que está suspendida en el tiempo. Un aire frío se la quiere llevar, pero ella continúa en el mismo plano, todavía se niega a volar.

¿Escuchas los violines? Seguro que los toca una banda celestial. Es una música tenue, hermosa, tal como mis oídos querían escucharla. Es *La danza de los amantes en primavera*. Mi comienzo, las notas que musicalizaron mi destino. ¿Sabes? Parece que siempre acompañaron mi andar.

Tal vez se deba a la armonía que me envuelve o a que llegó el minuto propicio.

¿Te acuerdas de que una tarde me invitaste a la capilla y me negué? Cambié de opinión. Quiero ir ante el altar y hablar con Él, necesito su ayuda, su perdón. ¿Podrás acompañarme? ¿No es necesario porque Él ya me escuchó? Entonces, ayúdame a empezar la oración. Hace mucho que no la digo. Temo que ya la olvidé.

Señor, Dios, Creador del universo,

te pido escuches mi plegaria:

Padre nuestro que estás en el cielo…

¿Pecados? Cometí muchos. Nunca quise dañar a nadie, pero no hay que olvidar que, como buen humano, caí en muchos errores, por envidia, soberbia, rabia. Desde niño traté de actuar lo mejor posible; sin embargo, constantemente fallé. Las raíces me jalaron y por esas delicadas ramificaciones heredé historias ajenas, los misterios de la familia. Mi abuela me enseñó el significado del odio. Ella llenó mi mundo de rencor, miedos, pensamientos enfermizos. Perdónanos por tanto daño.

Reconozco que en mi camino también encontré personas buenas que me enseñaron el verdadero significado del amor. No me refiero al sentimiento entre un hombre y una mujer, sino al cariño sincero que nace con el trato diario. Gracias a la amistad recuperaba la esperanza y retomaba la senda cada vez que la perdía.

En muchas ocasiones me rebelé. Me parecieron injustas Tus decisiones. Perdí los grandes cariños, debí resignarme ante los infortunios. Irónico. Los éxitos se dieron en mi actividad profesional, pero en los asuntos del corazón fracasé. Por desgracia, no pude tenerlo todo. La suerte fue bastante recelosa y apareció en mi vida en pequeños chispazos, los cuales aproveché.

Amé tanto a mujeres como a hombres. No me siento culpable. De ellas adoré las formas suaves, el olor dulce, la calidez; de ellos me apasionaron las líneas duras, musculosas, la rudeza de su trato. Me educaron con gustos femeninos y los disfruté. Aunque, en el fondo, no podía negar mi naturaleza masculina, con la cual también gocé. Al final, lo único que anhelaba era poseer las dos esencias. Deseaba los cuerpos perfectos, lo más bello de la creación.

Con Yelizaveta y Jenny experimenté el amor tormentoso, el que se debate entre el egoísmo y la entrega, la dicha y la desilusión. Con Alonso, me entregué a la relación prohibida. Tu comprensión fue infinita. Para conciliarme, me diste la oportunidad de conocer a Cata, el amor verdadero.

Me sentí desafortunado por algunos sucesos de mi existencia. Sin embargo, todos los momentos desagradables tuvieron su parte positiva. No obstante, nunca entendí por qué me quitaste el amor paternal. Me separé de Ti y de Tu iglesia cuando perdí a Chabelita. ¿Por qué, Señor? ¿Cuál fue mi pecado que me privó de semejante placer? Perdóname por cuestionar Tus designios. Sólo te ruego que ilumines el camino de mi niña.

La danza se convirtió en la más grande pasión. Con ella descubrí todas las emociones que una persona es capaz de percibir. El arte liberó mi espíritu, me dio miles de motivos para no perder el sendero que me habías trazado.

Acepté con dignidad los cambios del tiempo. En mi primavera surgí al igual que un retoño; en verano, cultivé, desarrollé el plan dispuesto por Ti; en otoño, coseché las satisfacciones de una vida plena. ¿En invierno? A Ti encomiendo mi alma.

No me dejes caer en la tentación.

Líbranos de todo mal. Amén.

Llegó el momento. Te confundí, pero ahora lo entiendo. Hoy que luces tan bella, vestida de negro. ¿Por qué nunca dijiste nada? Comprendo, por eso siempre acudiste puntual a nuestras citas y, con dulzura, alentaste la confesión de mi vida… Lo sé. Vas a conducirme a ese lugar especial donde rejuveneceré y bailaré eternamente. Estoy listo, Muerte amada… Abrázame… llévame contigo y permite que baje el telón de mi acto final.

Pedro Valdez, s/f, acervo de la autora.

ÍNDICE

La danza de los amantes en primavera
terminó de imprimirse en 2022
en los talleres de Litográfica Ingramex, S.A. de C.V.,
Centeno 162-1, colonia Granjas Esmeralda,
alcaldía Iztapalapa, 09810, Ciudad de México.